J. D. Salinger

Hebt den Dachbalken hoch, Zimmerleute

und

Seymour wird vorgestellt

rororo

Rowohlt

Titel der Originalausgabe «Raise High the Roof Beam, Carpenters»
und «Seymour an Introduction»
Aus dem Amerikanischen übertragen von Annemarie *und* Heinrich Böll
Umschlagentwurf Werner Rebhuhn

rororo TASCHENBUCH AUSGABE
veröffentlicht im Februar 1968

Ungekürzte Ausgabe

Gesetzt aus der Linotype-Aldus-Buchschrift
und der Palatino (D. Stempel AG)
Gesamtherstellung Clausen & Bosse, Leck/Schleswig
Printed in Germany

Wenn es noch einen Amateur-Leser auf der Welt gibt – oder irgend jemanden, der einfach nur liest, um zu lesen –, so bitte ich ihn oder sie mit unaussprechlicher Zuneigung und Dankbarkeit, sich in die Widmung dieses Buches mit meiner Frau und meinen zwei Kindern zu teilen.

Hebt den Dachbalken hoch, Zimmerleute

Eines Nachts vor etwa zwanzig Jahren während eines Überfalls von Mumps auf unsere riesige Familie wurde meine jüngste Schwester Franny mit Bettchen und allem Drumherum in das offenbar bazillenfreie Zimmer geschoben, das ich mit meinem ältesten Bruder Seymour teilte. Ich war fünfzehn, Seymour war siebzehn. Etwa um zwei morgens wurde ich vom Schreien der neuen Zimmergenossin geweckt. Ein paar Minuten blieb ich ruhig und tatenlos liegen und horchte auf das Gebrüll, bis ich hörte oder fühlte, wie Seymour sich im Nebenbett rührte. Damals hatten wir auf dem Nachttisch zwischen unseren Betten immer eine Taschenlampe liegen: für Notfälle, die, soweit ich mich erinnere, nie eintraten. Seymour knipste die Lampe an und stand auf. «Mutter hat gesagt, die Flasche stände auf dem Herd», sagte ich. «Ich hab sie ihr eben schon gegeben», sagte Seymour. «Hungrig ist sie nicht.» Er ging im Dunkeln zum Bücherregal hinüber und ließ den Strahl der Lampe langsam an den Stapeln hinauf- und hinuntergleiten. Ich setzte mich auf. «Was willst du tun?» fragte ich. «Vielleicht lese ich ihr etwas vor», sagte Seymour und nahm ein Buch heraus. «Um Himmels willen», sagte ich, «sie ist zehn Monate alt.» – «Ich weiß», sagte Seymour, «zehn Monate alte Kinder haben Ohren. Sie können hören.»

Die Geschichte, die Seymour in dieser Nacht Franny vorlas, war eine seiner Lieblingsgeschichten, eine taoistische Parabel. Und bis zum heutigen Tag beschwört Franny, daß sie sich an Seymours Vorlesen erinnere.

«Der Herzog Mu von Chin sagte zu Po Lo: ‹Du bist jetzt vorgerückt in Jahren. Gibt es jemanden in deiner Familie, den ich an deiner Statt in Dienst nehmen kann, damit er Pferde für mich auswählt?› Po Lo antwortete: ‹Ein gutes Pferd erkennt man an seinem Bau und seinem Aussehen allgemein. Aber das außerordentliche Pferd – eins, das keinen Staub aufwirbelt und keine Spuren hinterläßt – ist etwas Unfaßbares und Fließendes, flüchtig wie dünne Luft. Die Fähigkeiten meiner Söhne liegen auf einer ganz und gar niedrigeren Ebene; sie erkennen, wenn sie es sehen, ein gutes Pferd, aber ein außerordentliches Pferd erkennen sie nicht. Ich habe indessen einen Freund, einen Mann namens Chiufang Kao, einen Holz- und Gemüsehändler, der mir, was Pferde betrifft, nicht im geringsten unterlegen ist. Ich bitte dich, suche ihn auf.›

Herzog Mu folgte seinem Rat und schickte den Mann auf die Suche nach einer Stute. Drei Monate später erschien dieser mit der Nachricht, daß er eine gefunden habe. ‹Sie befindet sich im Augenblick in Shach'iu!› sagte er. ‹Was für eine Art von Pferd ist es?› fragte der Herzog.

‹Oh, es ist eine graubraune Stute›, war die Antwort. Als jedoch jemand ausgeschickt wurde, um das Tier zu holen, zeigte es sich, daß es ein kohlschwarzer Hengst war. Sehr verärgert schickte der Herzog nach Po Lo. ‹Dein Freund›, sagte er, ‹den ich ausgeschickt hatte, ein Pferd zu suchen, hat ziemlichen Unfug angerichtet. Er kann nicht einmal die Farbe oder das Geschlecht eines Tieres erkennen. Wie soll er da etwas von Pferden verstehen?› Po Lo tat einen tiefen Seufzer der Befriedigung. ‹Ist er wirklich so weit fortgeschritten?› rief er. ‹Ach, dann ist er mehr wert als zehntausend meines Schlages. Er ist nicht mehr mit mir zu vergleichen. Das, worauf Kao sein Augenmerk richtet, ist der geistige Mechanismus. Er vergewissert sich des Wesentlichen und vergißt die groben Einzelheiten, auf die inneren Werte aufmerkend, verliert er das Äußere aus dem Blick. Er sieht, was er sehen will, und nicht das, was er nicht sehen will. Er merkt auf die Dinge, auf die er merken soll, und vernachlässigt, was zu sehen nicht notwendig ist. Kao ist ein so guter Beurteiler von Pferden, daß er es in sich hat, über etwas Besseres als Pferde zu urteilen.›

Als das Pferd ankam, stellte es sich heraus, daß es in der Tat ein außerordentliches Tier war.»

Ich habe die Geschichte hier wiedergegeben, nicht nur, weil ich immer bereit bin, meine Arbeit zu unterbrechen, wenn es gilt, Eltern oder älteren Brüdern von zehn Monate alten Kindern einen guten Prosatext als Beruhigungsmittel zu empfehlen – ich habe noch einen ganz anderen Grund. Was jetzt unmittelbar folgen wird, ist der Bericht über einen Hochzeitstag im Jahre 1942. Es ist – meiner Meinung nach – ein in sich geschlossener Bericht mit einem Anfang und einem Ende und dem dazugehörigen eigenen Tod. Da ich es jedoch weiß, fühle ich mich verpflichtet mitzuteilen, daß der Bräutigam heute, im Jahre 1955, nicht mehr lebt. Er hat 1948, als er mit seiner Frau in Florida Urlaub machte, Selbstmord begangen . . . Aber ohne Zweifel ist das, was ich eigentlich sagen wollte, dies: seitdem der Bräutigam für immer von der Bühne abgetreten ist, habe ich niemanden mehr gefunden, den ich an seiner Stelle aussenden möchte, um sich nach Pferden umzusehen.

Im späten März 1942 waren die Nachkommen – sieben an der Zahl – von Les und Bessie (Gallagher) Glass, früheren Varietékünstlern auf der Pantages-Welle, über die ganze Weite der Vereinigten Staaten verstreut – ich drücke mich hier etwas übertrieben aus. Ich – der zweitälteste – zum Beispiel lag im Genesungs-Lazarett von Fort Benning, Georgia, mit Rippenfellentzündung – einem kleinen Andenken an eine dreizehnwöchige Grundausbildung als Infanterist. Die Zwillinge Walt und Waker waren schon vor einem Jahr getrennt worden. Waker war in einem Lager für Kriegsdienstverweigerer in Maryland, und Walt war irgendwo auf dem Pazifik oder mit einer Feldartillerieeinheit auf dem Weg dorthin. (Wir haben nie genau erfahren, wo Walt zu dieser Zeit eigentlich war. Er war nie ein eifriger Briefschreiber – und nach seinem Tod erfuhren wir kaum etwas über sein Privatleben. Er kam durch einen völlig sinnlosen Unfall im Spätherbst 1945 in Japan bei der Truppe ums Leben.) Meine älteste Schwester, Boo Boo, die altersmäßig zwischen den Zwillingen und mir rangiert, war Nachrichtenhelferin im Range eines Marineleutnants und war – mit einigen Unterbrechungen – bei einer Marineeinheit in Brooklyn stationiert. Während jenes Frühlings und den folgenden Sommer hindurch bewohnte sie die kleine Etage in New York, die mein Bruder Seymour und ich nach unserer Einberufung hatten leerstehen lassen. Die beiden jüngsten Kinder der Familie, Zooey (männlich) und Franny (weiblich), lebten bei meinen Eltern in Los Angeles, wo mein Vater für eine Filmgesellschaft auf Talentsuche war. Zooey war dreizehn und Franny acht. Beide traten jede Woche in einer Quizsendung für Kinder im Funk auf, die man, wahrscheinlich aus der beißenden, für Gesamtamerika typischen Ironie heraus *Ein kluges Kind* genannt hatte. Hier könnte ich eigentlich gut einfügen, daß von Zeit zu Zeit – oder besser gesagt, von Jahr zu Jahr – alle Kinder unserer Familie wöchentliche, bezahlte Teilnehmer der Sendung *Ein kluges Kind* waren. Seymour und ich waren die ersten; wir traten schon im Jahre 1927 auf. Wir waren zehn und acht, und das Programm wurde damals aus einem der Empfangsräume des alten Murray Hill Hotels «ausgestrahlt». Alle sieben, von Seymour bis zu Franny, traten unter einem Pseudonym in der Schau auf. Das mag unglaubwürdig klingen, wenn man bedenkt, daß wir Kinder von Varietékünstlern waren, einer Menschenklasse, die für gewöhnlich nichts gegen Öffentlichkeit hat, aber meine Mutter hatte einmal in einer Zeitschrift etwas über das Kreuz gelesen, das «Kindern im Rampenlicht» auferlegt ist – ihr Abgeschnittensein von der normalen und, wie immer angenommen wird, wünschenswerten Gesellschaft Gleichaltriger – in diesem Punkt war sie daher eisern und wich und wankte nicht. (Hier ist nicht der Platz, um auf die Frage einzugehen, ob die meisten oder alle Kinder «im Rampenlicht» aus der Gesellschaft ausgestoßen, bemitleidet oder einfach ganz unsentimental als Ruhestörer umgebracht werden sollten. Ich will nur erwähnen, daß unser gemeinsames Einkommen vom *Klugen Kind* sechs von uns das Studium ermöglicht hat und es jetzt dem siebten ermöglicht.)

Unser ältester Bruder Seymour – mit dem ich mich hier fast ausschließlich befasse – war damals, 1942, in dem zu der Zeit immer noch so genannten Air Corps. Er war in einem B-17-Stützpunkt in Kalifornien stationiert, wo er, *glaube* ich, als Kompanieschreiber diente.

Ich könnte noch hinzufügen, diesmal nicht in Klammern, daß er der bei weitem dürftigste Briefschreiber der Familie war. Ich glaube, ich habe in meinem ganzen Leben keine fünf Briefe von ihm bekommen.

Am Morgen des 22. oder 23. Mai (niemand in unserer Familie hat jemals einen Brief datiert) wurde mir ein Brief meiner Schwester Boo Boo aufs Fußende meines Bettes im Genesungs-Lazarett von Fort Benning gelegt, wo man mir gerade die Zwerchfellgegend mit Leukoplast verpflasterte (dies ist eine gebräuchliche medizinische Maßnahme bei Rippenfellentzündung, es soll unter Garantie verhindern, daß der Patient sich in Stücke hustet). Als die Prozedur vorüber war, las ich Boo Boos Brief. Ich besitze ihn heute noch und schreibe ihn hier wörtlich ab:

Lieber Buddy,

ich bin furchtbar eilig, weil ich dabei bin, den Koffer zu packen, daher schreibe ich kurz aber *durchschlagend.* Der Herr Admiral Hinternkneifer hat entschieden, daß er, um den Krieg zu gewinnen, in unbekannte Gegenden fliegen muß, und hat sich entschlossen, seine Sekretärin, mich, wenn ich artig bin, mitzunehmen. Es ist zum Kotzen. Von Seymour ganz abgesehen – es bedeutet Wellblech-Baracken in eisigen Luftstützpunkten, kindische Annäherungsversuche unserer kämpfenden Truppe und die gräßlichen Papiertüten, in die man im Flugzeug kotzen kann. Jetzt kommt's: Seymour heiratet – ja, *heiratet,* also paß bitte auf. Ich kann nicht hin. Diese Reise kann sechs Wochen oder auch drei Monate dauern. Ich hab das Mädchen getroffen. Meiner Meinung nach eine Null, aber sie sieht phantastisch aus. Ich bin natürlich nicht *sicher,* daß sie eine Null ist. Ich will sagen, an dem Abend, als wir uns trafen, hat sie kaum zwei Worte gesagt. Nur dagesessen und gelächelt und geraucht, mein Urteil ist also nicht ganz fair. Über die Liebesgeschichte der beiden selbst weiß ich überhaupt nichts, nur, daß sie sich offenbar im vergangenen Winter in Monmouth kennengelernt haben, als Seymour dort stationiert war. Die Mutter ist das letzte – in allen Kulturausschüssen mischt sie mit, und zweimal wöchentlich konsultiert sie einen guten Psychotherapeuten. (An dem Abend, an dem wir uns kennenlernten, fragte sie mich zweimal, ob ich schon analysiert worden sei.) Sie sagte mir, sie wünschte nur, Seymour wäre Menschen gegenüber *aufgeschlossener.* Im selben Atemzug sagte sie, sie hätte ihn trotzdem furchtbar gern usw. usw. und daß sie ihm immer hingegeben zugehört hat während all der Jahre, wo er im Funk auftrat. Das ist alles, was ich weiß, außer, daß Du *unbedingt* zur Hochzeit mußt. Wenn Du es nicht tust, würde ich es Dir nie vergeben. Es ist mir Ernst. Mutter und Vater können von der Westküste aus nicht hin. Außerdem hat Franny die Masern. Hast Du sie übrigens letzte Woche gehört? Sie erklärte des langen und breiten, wie sie, als sie vier Jahre alt war, immer in der Wohnung umherflog, wenn niemand daheim war. Der neue Ansager ist schlimmer als Grant – wenn das möglich ist, sogar schlimmer als Sullivan zu unserer Zeit. Er sagte, sicher habe sie doch nur *geträumt*, daß sie herumfliege. Das Kind hielt sich tapfer wie ein Krieger. Sie sagte, sie *wisse*, daß sie fliegen könne, denn wenn sie heruntergekommen sei, habe sie immer staubige Fingerspitzen vom Anfassen der Glühbirnen gehabt. Ich sehne mich nach ihr. Nach Dir auch. Jedenfalls mußt Du *unbedingt* zur Hochzeit. Entferne Dich unerlaubt von der Truppe, wenn es nötig ist, aber bitte, *fahr hin*. Es ist am 4. Juni, um drei Uhr. Sehr unkirchlich und fortschrittlich im Hause ihrer Großmutter, 63. Street. Irgendein Richter traut sie. Ich weiß die Hausnummer nicht, aber es ist genau das zweite Haus neben dem, in dem Carls und Amys üppige Wohnung war. Ich werde Walt ein Telegramm schicken, aber ich fürchte, er ist schon auf dem Schiff. *Bitte*, fahr hin, Buddy. Seymour wiegt noch soviel wie eine Katze und hat den ekstatischen Blick, bei dem man ihn gar nicht anzusprechen wagt. Vielleicht geht alles ganz gut, aber ich hasse das Jahr 1942. Ich glaube, ich werde 1942 bis an mein Lebensende hassen, ganz allgemein, aus Prinzip. Herzliche Grüße, und ich werde Dich besuchen, wenn ich zurück bin. Boo Boo

Ein paar Tage nach Ankunft des Briefes wurde ich aus dem Lazarett entlassen, sozusagen in Obhut von drei Metern Leukoplast um die Rippen. Dann begann ein wochenlanger ermüdender Kampf um die Erlaubnis, an der Hochzeit teilnehmen zu dürfen. Ich schaffte es schließlich, indem ich mir alle Mühe gab, mich bei meinem Kompaniechef beliebt zu machen; wie er selbst sagte, war er ein Büchernarr, dessen Lieblingsautor zufällig auch mein Lieblingsautor war – L. Manning Vines. Oder Hinds. Trotz dieses geistigen Bandes zwischen uns war das Äußerste, das ich aus ihm herausschlagen konnte, ein Urlaubsschein für drei Tage. Das reichte knapp, um mit dem Zug nach New York zu fahren, der Trauung beizuwohnen, irgendwo einen Bissen herunterzuschlingen und schweißtriefend nach Georgia zurückzukehren.

Ich erinnere mich noch, daß im Jahre 1942 die Personenabteile in den Zügen nur dem Namen nach gelüftet waren; sie waren vollgepfercht mit M. P.s und rochen nach Orangensaft, Milch und Schnaps. Die ganze Nacht über hustete ich und las dabei ein Heftchen Ass-Comics, das jemand mir freundlicherweise geliehen hatte. Als der Zug in New York einfuhr – um zehn nach zwei am Mittag des Hochzeitstages –, hatte ich mir fast die Lunge aus dem Hals gehustet, war völlig erschöpft, verschwitzt, zerknittert, und mein Leukoplast juckte höllisch. New York selbst war unbeschreiblich heiß. Ich hatte keine Zeit mehr, zu meiner

Wohnung zu gehen, darum ließ ich mein Gepäck, das aus einer ziemlich jämmerlich wirkenden Segeltuchtasche mit Reißverschluß bestand, in einem der Stahlfächer des Pennsylvania-Bahnhofs. Es kam noch schlimmer: während ich im Textilviertel herumging, um ein leeres Taxi zu finden, kam plötzlich ein Unterleutnant der Nachrichtentruppe, den ich beim Überqueren der Seventh Avenue offenbar übersehen und nicht gegrüßt hatte, auf mich zu, zog den Füller und schrieb meinen Namen, Truppenteil und Adresse auf, während eine Gruppe von Zivilisten interessiert zusah.

Als ich schließlich in ein Taxi kletterte, war ich völlig fertig. Ich gab dem Fahrer Anweisungen, die mich wenigstens in die Nähe von «Carl und Amys» alter Wohnung brachten. Als wir dann aber in dem Straßenabschnitt angekommen waren, war alles ganz einfach. Man brauchte nur noch dem Menschenstrom zu folgen. Es gab sogar einen Segeltuch-Baldachin. Einen Augenblick später betrat ich ein riesiges altes Haus mit Rotsandsteinfassade und wurde von einer sehr hübschen Dame mit lavendelfarbenem Haar begrüßt, die mich fragte, ob ich mit der Braut oder dem Bräutigam befreundet sei. Mit dem Bräutigam, sagte ich. «Oh», sagte sie, «wir sind nämlich gerade dabei, die Leute zu sortieren.» Dabei lachte sie ziemlich laut und führte mich zu dem offenbar letzten noch freien Hocker in einem überfüllten riesigen Zimmer. Seit dreizehn Jahren versuche ich vergeblich, mich an die Einzelheiten dieses Raumes zu erinnern. Ich weiß nur noch, daß er gestopft voll war und erstickend heiß. Nur an zwei Dinge erinnere ich mich: daß fast direkt hinter mir eine Orgel spielte und daß die Frau auf dem Stuhl dicht zu meiner Rechten sich mir zuwandte und mir in einem hingerissenen Bühnengeflüster zuraunte: *«Ich bin Helen Silsburn!»* Aus der Position unserer Stühle erriet ich, daß sie nicht die Brautmutter sein konnte, aber, um sicherzugehen, lächelte ich und nickte vertraulich und wollte gerade sagen, wer ich war, da legte sie züchtig den Finger auf die Lippen, und wir blickten beide nach vorn. Es war ungefähr drei Uhr. Ich schloß die Augen und wartete ein wenig gespannt darauf, daß der Organist sich aus der nichtssagenden Musik in den Brautmarsch aus «Lohengrin» stürzte.

Ich weiß nicht mehr genau, wie die nächsten fünfviertel Stunden verstrichen, ich weiß nur noch, daß es kein Stürzen in den «Brautmarsch» gab. Ich erinnere mich auch an eine verstreut sitzende Gruppe von Leuten, die sich von Zeit zu Zeit umdrehten, um zu sehen, wer da so hustete. Und ich erinnere mich, daß die Frau zu meiner Rechten mich noch einmal ansprach und mir in dem gleichen fast festlichen Geflüster zuraunte: «Es muß eine Verzögerung gegeben haben», sagte sie. «Haben Sie Richter Ranker schon einmal gesehen? Er hat ein Gesicht wie ein *Heiliger.*» Und ich weiß noch, wie die Orgelmusik an einer Stelle seltsam, fast verzweifelt wimmerte und von Bach zu frühem Rodgers und Hart überging. Im ganzen aber, fürchte ich, verbrachte ich die Zeit damit, mir selbst kurze, mitleidsvolle Krankenhausbesuche zu machen, weil ich gezwungen war, meine Hustenanfälle niederzukämpfen. Während der ganzen Zeit in diesem Raum wurde ich von der angstvollen Vorstellung gequält, daß ich gleich Blut spucken oder daß zumindest eine meiner Rippen trotz des Leukoplastkorsetts brechen würde.

Zwanzig Minuten vor vier – oder, um es auf eine andere, deutlichere Weise auszudrücken, eine Stunde und zwanzig Minuten, nachdem man alle Hoffnung aufgegeben hatte – wurde die unvermählte Braut mit hängendem Kopf, zu beiden Seiten von den Eltern gestützt, aus dem Haus geleitet und vorsichtig eine hohe Freitreppe hinunter auf den Gehsteig geführt, dann wurde sie in den ersten der schmucken, auf Hochglanz polierten, schwarzen Mietwagen, die in zwei Reihen am Bordstein warteten, geschoben – fast schien es, gehoben. Es war eine ausgesprochen druckreife Situation – eine Gesellschaftsblattsituation –, und wie es bei Gesellschaftsblattsituationen so ist, hatte sie ihre volle Besetzung von Augenzeugen, denn die Hochzeitsgäste (ich selber unter ihnen) hatten schon begonnen, aus dem Hause zu strömen, zwar würdig, aber doch in flinken, um nicht zu sagen glotzäugigen Schwärmen. Wenn dieser Anblick wenigstens etwas gemildert wurde, so ist das einzig und allein auf das Wetter zurückzuführen. Die Junisonne war so heiß und strahlend, von so tausendblitzlichtfacher Barmherzigkeit, daß das Bild der Braut, wie sie da so beinahe hinfällig die Steinstufen hinunterkam, einem fast vor den Augen verschwamm, und zwar an den Stellen, wo eine Verschleierung am wohltätigsten war.

Nachdem der Brautwagen wenigstens physikalisch von der Bühne verschwunden war, löste sich die Spannung auf dem Bürgersteig – besonders da, wo der Baldachin am Bordstein endete und wo auch ich zum Beispiel herumstand –, es entstand ein Durcheinander, das man, wäre das Gebäude eine Kirche und der Tag ein Sonntag gewesen, für ein ganz normales Gemeinde-Auflösungs-Durcheinander hätte halten können. Dann wurde ganz plötzlich die Losung ausgegeben – wie ich nachher hörte, von einem Onkel der Braut namens Al –, daß die Hochzeitsgäste die Wagen, die am Bordstein warteten, nun auch *benutzen* sollten, ganz gleich, ob der Empfang stattfand oder nicht, ob die Pläne geändert wurden oder nicht. Wenn ich aus der Reaktion meiner näheren Umgebung schließen darf, so wurde dieses Angebot allgemein als eine Art von *höflicher Geste* angesehen. Es wurde indessen doch angedeutet, daß man die Wagen erst «benutzen» durfte, nachdem eine Abteilung von furchteinflößenden Leuten – die als «unmittelbare Angehörige» der Braut bezeichnet wurden – alle Wagen besetzt hatten, die *sie* benötigten, um sich vom Schauplatz zurückzuziehen. Nach einem etwas geheimnisvollen und engpaßähnlichen Aufschub (währenddessen ich wie festgenagelt auf meinem Platz stand) begannen die «unmittelbaren Angehörigen» tatsächlich ihren Exodus, manchmal sechs oder sieben in einem Auto, manchmal drei oder vier. Die Zahl hing, wie ich vermutete, von Alter, Würde und Hüftbreite der zuerst Einsteigenden ab.

Plötzlich fand ich mich auf die – betont forsche – Anregung eines der Scheidenden hin am Bordstein, direkt am Rand des Baldachins, wo ich den Gästen in die Autos half.

Warum ich erwählt wurde, diesen Posten auszufüllen, verdient eine kleine Betrachtung. Soviel ich weiß, hatte der unbekannte Mann in mittleren Jahren, der mich für diese Aufgabe bestimmt hatte, nicht die geringste Ahnung, daß ich der Bruder des Bräutigams war. Deshalb scheint es logisch, daß ich aus anderen, viel weniger poetischen Gründen ausgewählt wurde. Es war das Jahr 1942. Ich war dreiundzwanzig und frisch eingezogen. Ich glaube, es waren einzig mein Alter, meine Uniform und die olivenfarbig-dumpfe Dienst-Aura, die mich umgab, die mich ohne Zweifel wie zum Türsteher vorherbestimmt hatten erscheinen lassen. Ich war nicht nur dreiundzwanzig, sondern auch recht zurückgeblieben für dieses Alter. Ich weiß noch, daß ich Leute in Autos lud, ohne die geringste Autorität auszuüben. Im Gegenteil, ich ging mit einem gewissen unaufrichtigen Air von kadettenhafter Redlichkeit und kadettenhaftem Pflichtbewußtsein vor. Nach ein paar Minuten wurde mir plötzlich klar, daß ich mich ausschließlich den Bedürfnissen einer vorherrschend älteren, gedrungeneren, fleischigeren Generation widmete, und mein Auftritt als Arm-Nehmer und Türschließer bekam eine völlig verlogene Forschheit. Ich spielte einen ganz besonders aufrechten, durch und durch hilfsbereiten jungen Riesen mit Husten.

Aber die Hitze des Nachmittags war – milde gesagt – drückend, und mein Amt muß mir immer weniger lohnend erschienen sein. Denn plötzlich warf ich mich, obwohl die Schar der «unmittelbaren Angehörigen» kaum gelichtet schien, in einen der frisch beladenen Wagen, im gleichen Augenblick, wo er anrollte. Ich stieß mir dabei (vielleicht zur Strafe) den Kopf mit einem hörbaren Knall gegen das Dach. Eine der Insassen des Wagens war niemand anders als meine flüsternde Bekannte, Helen Silsburn, und sie begann gleich, mich mit uneingeschränktem Mitgefühl zu überschütten. Offenbar hatte der Knall durch das ganze Auto gedröhnt. Aber mit dreiundzwanzig gehörte ich zu den jungen Leuten, die jede öffentliche Beschädigung ihrer Person, wenn es sich nicht gerade um einen Schädelbruch handelt, mit einem hohlen, unnatürlichen Lachen quittieren. Der Wagen bewegte sich westwärts, direkt in die offene Glut des Spätnachmittaghimmels hinein. Er fuhr über zwei Straßenkreuzungen weiter nach Westen, bis er die Madison

Avenue erreichte, und drehte dann im rechten Winkel scharf nach Norden. Ich hatte das Gefühl, daß allein die außergewöhnliche Geschicklichkeit und Schnelligkeit des mir unbekannten Fahrers uns davor bewahrt hatte, vom schrecklichen Glutstrom der Sonne verschlungen zu werden.

Bis wir die ersten vier oder fünf Kreuzungen der Madison Avenue hinter uns hatten, beschränkte sich die Unterhaltung auf Bemerkungen wie: «Haben Sie auch Platz genug?» und «In meinem ganzen Leben ist mir noch nicht so *heiß* gewesen.» Diejenige, der es noch nie in ihrem Leben so heiß gewesen war, war, wie ich durch einiges Ohrenspitzen am Bordstein erfahren hatte, die Brautführerin. Sie war ein breitknochiges Mädchen von vier- oder fünfundzwanzig in einem rosa Seidenkleid und mit einem Kränzchen von künstlichen Vergißmeinnicht im Haar. Sie strahlte ein ausgesprochen athletisches Ethos aus, so, als ob sie vor ein paar Jahren auf dem College Leibesübungen als Hauptfach gehabt hätte. Den Strauß Gardenien im Schoß hielt sie eher, als ob er ein Volleyball sei, aus dem die Luft ausgelassen ist. Sie saß im Fond des Wagens, eingekeilt zwischen ihrem Mann und einem schmächtigen älteren Mann in Cut und Zylinder, der eine nicht brennende reine Havannazigarre in der Hand hielt. Mrs. Silsburn und ich, deren Knie sich auf eine nicht anstößige Weise berührten, saßen auf den Klappsitzen. Zweimal schon hatte ich mich ohne jeden Grund, aus reiner Sympathie, nach dem dürren ältlichen Männchen umgesehen. Als ich den Wagen beladen hatte und ihm die Tür aufhielt, hatte ich einen Augenblick den Drang verspürt, ihn aufzuheben und sanft durch das offene Fenster zu schieben. Er war einfach winzig, sicher nicht größer als ein Meter vier- oder fünfundvierzig, dabei war er weder ein Liliputaner noch ein Zwerg. Er saß da und starrte mit strenger Miene geradeaus. Als ich mich zum zweitenmal nach ihm umdrehte, bemerkte ich auf dem Revers seines Rocks etwas, das ganz wie ein alter Soßenfleck aussah. Ich bemerkte auch, daß zwischen dem Deckel seines Zylinders und dem Wagendach noch ein Abstand von mindestens zehn oder zwölf Zentimetern war ... Aber während dieser ersten Minuten in dem Auto war ich doch hauptsächlich mit meinem eigenen Gesundheitszustand beschäftigt. Ich hatte Rippenfellentzündung und eine Beule am Kopf und außerdem eine hypochondrische Ahnung, daß sich eine Halsentzündung bei mir anbahnte. Ich saß da und tastete mit zurückgerollter Zunge nach der verdächtig schmerzenden Stelle. Ich weiß noch, daß ich geradeaus starrte, genau in den Nacken des Fahrers, auf dem die Pickelnarben ein Landkartenrelief bildeten. Plötzlich sprach mich meine Klappsitzgefährtin an: «Ich bin gar nicht dazu gekommen, Sie da drinnen zu fragen. Wie geht es denn Ihrer lieben Mutter? Sie sind doch Dickie Briganza?» Im Augenblick, als diese Frage gestellt wurde, war meine tastende Zunge bis zum weichen Gaumen vorgedrungen. Ich entrollte sie, schluckte und wandte mich der Sprecherin zu. Sie war etwa fünfzig, modisch und geschmackvoll gekleidet. Sie trug ein dickes Make-up. Ich sagte nein, das sei ich nicht.

Sie kniff die Augen ein wenig zusammen, betrachtete mich und sagte, ich sähe aber genau aus wie Celia Briganzas Sohn. Besonders um den Mund herum. Ich versuchte, durch meine Miene auszudrücken, daß eine solche Verwechslung jedem passieren könne. Dann starrte ich weiter auf den Nacken des Fahrers. Im Wagen herrschte Schweigen. Zur Abwechslung warf ich einen Blick aus dem Fenster.

«Wie gefällt es Ihnen in der Armee?» fragte Mrs. Silsburn. Die Frage kam plötzlich, und ihr Anlaß war nicht wirkliches Interesse.

In diesem Augenblick überfiel mich ein kurzer Hustenanfall. Als er vorüber war, wandte ich mich ihr mit allem Eifer zu, den ich aufbieten konnte, und sagte, ich hätte eine Menge netter Kameraden gefunden. Wegen des Leukoplastkorsetts um mein Zwerchfell war es ein wenig schwierig, mich ihr richtig zuzuwenden.

Sie nickte. «Ich finde euch alle einfach wunderbar», sagte sie ein wenig unklar. «Sind Sie mit der Braut befreundet oder mit dem Bräutigam?» fragte sie und kam damit vorsichtig auf einen wunden Punkt.

«Nun, ich bin nicht eigentlich ein Freund des . . .»

«Sagen Sie lieber nicht, daß Sie mit dem *Bräutigam* befreundet sind», fiel mir die Brautführerin von hinten ins Wort. «Den möchte ich nur *zwei Minuten* lang in die Finger kriegen. Nur *zwei Minuten*, das würde genügen.» Mrs. Silsburn wandte sich kurz, aber ganz um und lächelte die Sprecherin an. Tatsächlich wandten wir uns beide wie auf Kommando gleichzeitig um. Wenn man bedenkt, daß Mrs. Silsburn sich nur einen Augenblick lang umgedreht hatte, so war das Lächeln, das sie der Brautführerin zuwarf, eine Art von Klappsitz-Meisterwerk. Es war lebhaft genug, um uneingeschränktes Einvernehmen mit allen jungen Menschen auf der ganzen Welt auszudrücken, besonders mit dem hier anwesenden temperamentvollen Exemplar, das kein Blatt vor den Mund nahm, dem sie im übrigen, wenn überhaupt, nur ganz offiziell vorgestellt worden war.

«Blutdürstiges Weib», sagte eine glucksende männliche Stimme. Und Mrs. Silsburn und ich wandten uns wieder um. Es war der Mann der Brautführerin, der da gesprochen hatte. Er saß zur Linken seiner Frau, genau hinter mir. Er und ich, wir tauschten jenen leeren, unkameradschaftlichen Blick, den in jenem Katzenjammerjahr 1942 wahrscheinlich nur ein Offizier und ein einfacher Soldat tauschen konnten. Er war Oberleutnant bei der Nachrichtentruppe und trug eine sehr interessante Pilotenmütze – eine Schirmmütze, aus deren Kopfteil der Metallrahmen entfernt worden war, was dem Träger gewöhnlich ein gewisses, wahrscheinlich beabsichtigtes Air von Kühnheit verlieh. In seinem Fall jedoch war der Effekt nicht ganz der gewünschte. Seine Mütze schien nur den Zweck zu erfüllen, meine eigene, zu große, vorschriftsmäßige Kopfbedeckung wie einen Clownshut erscheinen zu lassen, den jemand mit gespreizten Fingern ängstlich aus einem Müllschlucker herausgefischt hat. Sein Gesicht war gallig, und er sah irgendwie eingeschüchtert aus. Er schwitzte in fast unglaublichen Strömen – auf der Stirn, der Oberlippe, sogar seine Nasenspitze schwitzte –, wahrscheinlich hätte eine Salztablette ihm gut getan. «Ich bin mit dem blutdürstigsten Weib von sechs Grafschaften verheiratet», sagte er. Er wandte sich dabei wieder mit seinem leisen gezwungenen Kichern an Mrs. Silsburn. Fast hätte ich aus einer automatischen Reverenz vor seinem Rang mitgekichert – das kurze, stupide Kichern eines Fremden und eines Rekruten, das klar bezeugen würde, daß ich auf seiner und auf der Seite aller Insassen des Wagens war, gegen niemanden.

«Ich meine es *ernst*», sagte die Brautführerin. «Nur zwei Minuten – das wäre genug, mein Junge. Oh, könnte ich nur meine beiden kleinen *Hände* – –»

«Schon gut», sagte ihr Mann, «beruhige dich.» Seine eheliche Nachsicht war anscheinend unerschöpflich. «Nur immer mit der Ruhe – man lebt länger dabei.» Mrs. Silsburn lehnte sich wieder in den Fond des Wagens zurück, und das Lächeln, das sie der Brautführerin zuwarf, war fast das Lächeln einer Heiligen. «Hat irgend jemand einen von seinen Angehörigen auf der Hochzeit gesehen?» fragte sie sanft, mit einer ganz winzigen – wirklich vornehmen – Betonung auf dem Possessivpronomen.

Die Antwort der Brautführerin kam mit giftigem Nachdruck: «*Nein*. Sie sind alle an der *West*küste oder sonstwo. Ich wünschte nur, ich *wäre* einem begegnet.» Der Ehemann ließ wieder sein Kichern vernehmen. «Und wenn – was hättest du dann getan, Schatz?» fragte er – und blinzelte mir unvorsichtigerweise zu. «Nun, ich *weiß* nicht – aber *irgend* etwas hätte ich getan», sagte die Brautführerin. Das Kichern zu ihrer Linken nahm an Quantität zu. «Doch, ich hätte was getan», beharrte sie. «Ich hätte *irgendwas* zu ihnen gesagt. Bestimmt. Mein Gott!» Sie sprach mit wachsender Überzeugung, als merke sie, daß wir anderen Zuhörer, angesteckt von ihrem Mann, in ihrem Gerechtigkeitssinn – wie kindlich und unrealistisch er auch sein mochte – etwas reizend Aufrichtiges und Temperamentvolles bewunderten. «Ich weiß nicht, *was* ich gesagt hätte. Wahrscheinlich wäre mir nur irgendwas Idiotisches herausgerutscht. Aber mein *Gott*! Ehrlich! Ich kann's einfach nicht ertragen, daß jemand mit kaltblütigem Mord einfach so davonkommt. Ich koche vor Wut.» Sie hielt die Luft gerade lange genug an, um sich durch einen Blick voll geheuchelter Sympathie von Mrs.

Silsburn wieder aufblähen zu lassen. Mrs. Silsburn und ich hatten uns inzwischen aus übertriebener Geselligkeit vollkommen auf unseren Notsitzen herumgedreht. «Es ist mir *ernst*», sagte die Brautführerin, «man kann nicht einfach so durchs Leben *gondeln* und anderer Leute Gefühle verletzen, wann immer es einem beliebt.»

«Ich fürchte, ich weiß nur sehr wenig von dem jungen Mann», sagte Mrs. Silsburn sanft. «Ich habe ihn tatsächlich noch nie gesehen. Ich hörte gerade erst, daß Muriel verlobt sei . . .»

«*Niemand* hat ihn gesehen», sagte die Brautführerin wütend. «Nicht einmal *ich* habe ihn gesehen. Wir hatten zwei Proben, und beide Male mußte Muriels armer Vater seine Stelle einnehmen, nur weil sein blödes Flugzeug nicht starten konnte. Er sollte vergangenen Dienstag abend von irgendeinem verrückten Armeeflugzeug mitgenommen werden, aber es gab *Schnee* oder sonst was Verrücktes in Colorado oder *Arizona* oder in einer anderen verrückten Gegend, und er kam erst in der *vergangenen Nacht* um ein Uhr an. *Dann* ruft er – zu dieser unmöglichen Stunde – Muriel von Long *Island* oder sonstwo an und bittet sie, ihn in der Halle irgendeines schrecklichen Hotels zu treffen, damit sie miteinander *reden* können.» Die Brautführerin schüttelt sich sehr überzeugend. «Und ihr kennt ja Muriel. Sie ist so sanft, daß sie sich von Hinz und Kunz herumkommandieren läßt. Das ist's, was mich so aufbringt. Gerade solchen Menschen wird immer übel mitgespielt . . . Jedenfalls, sie zieht sich an, klettert in ein Taxi und sitzt in irgendeiner gräßlichen Hotelhalle bis *fünf* heute morgen und redet mit ihm.» Die Brautführerin löste die Umklammerung ihres Gardenienstraußes gerade lang genug, um beide Fäuste über ihrem Schoß zu ballen. «*Ach*, es macht mich ganz rasend», sagte sie.

«Was für ein Hotel?» fragte ich die Brautführerin. Ich versuchte, meiner Stimme einen gleichgültigen Klang zu geben, so etwa, als ob mein Vater in der Hotelbranche wäre und ich als Sohn ein verständliches Interesse daran hätte, wo die Leute in New York abstiegen. In Wirklichkeit war meine Frage fast ganz bedeutungslos. Eigentlich dachte ich nur laut. Die Tatsache interessierte mich, daß mein Bruder seine Verlobte gebeten hatte, ihn in einer Hotelhalle zu treffen und nicht in seiner leeren, leicht zu erreichenden Wohnung. Die Ehrbarkeit dieser Einladung widersprach keineswegs seinem Charakter, trotzdem interessierte sie mich in gewisser Weise.

«*Ich* weiß nicht, in welchem Hotel», sagte die Brautführerin gereizt. «Eben irgendein *Hotel*.» Sie starrte mich an. «Warum?» fragte sie streng. «Sind Sie etwa sein Freund?»

Ihr Blick hatte etwas ausgesprochen Einschüchterndes. Es war das Starren eines Mobs, der aus einer einzigen Frau bestand und nur durch Zeit und Zufall von ihrem Strickbeutel und der guten Aussicht auf die

Guillotine getrennt war. Mein ganzes Leben lang habe ich Angst vor dem Mob in irgendeiner Form gehabt. «Wir waren als Kinder zusammen», murmelte ich beinahe unverständlich.

«Na, da können Sie sich aber beglückwünschen.»

«Aber, aber», sagte ihr Mann.

«*Entschuldige*», sagte die Brautführerin. Sie wandte sich an ihn, aber gemeint waren wir alle. «Aber du bist nicht im selben Zimmer gewesen wie das arme Kind und hast nicht eine geschlagene Stunde lang zugesehen, wie sie sich die Augen ausweinte. Das ist nicht komisch – vergiß es nur nicht. Ich hab auch schon von Bräutigamen gehört, die kalte Füße bekamen oder so. Aber man tut es doch nicht in der *letzten Minute*. Ich meine, man tut es nicht so, daß eine ganze Schar äußerst netter Menschen sich halb zu Tode schämt und einem armen Mädel fast das Herz bricht. Wenn er sich's *anders* überlegt hat, warum hat er ihr dann nicht geschrieben und die Sache wenigstens wie ein Gentleman gelöst? Bevor all der Schaden angerichtet war.»

«Schon gut, schon gut, reg dich nicht auf», sagte ihr Mann. Sein Kichern war wieder zu hören, aber es klang ein wenig mühsam.

«Es ist mir ernst! Warum konnte er ihr nicht schreiben und es ihr sagen, wie ein *Mann*, und die ganze Tragödie verhindern?» Plötzlich sah sie mich an. «Haben Sie vielleicht eine Idee, wo er ist?» fragte sie streng; ihre Stimme klang metallen. «Wenn sie *Jugendfreunde* sind, dann müßten Sie doch . . .»

«Ich bin erst vor zwei Stunden nach New York gekommen», sagte ich nervös. Nicht nur die Brautführerin, auch ihr Mann und Mrs. Silsburn starrten mich jetzt an. «Bis jetzt habe ich nicht einmal Gelegenheit gehabt, an ein Telefon zu kommen.» An diesem Punkt, fällt mir jetzt ein, hatte ich einen Hustenanfall. Es war ein echter Anfall, aber ich muß gestehen, ich tat nichts, um ihn zu unterdrücken oder seine Dauer abzukürzen.

«Sind Sie wegen dieses Hustens beim Arzt gewesen, Schütze?» fragte mich der Leutnant, als der Anfall vorüber war.

In diesem Augenblick bekam ich einen neuen Anfall – seltsamerweise wieder einen ganz echten. Ich saß immer noch in einer halben oder Vierteldrehung auf meinem Notsitz, den Körper nur so weit nach vorn gedreht, um mit allem hygienisch notwendigen Anstand husten zu können.

Es scheint gegen jede Ordnung, aber ich meine, gerade an dieser Stelle sollte ein Absatz eingeklemmt werden, der einige Rätsel löst. Erstens: warum blieb ich in dem Wagen sitzen? Wenn der Zufall es nachher auch anders wollte: ursprünglich war der Wagen ausdrücklich dazu bestimmt, die Insassen zu der Wohnung der Brauteltern zu bringen. Was immer ich auch, aus erster oder zweiter Hand, von der gedemütigten, unvermählten Braut oder ihren verstörten (und wahrscheinlich zornigen) Eltern hätte in Erfahrung bringen können, würde nie die Peinlichkeit meiner Anwesenheit in ihrer Wohnung aufgehoben haben. Warum blieb ich also im Wagen sitzen? Warum stieg ich zum Beispiel nicht aus, wenn er bei Rot hielt? Und warum – das ist eine Frage, die sich noch mehr aufdrängt –, warum war ich überhaupt in den Wagen geklettert? ... Mir scheint, daß es auf diese Fragen mindestens ein Dutzend Antworten gibt, alle, auch wenn sie noch so vage sind, hinreichend. Ich glaube indessen, ich kann sie mir sparen und nur noch einmal auf folgendes hinweisen; es war das Jahr 1942, ich war dreiundzwanzig, eben eingezogen, frisch, darauf gedrillt, mich bei der Herde zu halten – und vor allem: ich fühlte mich einsam. Da sprang man einfach in besetzte Autos – so sehe ich es – und blieb darin sitzen.

Um zur Erzählung zurückzukommen: ich weiß noch, daß, während alle drei – die Brautführerin, ihr Mann und Mrs. Silsburn – mich vereint anstarrten und mir beim Husten zusahen, ich die ganze Zeit zu dem winzigen alten Männchen hinsah. Er blickte immer noch starr vor sich hin. Ich bemerkte, fast mit einem Gefühl der Dankbarkeit, daß seine Füße nicht einmal den Boden berührten. Diese Füße erschienen mir wie liebe, alte Freunde.

«Was erwartet man von diesem Mann jetzt überhaupt?» sagte die Brautführerin zu mir, als ich aus meinem zweiten Hustenanfall wieder aufgetaucht war.

«Sie meinen Seymour?» sagte ich. Aus ihrem Ton schien mir zuerst klar hervorzugehen, daß sie etwas ganz besonders Schimpfliches im Sinn hatte. Dann fiel mir plötzlich ein – und es war reine Intuition –, daß sie geheime Informationen, eine buntscheckige Auswahl von Tatsachen aus Seymours Biographie besaß, wahrscheinlich gerade die Tatsachen, die (meiner Meinung nach) wenig respektabel, bedauerlich dramatisch und, was seine Person betraf, völlig irreführend waren. Nämlich, daß er während seiner Knabenzeit sechs Jahre lang Billy Black, ein nationaler Rundfunkstar, gewesen war. Oder, daß er zum Beispiel schon an der Columbia-Universität immatrikuliert wurde, als er eben fünfzehn war.

«Ja, *Seymour*», sagte die Brautführerin. «Was hat er getan, ehe er eingezogen wurde?»

Wieder blitzte in mir die Ahnung auf, daß sie viel mehr von ihm wußte, als sie, aus irgendeinem Grund, zugeben wollte. Zum Beispiel schien sie genau zu wissen, daß er vor seiner Einberufung Englisch gelehrt hatte – daß er Professor gewesen war. *Professor*. Während ich sie ansah, hatte ich sogar einen Augenblick lang das unbehagliche Gefühl, daß sie vielleicht sogar wußte, daß ich Seymours Bruder war. Dieser Gedanke war nicht angenehm. Ich sah ihr mit einem verschwommenen Blick in die Augen und sagte: «Er war Fußpfleger.» Dann wandte ich mich plötzlich ab und sah zum Fenster hinaus. Das Auto stand schon seit ein paar Minuten, und ich hatte gerade den Klang von kriegerischen Trommeln aus der Ferne vernommen, er kam ungefähr aus der Richtung der Lexington oder der Third Avenue.

«Eine Parade», sagte Mrs. Silsburn. Auch sie hatte sich umgedreht.

Wir standen in Höhe der Sechs- oder Siebenundachtzigsten Straße. Ein Polizist stand mitten auf der Madison Avenue und hielt den in Nord-Süd-Richtung laufenden Verkehr an. Soweit ich sehen konnte, hielt er ihn *nur* an, das heißt, er lenkte ihn nicht nach Osten oder Westen um. Drei oder vier Wagen und ein Bus standen da, die nach Süden wollten, aber unser Wagen war zufällig der einzige in Richtung *uptown*. Direkt an der Ecke und in dem nördlichen Teil der Straße, den ich übersehen konnte, standen die Leute zwei oder drei Reihen tief am Bordstein entlang und auf den Gehsteigen. Offenbar warteten sie auf eine Abteilung Soldaten oder Schwestern oder Pfadfinder oder sonst was, die von ihrem Sammelpunkt in der Lexington oder der Third Avenue kommend vorbeimarschieren sollten.

«Oh, mein *Gott*», sagte die Brautführerin, «das hat gerade noch gefehlt.»

Ich drehte mich um, und wir wären beinahe mit den Köpfen gegeneinandergestoßen. Sie hatte sich nach vorn gebeugt, direkt in den Zwischenraum zwischen mir und Mrs. Silsburn hinein. Auch Mrs. Silsburn wandte sich mit verständnisvoller, beinahe schmerzlicher Miene ihr zu.

«Das kann *Wochen* dauern», sagte die Brautführerin und reckte den Hals, um durch die Windschutzscheibe zu spähen. «Ich hätte *jetzt* schon da sein müssen. Ich habe Muriel und ihrer Mutter gesagt, ich würde in einem der ersten Wagen kommen, und ich wäre in *fünf Minuten* am Haus. O Gott! Können wir denn nichts *tun*?»

«Ich müßte auch jetzt schon da sein», sagte Mrs. Silsburn etwas übereilig.

«Ja, aber ich habe es ihr feierlich *versprochen*. Die Wohnung wird vollgestopft sein mit allerlei verrückten Tanten und Onkeln und völlig Fremden, und ich habe ihr versprochen, daß ich mit mindestens zehn Bajonetten *Wache* halten und dafür sorgen werde, daß sie ein bißchen in Ruhe gelassen wird und –» Sie hielt inne. «O Gott, das ist fürchterlich!»

Mrs. Silsburn gab ein kurzes gekünsteltes Lachen von sich. «Ich fürchte, eine der verrückten Tanten bin ich», sagte sie. Sie war ganz offensichtlich gekränkt.

Die Brautführerin warf ihr einen Blick zu. «Oh, verzeihen Sie. Sie habe ich nicht gemeint», sagte sie. Sie lehnte sich in ihren Sitz zurück. «Ich wollte nur sagen, die Wohnung ist so winzig, und wenn dann jeder dutzendweise hineinströmt – Sie wissen schon, was ich sagen will.»

Mrs. Silsburn sagte nichts, und ich sah sie nicht an, um festzustellen, inwieweit sie sich durch die Bemerkung der Brautführerin vor den Kopf gestoßen fühlte. Ich weiß indessen noch, daß ich seltsam beeindruckt war von dem Ton, in dem sich die Brautführerin wegen ihrer kleinen Entgleisung über «verrückte Onkel und Tanten» entschuldigte. Es war eine wirkliche Entschuldigung, aber sie hatte nichts Verlegenes, besser gesagt, nichts Unterwürfiges, und einen Augenblick lang hatte ich das Gefühl, daß trotz all ihrer theatralischen Indignation, ihrer Angeberei und ihres Draufgängertums doch etwas an ihr war, das an ein Bajonett erinnerte, etwas nicht ganz und gar Unbewundernswertes. (Ich gebe zu, ohne Zögern und bereitwillig, daß meine Meinung in diesem Fall nur begrenzten Wert hat. Ich fühle mich oft allzusehr zu Menschen hingezogen, die sich nicht übertrieben entschuldigen.) Der springende Punkt ist indessen, daß ich genau in diesem Augenblick zum erstenmal eine kleine Welle von Mißfallen über den fehlenden Bräutigam in mir spürte, eine eben erkennbare kleine Schaumkrone der Mißbilligung seiner unerklärten Abwesenheit.

«Wir wollen mal sehen, ob wir nicht ein bißchen Bewegung in die Bude kriegen können», sagte der Mann der Brautführerin. Es klang wie die Stimme eines Mannes, der unter Beschuß seine Ruhe bewahrt. Ich spürte, wie er sich hinter mir loswand, und ganz plötzlich stieß sein Kopf in den begrenzten Zwischenraum zwischen mir und Mrs. Silsburn. «Fahrer!» sagte er mit Nachdruck, dann wartete er auf eine Reaktion. Als sie prompt erfolgte, wurde seine Stimme ein wenig verbindlicher, demokratischer: «Wie lange, glauben Sie, werden wir noch festgehalten?»

Der Fahrer wandte sich um. «Da fragen Sie mich zuviel, Mann», sagte er. Dann blickte er wieder geradeaus. Er war ganz versunken in das, was an der Verkehrsstauung vor sich ging. Einen Augenblick vorher war ein kleiner Junge mit einem halb erschlafften roten Ballon auf die geräumte, für Passanten verbotene Fahrbahn gelaufen. Er war gerade wieder eingefangen worden und wurde jetzt von seinem Vater an den Bordstein zurückgezerrt, und der Vater versetzte dem Jungen dabei mit der leichtgeballten Faust zwei Püffe zwischen die Schulterblätter. Diese Handlung wurde von der Menge in gerechtem Zorn mit Buhrufen quittiert.

«Haben Sie *gesehen*, was der Mann mit dem *Kind* getan hat?» fragte Mrs. Silsburn entrüstet. Sie wandte sich ganz allgemein an alle Anwesenden. Niemand antwortete.

«Sollen wir nicht den Polizisten mal fragen, wie lange das hier noch dauern kann?» sagte der Mann der Brautführerin zum Fahrer. Er war immer noch nach vorn gebeugt, offenbar ganz und gar nicht zufrieden mit der lakonischen Antwort, die er auf seine erste Frage bekommen hatte. «Wir sind alle ziemlich eilig, wissen Sie. Könnten Sie ihn wohl fragen, wie lange das hier voraussichtlich noch dauert?»

Ohne sich umzudrehen, zuckte der Fahrer nur unhöflich die Schultern. Aber er stellte den Motor ab und kletterte aus dem Wagen, dabei knallte er die schwere Tür der Limousine hinter sich zu. Er war ein unordentlich gekleideter, stiernackiger Kerl, nur zum Teil als Chauffeur gekleidet: er trug einen schwarzen Sergeanzug, aber keine Mütze.

Er ging langsam, auf eine lässige, um nicht zu sagen aufreizende Art, die paar Schritte bis zur Kreuzung, wo der diensttuende Polizist den Verkehr dirigierte. Dann standen die beiden eine Ewigkeit lang beisammen und redeten. (Ich hörte die Brautführerin hinter mir stöhnen.) Dann brachen die beiden Männer plötzlich in schallendes Gelächter aus – so als hätten Sie sich gar nicht miteinander unterhalten, sondern nur sehr kurze, schmutzige Witze ausgetauscht. Dann winkte der Fahrer, immer noch haltlos lachend, dem Polizisten brüderlich zu und kam – langsam – zum Wagen zurück. Er stieg ein, knallte seine Tür zu, zog eine Zigarette aus dem Päckchen, das auf dem Armaturenbrett lag, steckte sich die Zigarette hinters Ohr, und dann, dann erst, wandte er sich um, um uns Bericht zu erstatten. «Er weiß es auch nicht», sagte er. «Wir müssen schon warten, bis die Parade hier vorbei ist.» Er ließ einen einzigen gleichgültigen Blick über uns alle gleiten. «Wenn die vorbei ist, können wir weiter.» Er drehte sich wieder nach vorn, zog die Zigarette hinter dem Ohr hervor und steckte sie an.

Im Fond gab die Brautführerin ein kurzes, aber tiefes Stöhnen von sich, in dem sich Hilflosigkeit und Gereiztheit Luft machten. Dann herrschte Schweigen. Zum erstenmal seit mehreren Minuten warf ich wieder einen Blick nach hinten auf das kleine ältliche Männchen mit der nicht brennenden Zigarre. Die Verzögerung schien ihn nicht zu berühren. Seine Haltung beim Sitzen im Wagenfond – Wagen in Bewegung, Wagen in Ruhestellung, sogar – man war einfach gezwungen, sich auch das vorzustellen –, sogar in Wagen, die von einer Brücke in einen Fluß stürzten – schien ein für allemal festzuliegen. Es war wunderbar einfach. Man saß sehr aufrecht, hielt einen Abstand von zehn bis fünfzehn Zentimetern zwischen seinem Zylinder und dem Wagendach und starrte wild auf die Windschutzscheibe. Wenn der Tod – der die ganze Zeit da draußen lauerte, vielleicht sogar auf der Motorhaube saß –, wenn der Tod geheimnisvoll durch das Glas trat und einen holte, dann stand man wahrscheinlich ganz einfach auf und ging mit, entschlossen, aber ruhig. Es bestand die Chance, daß man die Zigarre mitnehmen konnte, wenn es eine reine Havanna war.

«Was sollen wir denn tun? Einfach hier *sitzen*», sagte die Brautführerin. «Ich sterbe vor Hitze.» Und Mrs. Silsburn und ich wandten uns gerade rechtzeitig um, um zu sehen, wie sie, zum erstenmal, seit wir im Wagen saßen, ihren Mann direkt ansah. «Kannst du nicht wenigstens einen Zentimeter rücken?» sagte sie zu ihm. «Ich bin hier so eingezwängt, ich kann kaum Luft kriegen.» Der Leutnant öffnete mit einer ausdrucksvollen Geste die Hände. «Ich sitze praktisch schon auf dem Trittbrett, Häschen», sagte er.

Die Brautführerin warf jetzt einen Blick, in dem sich Neugierde und Mißbilligung mischten, auf ihren anderen Sitzgenossen, der, als ob er unbewußt die Aufgabe übernommen hätte, mich aufzuheitern, viel mehr Platz einnahm, als er brauchte. Zwischen seiner rechten Hüfte und dem unteren Rand der äußeren Armlehne klaffte ein Zwischenraum von mindestens fünf Zentimetern. Ohne Zweifel hatte auch die Brautführerin das bemerkt, aber trotz all ihrer inneren Kraft fehlte ihr doch der Mut, der nötig gewesen wäre, um dieses furchteinflößende Männchen anzusprechen. Sie wandte sich wieder an ihren Mann. «Kannst du an deine Zigaretten heran?» sagte sie gereizt. «Ich werde meine niemals herausziehen können, so wie wir hier zusammengepackt sind.» Bei dem Wort «zusammengepackt» wandte sie wieder den Kopf, um einen kurzen, vielsagenden Blick zu dem winzigen Schuldigen hinüberzuwerfen, der den Platz wegnahm, der ihrer Überzeugung nach von Rechts wegen ihr zustand. Er blieb in einer erhabenen Weise unberührt. Er starrte weiter geradeaus auf die Windschutzscheibe. Die Brautführerin sah Mrs. Silsburn an und hob vielsagend die Augenbrauen. Mrs. Silsburn antwortete mit einer Miene voll Verständnis und Mitgefühl. Der Leutnant hatte inzwischen das Gewicht auf seine linke, dem Fenster zugewandte Gesäßseite verlegt und aus der rechten Tasche seiner Offiziershose ein Päckchen Zigaretten und ein Streichholzheftchen gezogen. Seine Frau nahm sich eine Zigarette und wartete auf Feuer, das prompt gegeben wurde. Mrs. Silsburn und ich beobachteten das Anzünden der Zigarette, als sei es etwas ganz Neues. «Oh, *entschuldigen* Sie», sagte der Leutnant plötzlich und hielt sein Zigarettenpäckchen Mrs. Silsburn hin. «Nein, danke – ich rauche nicht», sagte Mrs. Silsburn schnell – fast mit Bedauern.

«Schütze?» sagte der Leutnant und hielt mir das Päckchen hin – er hatte nur ganz kurz gezögert. Um die Wahrheit zu sagen, ich rechnete es ihm hoch an, daß er sich zu diesem Angebot durchgerungen hatte, es war ein kleiner Sieg der zivilen Höflichkeit über den Kastengeist, aber ich lehnte die Zigarette ab.

«Darf ich einmal Ihre Streichhölzer sehen?» sagte Mrs. Silsburn mit einer übertrieben unterwürfigen, fast Kleinmädchenstimme.

«Diese hier?» sagte der Leutnant. Er reichte das Streichholzheftchen Mrs. Silsburn bereitwillig hinüber.

Mrs. Silsburn betrachtete das Heftchen, während ich hingegeben zusah. Auf dem äußeren Umschlag waren mit Goldlettern auf scharlachrotem Grund die Worte gedruckt: «Diese Streichhölzer wurden im Haus von Bob und Edie Burwick gestohlen.» – *«Entzückend»*, sagte Mrs. Silsburn und schüttelte den Kopf. «Wirklich entzückend.» Ich versuchte, durch meine Miene darzutun, daß ich die Inschrift nicht ohne Brille lesen könne; ich kniff als Ausdruck meiner Neutralität die Augen zusammen. Mrs. Silsburn schien sich nur schwer von dem Heftchen zu trennen. Als sie es dann doch getan und der Leutnant es in die Brusttasche seines Waffenrocks geschoben hatte, sagte sie: «Ich kann mich nicht erinnern, so etwas schon einmal gesehen zu haben.» Sie hatte sich jetzt ganz herumgedreht und starrte beinahe zärtlich auf die Brusttasche des Leutnants.

«Wir haben uns im vorigen Jahr einen ganzen Stapel drucken lassen», sagte der Leutnant. «Sie werden's nicht glauben, wie selten mir seitdem die Streichhölzer ausgehen.»

Die Brautführerin wandte sich ihm zu – oder vielmehr gegen ihn. «Wir haben es gar nicht *deswegen* getan», sagte sie. Sie warf Mrs. Silsburn einen Sie-wissen-ja-wie-die-Männer-sind-Blick zu und sagte zu ihr: «Ich weiß nicht. Ich fand es einfach schick. Frech, aber auch irgendwie schick. Sie wissen schon.»

«Es ist entzückend. Ich glaube nicht, daß ich je . . .»

«Tatsächlich ist es gar nicht originell oder so. Solche Dinge hat jetzt jeder», sagte die Brautführerin. «Ursprünglich habe ich die Idee von Muriels Mutter und Vater. Sie hatten sie immer im Haus herumliegen.» Sie sog den Rauch ihrer Zigarette tief ein, und während sie weitersprach, ließ sie ihn in kleinen Stößen mit den Silben zusammen entströmen. «*Gott*, sind das phantastische Leute. Das ist's auch, was mich an der ganzen Sache so *rasend* macht. Ich meine, warum passiert so was nicht all den Schweinehunden, die es auf der Welt gibt, sondern immer nur den netten Menschen? Das ist es, was ich nicht verstehe.» Sie sah Mrs. Silsburn fragend an.

Mrs. Silsburn lächelte ein Lächeln, das wissend, matt und rätselhaft zugleich war – das Lächeln, dachte ich damals, einer Notsitz-Mona-Lisa. «Das habe ich mich auch oft gefragt», sagte sie leise. Dann bemerkte sie vielsagend: «Wissen Sie, Muriels Mutter ist die jüngste Schwester meines verstorbenen Mannes.»

«Oh», sagte die Brautführerin lebhaft, «dann *wissen Sie* es ja.» Der linke Arm, den sie jetzt ausstreckte, um die Asche von ihrer Zigarette in den Aschenbecher unter dem Fenster, an dem ihr Mann saß, abzustreifen, schien überraschend lang. «Sie ist eine der wenigen wirklich geistvollen Menschen, die ich in meinem Leben getroffen habe – ich meine es ehrlich. Ich will sagen, sie hat fast alles gelesen, was je gedruckt worden ist. Du meine Güte! Wenn ich nur ein Zehntel von dem gelesen hätte, was diese Frau gelesen und vergessen hat, dann wäre ich glücklich. Ich will sagen: sie hat *unterrichtet*, sie hat für eine *Zeitung* gearbeitet, sie entwirft ihre eigenen *Kleider*, sie tut jede Kleinigkeit in ihrem *Haushalt* selbst. Sie kocht *überirdisch*. Mein Gott! Ich halte sie – ohne Übertreibung – für die wundervollste . . .» «War sie denn mit der Heirat einverstanden?» fiel ihr Mrs. Silsburn ins Wort. «Ich frage, weil ich endlos lang in Detroit war. Meine Schwägerin ist plötzlich gestorben, und ich habe . . .»

«Sie ist zu nett, um was zu sagen», sagte die Brautführerin schlicht. Sie schüttelte den Kopf. «Ich wollte sagen, sie ist zu – Sie wissen schon – *diskret*.» Sie dachte nach. «Tatsächlich habe ich sie heute morgen zum erstenmal etwas zu diesem Thema sagen hören. Und das auch nur, weil sie der armen Muriel wegen außer sich war.» Sie streckte wieder den Arm aus, um die Asche von ihrer Zigarette abzustreifen.

«Was hat sie denn heute morgen gesagt?» fragte Mrs. Silsburn gierig.

Die Brautführerin schien einen Augenblick nachzudenken. «Nun, nicht einmal viel», sagte sie. «Ich meine, nichts Kleinliches oder wirklich Her*ab*würdigendes oder so etwas. Alles, was sie sagte, war eigentlich, daß dieser Seymour ihrer Meinung nach ein latenter Homosexueller sei und sich im Grunde vor der Ehe fürchte. Ich meine, sie sagte das nicht mit einem gemeinen Unterton oder so. Sie sagte es einfach – Sie wissen schon –, sie stellte es sachlich fest. Ich meine, sie ist selbst schon seit Jahren in psychoanalytischer Behandlung.» Die Brautführerin sah Mrs. Silsburn an. «Ich verrate da gar kein *Geheimnis* oder so. Ich will sagen, Mrs. Fedder würde Ihnen das selbst erzählen, ich verrate also gar kein Geheimnis oder so.»

«Das weiß ich», sagte Mrs. Silsburn schnell. «Sie ist der letzte Mensch auf der . . .»

«Ich meine, das Wesentliche ist», sagte die Brautführerin, «sie gehört nicht zu den Leuten, die mit so etwas 'rausplatzen, ohne zu wissen, was sie sagen. Und sie würde nie, *niemals* davon angefangen haben, wenn die arme Muriel nicht so – Sie wissen schon – so völlig fertig gewesen wäre.» Sie schüttelte entrüstet den Kopf. «Mein Gott, Sie hätten das arme Kind sehen sollen.»

Ich glaube, ich sollte hier unterbrechen, um meine Reaktion auf den wichtigsten Punkt der Aussage der Brautführerin zu beschreiben. Aber vielleicht darf ich im Augenblick – mit der gütigen Erlaubnis des Lesers – auch damit noch warten.

«Was sagte sie denn sonst noch?» fragte Mrs. Silsburn. «Ich meine Rhea. Hat sie sonst noch etwas gesagt?» Ich sah nicht zu ihr hin – ich konnte meinen Blick nicht vom Gesicht der Brautführerin wenden –, aber ich hatte den flüchtigen verzweifelten Eindruck, daß Mrs. Silsburn der Hauptwortführerin beinahe auf dem Schoß saß.

«Nein. Nicht eigentlich. Kaum.» Die Brautführerin dachte nach – schüttelte den Kopf. «Ich meine – wie ich schon sagte –, sie hätte überhaupt *nichts* gesagt – all die Leute, die herumstanden und so –, wenn die arme Muriel nicht halb irre vor Aufregung gewesen wäre.» Sie schnippte wieder die Zigarettenasche ab. «Fast das einzige, was sie außerdem noch sagte, war, daß dieser Seymour wirklich eine schizoide Persönlichkeit sei, und wenn man die Sache nüchtern betrachte, dann sei es, so wie alles gekommen sei, für Muriel besser. *Mir* leuchtet das ein, aber ich bin nicht so sicher, daß es Muriel einleuchtet. Er hat sie so *durcheinandergebracht*, sie weiß nicht mehr, ob sie liegt oder steht. Das ist es, was mich so . . .»

An diesem Punkt wurde sie unterbrochen. Durch mich. Ich weiß noch, daß meine Stimme schwankte, wie immer, wenn ich sehr aufgebracht bin.

«Was ließ Mrs. Fedder vermuten, daß Seymour ein latenter Homosexueller und eine schizoide Persönlichkeit sei?»

Alle Augen – alle Scheinwerfer, so schien mir –, die der Brautführerin, Mrs. Silsburns, sogar die des Leutnants waren plötzlich auf mich gerichtet. «Was?» sagte die Brautführerin scharf, ein wenig feindselig. Und wieder hatte ich die flüchtige Ahnung, sie wüßte, daß ich Seymours Bruder war.

«Was bringt Mrs. Fedder dazu, zu glauben, daß Seymour ein latenter Homosexueller und eine schizoide Persönlichkeit sei?»

Die Brautführerin starrte mich an, dann schnaubte sie vielsagend. Sie wandte sich mit aller Ironie, die ihr zur Verfügung stand, an Mrs. Silsburn. «Würden Sie sagen, daß jemand, der so ein Ding wie heute das dreht, *normal* ist?» Sie hob die Augenbrauen und wartete. «Würden Sie das?» fragte sie ruhig, oh, so ruhig. «Seien Sie ehrlich. Ich frage ja nur zum Besten dieses Herrn.» Mrs. Silsburns Antwort war die Sanftmut selbst, die Fairneß selbst. «Nein, bestimmt nicht», sagte sie.

Ich spürte plötzlich den heftigen Drang, aus dem Wagen zu springen und loszurennen, irgendwohin. Wie ich mich aber erinnere, saß ich, als mich die Brautführerin wieder anredete, immer noch auf meinem Notsitz. «Hören Sie mal», sagte sie in dem geheuchelt geduldigen Ton, in dem ein Lehrer vielleicht mit einem Kind redet, das nicht nur zurückgeblieben ist, sondern dessen Nase außerdem ständig in einer abstoßenden Weise läuft. «Ich weiß nicht, wieviel Menschenkenntnis Sie besitzen, aber welcher Mann, wenn er bei Verstand ist, hält in der Nacht vor seiner Hochzeit seine Braut bis zum Morgen wach und quatscht ihr die ganze Zeit vor, daß er zu *glücklich* ist, um zu heiraten, und daß sie die Hochzeit ver*schieben* muß, bis er sich *ruhiger* fühlt, daß er sonst nicht kommen kann. *Dann*, wenn seine Braut ihm geduldig wie einem *Kind* erklärt, daß alles seit Monaten geplant und vorbereitet ist, daß ihr Vater sich in unglaubliche Unkosten gestürzt hat, von der Mühe und allem anderen ganz zu schweigen, damit sie ihren Empfang und alles das haben können, und daß ihre Verwandten und Freunde von *überallher* kommen – dann, nachdem sie das alles erklärt hat, sagt er, daß es ihm schrecklich leid tut, aber daß er nicht heiraten kann, bis er sich weniger *glücklich* fühlt oder so was Verrücktes. Bitte, gebrauchen Sie jetzt mal Ihren Verstand. Hört sich das etwa *normal* an? Sagt jemand so etwas, der bei Verstand ist?» Ihre Stimme war jetzt schrill. «Oder sagt das nicht jemand, den man in die Klapsmühle sperren sollte?» Sie sah mich sehr streng an, und als ich nicht sofort antwortete, weder mich verteidigte noch kapitulierte, ließ sie sich schwer in ihren Sitz sinken und sagte zu ihrem Mann: «Bitte, gib mir noch eine Zigarette. An der hier verbrenne ich mir gleich die Finger.» Sie reichte ihm den brennenden Stummel, und er drückte ihn aus. Dann holte er sein Zigarettenpäckchen wieder heraus. «Steck du sie an», sagte sie, «ich habe keine Kraft mehr.»

Mrs. Silsburn räusperte sich. «Mir kommt es so vor», sagte sie, «als ob man noch von Glück sagen könnte, daß alles so . . .»

«Ich frage *Sie*», begann die Brautführerin mit neuer Kraft und nahm gleichzeitig die neu entzündete Zigarette von ihrem Mann entgegen, «hört sich das wie ein normaler Mensch an – wie ein normaler *Mann?* Oder hört sich das nicht eher an wie jemand, der entweder nie richtig *erwachsen* geworden ist oder ganz einfach nach blühendem Wahnsinn der schlimmsten Sorte?»

«Mein Gott. Ich weiß wirklich nicht, was ich sagen soll. Ich meine nur, man könnte von Glück sagen, daß alles so . . .»

Die Brautführerin beugte sich plötzlich interessiert vor und stieß den Rauch durch die Nase aus. «Schon gut, lassen wir das, vergessen Sie es für den Augenblick – das kann ich jetzt nicht brauchen», sagte sie. Sie sprach zu Mrs. Silsburn, aber in Wirklichkeit redete sie mich, sozusagen durch Mrs. Silsburns Gesicht hindurch, an. «Haben Sie je – – – im Film gesehen?»

Der Name, den sie nannte, war der Künstlername einer damals ziemlich bekannten – und heute im Jahre 1955 einer recht berühmten – Schauspielerin und Sängerin.

«Ja», sagte Mrs. Silsburn schnell und gespannt, dann wartete sie.

Die Brautführerin nickte. «Gut», sagte sie. «Haben Sie zufällig bemerkt, daß sie schief lächelt? Irgendwie nur mit einer Hälfte des Gesichtes? Man kann es gut merken, wenn man . . .»

«*Ja*, ja, tatsächlich!» sagte Mrs. Silsburn.

Die Brautführerin sog an ihrer Zigarette und warf mir einen – kaum bemerkbaren – Blick zu. «Nun, das kommt von einer teilweisen *Lähmung* irgendwelcher Muskeln», sagte sie und ließ bei jedem Wort einen kleinen Rauchstoß entweichen. «Und wissen Sie, wie sie darangekommen ist? Dieser *normale* Seymour hat sie offenbar geschlagen, und sie mußte mit neun Stichen im Gesicht genäht werden.» Sie streckte wieder den Arm aus (vielleicht an Stelle einer besseren Regieanweisung) und schnippte die Asche ab.

«Darf ich fragen, wo Sie das gehört haben?» sagte ich. Meine Lippen zuckten leicht, auf recht törichte Weise.

«Sie dürfen fragen», sagte sie und sah dabei nicht mich, sondern Mrs. Silsburn an. «Muriels Mutter hat es zufällig vor zwei Stunden erwähnt, während die arme Muriel sich die Augen ausweinte.» Jetzt sah sie mich an. «Beantwortet das Ihre Frage?» Plötzlich nahm sie ihren Gardenienstrauß aus der rechten in die linke Hand. Diese Bewegung war die erste etwas nervös wirkende Geste, die ich sie machen sah. «Übrigens – damit Sie's wissen –» sagte sie, mich weiter anblikkend, «wissen Sie, für wen ich Sie halte? Ich glaube, Sie sind der Bruder dieses Seymour.» Sie wartete, aber nur ganz kurz, und da ich nichts sagte: «Nach seinem verrückten Foto zu urteilen, *gleichen* Sie ihm. Und ich weiß zufällig, daß der Bruder zur Hochzeit kommen sollte. Seine Schwester oder sonst wer hat es Muriel gesagt.» Ihr Blick war unerschütterlich auf mein Gesicht gerichtet. «Sind Sie es?» fragte sie geradeheraus.

Meine Stimme muß ein bißchen brüchig geklungen haben, als ich antwortete. «Ja», sagte ich. Mein Gesicht glühte, und doch hatte ich ein viel, viel weniger haariges Bewußtsein meiner eigenen Identität, als ich es, seit ich am frühen Nachmittag aus dem Zug gestiegen war, gehabt hatte.

«Ich *wußte* es doch», sagte die Brautführerin. «Ich bin doch nicht *blöd.* Wer Sie sind, wußte ich von dem Augenblick an, als Sie in den Wagen stiegen.» Sie wandte sich an ihren Mann. «Hab ich nicht gesagt, er sei sein Bruder, in dem Augenblick, da er in den Wagen stieg. Hab ich es nicht gesagt?»

Der Leutnant änderte seine Sitzstellung ein wenig. «Nun, du sagtest, er wäre wahrscheinlich – ja, doch, du hast es gesagt», sagte er. «Ja, wirklich.»

Man brauchte nicht zu Mrs. Silsburn hinzusehen, um zu merken, wie aufmerksam sie dieser letzten Entwicklung gefolgt war. Ich blickte verstohlen an ihr vorbei und hinter sie auf den fünften Passagier – das ältliche Männchen –, um zu sehen, ob seine Isolation noch intakt war. Sie war intakt. Noch nie hat jemandes Gleichgültigkeit mich so getröstet.

Die Brautführerin wandte sich mir wieder zu: «Damit Sie's nur wissen, ich weiß auch, daß Ihr Bruder kein *Fuß*pfleger war. Sie brauchen gar nicht witzig zu sein. Ich weiß zufällig, daß er ungefähr fünfzig *Jahre* oder so Billy Black bei *Ein kluges Kind* gewesen ist.»

Mrs. Silsburn schaltete sich ganz plötzlich aktiv in die Unterhaltung ein. «In der Radiosendung?» fragte sie, und ich spürte, wie sie mich mit einem neuen lebhafteren Interesse betrachtete.

Die Brautführerin gab ihr keine Antwort. «Wer waren *Sie* denn?» sagte sie zu mir. «*Georgie* Black?» Die Mischung von Grobheit und Neugier in ihrer Stimme war interessant, wenn nicht völlig entwaffnend.

«Georgie Black war mein Bruder Walt», sagte ich, indem ich nur ihre zweite Frage beantwortete.

Sie wandte sich an Mrs. Silsburn. «Es soll wohl ein *Geheimnis* oder so was sein, aber dieser Mann und sein Bruder *Seymour* traten in dieser Sendung unter falschem Namen, oder wie man es nennt, auf. Die *Black*-Kinder.»

«Herzchen, reg dich nicht auf», fiel der Leutnant ein. Er wirkte reichlich nervös.

Seine Frau drehte sich ihm zu: «Ich *will* mich aber aufregen», sagte sie – und wieder fühlte ich, gegen meinen Willen, fast etwas wie Bewunderung für diese metallische Qualität an ihr, mochte diese nun ganz echt sein oder nicht. «Sein Bruder soll ja so intelligent sein», sagte sie. «Mein Gott, schon mit *vierzehn* im College und so weiter. Wenn das, was er dem armen Ding heute angetan hat, intelligent ist, dann will ich Mahatma Gandhi heißen. Es ist mir auch gleich. Es hängt mir einfach zum Hals heraus.»

Gerade in diesem Augenblick empfand ich noch ein einziges, zusätzliches Unbehagen. Irgend jemand betrachtete eingehend die linke, schwächere Seite meines Gesichts. Es war Mrs. Silsburn. Sie fuhr ein wenig hoch, als ich mich ihr plötzlich zuwandte. «Darf ich fragen, ob Sie Buddy Black waren?» fragte sie, und ein gewisser unterwürfiger Ton in ihrer Stimme ließ mich für den Bruchteil eines Augenblicks fürchten, sie werde mir gleich einen Füllfederhalter und ein kleines saffiangebundenes Autogrammalbum hinhalten. Dieser flüchtige Gedanke war mir sehr unbehaglich – man muß, von allem anderen zu schweigen, bedenken: es war 1942 – und meine Werbefunk-Blüte lag neun oder zehn Jahre zurück. «Ich frage nur darum», sagte sie, «mein

Mann pflegte diese Sendung ausnahmslos jedes, aber auch jedes Mal . . .»

«Wenn es Sie interessiert», fiel ihr die Brautführerin ins Wort, «es war die einzige Sendung im Funk, die ich aus ganzem Herzen haßte. Ich hasse altkluge Kinder. Wenn ich jemals ein Kind haben sollte, das . . .»

Das Ende des Satzes ging uns verloren. Sie wurde unterbrochen, plötzlich und unerbittlich. Ein Trompetenstoß schmetterte das durchdringendste, ohrenbetäubendste, *unreinste* Dis, das ich je gehört habe. Ich bin sicher, daß wir alle, die im Wagen saßen, buchstäblich hochfuhren. Ein Trommel- und Fanfarenkorps, das aus hundert oder mehr Seekadetten ohne Gehör bestand, zog vorüber. Mit fast mörderischer Vehemenz zerschmetterten die Jungen gerade *The stars and stripes forever.* Mrs. Silsburn hielt sich vernünftigerweise die Ohren zu.

Der unglaubliche Lärm dauerte eine sekundenlange Ewigkeit. Nur die Stimme der Brautführerin hätte diesen Lärm übertönen können – nur sie würde es versucht haben. Als sie es tat, hörte es sich an, als spräche sie mit lauter Stimme aus weiter Ferne zu uns herüber, etwa aus der Nähe der Vortribüne im Yankeestadion.

«Ich kann das nicht aushalten», sagte sie. «Laßt uns hier raus und eine Stelle suchen, von wo wir *anrufen* können. Ich muß Muriel anrufen und ihr sagen, daß wir aufgehalten werden! Sie wird außer sich sein!»

Beim Ausbruch der lokalen Apokalypse hatten wir beide, Mrs. Silsburn und ich, uns nach vorn gewandt, um ihr zuzusehen. Nun drehten wir uns wieder auf unseren Notsitzen um, um unsere Führerin, vielleicht gar unsere Retterin, anzusehen.

«In der 79. Straße ist ein Schraffts Restaurant!» brüllte sie Mrs. Silsburn zu. «Laßt uns da einen *Soda* trinken gehen, und von da kann ich *anrufen.* Dort haben sie wenigstens eine Klimaanlage!»

Mrs. Silsburn nickte begeistert und formte mit dem Mund ein «Ja!»

«Kommen Sie auch mit», schrie mich die Brautführerin an. Ich weiß noch, daß ich ihr mit einer *recht* befremdlichen Spontaneität ein Wort zurief, das völlig fehl am Platze war: «Fein!» (Es fällt mir heute noch nicht leicht, zu erklären, warum die Brautführerin mich in ihre Einladung, das Schiff zu verlassen, einschloß. Vielleicht war es nur die angeborene Ordnungsliebe einer Führernatur. Vielleicht spürte sie den fernen, aber zwingenden Drang, ihre Mannschaft beim Landen komplett zu haben . . . Daß ich diese Einladung ohne das winzigste Zögern annahm, scheint mir viel leichter zu erklären. Ich möchte annehmen, daß es ein im Grunde religiöser Impuls war. In manchen Zen-Klöstern ist es eine der Hauptregeln, vielleicht die einzige disziplinäre Vorschrift, auf deren Erfüllung man besteht, daß wenn ein Mönch einem anderen «He!» zuruft, dieser ohne nachzudenken «He!» zurückrufen muß.)

Die Brautführerin wandte sich jetzt zur Seite und sprach zum erstenmal das winzige alte Männchen, das neben ihr saß, direkt an. Ich sah mit immer noch unverminderter Genugtuung, daß er immer noch geradeaus starrte, so als habe sich der Schauplatz für ihn nicht um ein Jota verändert. Die reine Havanna hielt er immer noch unangezündet zwischen zwei Finger geklemmt. Da er von dem schrecklichen Getöse des vorbeiziehenden Trompeterkorps offenbar unberührt blieb, und wahrscheinlich aus einer tiefeingewurzelten Überzeugung heraus, daß alle alten Männer über achtzig entweder stocktaub oder sehr schwerhörig sind, brachte die Brautführerin ihre Lippen bis auf ein paar Zentimeter an sein linkes Ohr. «Wir steigen jetzt aus!» schrie sie ihn an, fast in ihn hinein. «Wir suchen ein Lokal, wo wir *telefonieren* können und vielleicht etwas zu trinken bekommen! Wollen Sie mitkommen?»

Die unmittelbare Reaktion des alten Mannes war beinahe überwältigend. Er sah zuerst die Brautführerin an, dann uns andere, und dann grinste er. Sein Grinsen war strahlend; daß es keine Antwort auf die Frage enthielt, machte es nicht weniger strahlend, auch nicht die Tatsache, daß seine Zähne von einer offenbaren schönen und leuchtenden Falschheit waren. Er blickte die Brautführerin einen Augenblick lang fragend an, immer noch mit dem gleichen strahlenden Grinsen – oder besser noch, er sah zu ihr hin; mir schien, er glaubte, daß die Brautführerin oder einer von uns ihm einen verlockenden Picknickkorb hinhalten würden.

«Ich glaube, er hat dich gar nicht gehört, Schatz», schrie der Leutnant.

Die Brautführerin nickte und brachte das Megaphon ihres Mundes noch einmal an das Ohr des alten Mannes. Mit wirklich bewundernswerter Stimmgewalt wiederholte sie ihre Einladung, mit uns gemeinsam den Wagen zu verlassen. Wieder einmal, so sah es aus, schien der alte Mann nur zu bereit, jeden nur möglichen Vorschlag anzunehmen – und wenn es bedeutet hätte, zum East River hinüberzuschlurfen und hineinzuspringen. Aber wieder hatten wir das unbehagliche Gefühl, daß er kein Wort verstanden hatte. Ganz plötzlich bestätigte er uns, daß dieses Gefühl berechtigt war. Mit einem breiten Grinsen, das uns alle einschloß, hob er die Hand mit der Zigarre und tippte vielsagend mit einem Finger erst an seinen Mund, dann an sein Ohr. *Er* machte diese Geste so, als sei sie Teil eines ganz erstklassigen Witzes, den er uns allen unbedingt erzählen wollte.

In diesem Augenblick machte Mrs. Silsburn neben mir ein kleines sichtbares Zeichen – fast einen Sprung – des Verständnisses. Sie berührte den rosa Seidenärmel der Brautführerin und schrie: «Ich weiß jetzt, wer er ist! Er ist taub und stumm – es ist ein Taubstummer! Es ist der Onkel von Muriels Vater!»

Die Lippen der Brautführerin formten das Wort «Oh!». Sie fuhr in ihrem Sitz herum und brüllte ihren Mann an: «Hast du Papier und einen Bleistift?»

Ich berührte ihren Arm und schrie, das hätte *ich.* Hastig – irgendwie war es fast, als liefe die Zeit uns allen davon – nahm ich aus der Innentasche meiner Feldbluse einen kleinen Block und einen Bleistiftstummel, den ich neulich aus der Schreibtischschublade unserer Schreibstube in Fort Benning organisiert hatte.

Ein wenig überdeutlich schrieb ich auf ein Blatt Papier: «Wir werden auf unbestimmte Zeit durch die Parade aufgehalten. Wir wollen irgendwo etwas Kaltes trinken und telefonieren. Kommen Sie mit?» Ich faltete das Papier einmal, reichte es der Brautführerin, die es öffnete, las und dann dem alten Mann weiterreichte. Er las es, grinste, sah mich dann an und nickte ein paarmal heftig. Ich dachte, das sei eine ganze, völlig ausreichende Antwort, aber er machte mir plötzlich ein Zeichen mit der Hand, und ich erriet, daß er meinen Block und Bleistift haben wollte. Ich reichte ihm beides, ohne zur Brautführerin hinüberzublikken, von der heftige Wellen der Ungeduld ausstrahlten. Der alte Mann legte sich Block und Bleistift sorgfältig auf dem Schoß zurecht, dann saß er einen Augenblick mit gezücktem Bleistift und schien sich zu konzentrieren, sein Lächeln wurde nur ein ganz klein wenig blasser. Dann begann der Bleistift sich unsicher zu bewegen. Pünktchen wurden auf ein «u» gesetzt. Schließlich wurden Block und Bleistift mir mit einem strahlend herzlichen Extra-Nicken zurückgereicht. In Buchstaben, die wackelten wie ein noch nicht ganz erstarrter Pudding, hatte er ein einziges Wort geschrieben: «Entzückt.» Die Brautführerin, die es über meine Schulter hinweg las, gab ein leichtes Schnauben von sich, ich aber sah den großen Schriftsteller voll an und versuchte, ihm durch meine Miene zu zeigen, daß jeder von uns im Wagen hier wußte, wann wir ein Gedicht vor uns hatten, und daß wir dankbar waren.

Nun kletterten wir, einer nach dem andern, aus beiden Türen des Wagens hinaus – verließen sozusagen das Schiff mitten auf der Madison Avenue, einem Meer von heißem, aufgeweichtem Asphalt. Der Leutnant zögerte noch einen Augenblick, um den Fahrer von unserer Meuterei zu unterrichten. Ich weiß noch, daß das Trommler- und Trompeterkorps noch unabsehbar vorüberzog und daß der Lärm sich keineswegs verringert hatte.

Die Brautführerin und Mrs. Silsburn gingen voran, auf Schraffts Restaurant zu. Sie marschierten zu zweien – fast wie eine Pfadfindervorhut – auf der Ostseite der Madison Avenue nach Süden. Nachdem der Leutnant dem Fahrer Bericht erstattet hatte, gesellte er sich den beiden zu. Das heißt, er hatte sie beinahe eingeholt, blieb dann aber etwas zurück, um im stillen seine Brieftasche zu zücken; offenbar wollte er nachsehen, wieviel Geld er bei sich hatte.

Der Onkel des Brautvaters und ich bildeten die Nachhut. Ob er nun spürte, daß ich sein Freund war, oder ob ich einfach für ihn der Besitzer eines Blocks und Bleistifts war, jedenfalls trippelte er eifrig an meiner Seite. Der Deckel seines prächtigen Seidenzylinders reichte mir nicht ganz bis zur Schulter. Mit Rücksicht auf seine kurzen Beine schlug ich einen ziemlich langsamen Schritt an, und bis zur nächsten Straßenkreuzung lagen wir beträchtlich hinter den anderen zurück. Ich glaube, das machte uns beiden nichts aus. Ich weiß noch, daß wir beide, mein Freund und ich, von Zeit zu Zeit hinunter- beziehungsweise hinaufblickten und einander blöde angrinsten, um auszudrücken, wie wir uns einer über des anderen Gesellschaft freuten.

Als wir die Drehtür von Schraffts Restaurant in der 79. Straße erreichten, warteten die Brautführerin, ihr Mann und Mrs. Silsburn dort schon ein paar Minuten. Mir schien, daß die drei, die dort warteten, eine ziemlich abweisende geschlossene Gruppe bildeten. Sie unterbrachen ihr Gespräch, als das ungleiche Paar näherkam. Noch vor einigen Minuten, als das Trommler- und Trompeterkorps vorbeigelärmt war, hatte das gemeinsame Unbehagen, das beinahe eine gemeinsame Qual gewesen war, unsere kleine Gruppe fast wie Verbündete erscheinen lassen – eine Gemeinsamkeit, wie sie etwa eine Gruppe von Cook-Touristen umschließt, die in Pompeji in ein schweres Gewitter geraten sind. Aber als wir beide, der kleine alte Mann und ich, jetzt die Drehtür von Schraffts Restaurant erreichten, wurde es nur zu deutlich, daß das Gewitter vorüber war. Die Brautführerin tauschte mit mir ein Zeichen des Erkennens, nicht der Begrüßung. «Es ist wegen Renovierung geschlossen», sagte sie und sah mich kalt an. Nicht offiziell, aber unüberhörbar erklärte sie mich wieder zum Außenseiter, und – aus Gründen, die zu untersuchen sich nicht lohnt – überfiel mich das Gefühl von Einsamkeit und Isolation mit einer Heftigkeit, wie ich sie den ganzen Tag nicht empfunden hatte. Fast gleichzeitig – und das ist beachtenswert – fing auch mein Husten wieder an. Ich zog mein Taschentuch aus der Hüfttasche. Die Brautführerin wandte sich Mrs. Silsburn und ihrem Mann zu. «*Irgendwo* hier in der Nähe gibt es ein Longchamps-Restaurant», sagte sie, «aber ich weiß nicht, wo.»

«Ich auch nicht», sagte Mrs. Silsburn. Sie schien den Tränen nahe. Auf Stirn und Oberlippe waren die Schweißtröpfchen sogar durch ihr schweres Make-up gesickert. Unter dem linken Arm hielt sie eine schwarze Lacktasche. Es sah aus, als hielte sie eine Lieblingspuppe und sie selbst wäre ein zum Spaß geschminktes und gepudertes, aber todunglückliches Kind, das sich verlaufen hat.

«Nicht einmal für Geld und gute Worte kriegen wir hier ein Taxi», sagte der Leutnant pessimistisch. Auch er sah etwas mitgenommen aus. Seine «Kühne-Piloten-Mütze» wirkte über dem blassen, schweißnassen, unheldischen Gesicht auf eine beinahe grausame Weise fehl am Platze, und ich weiß noch, daß ich den Drang verspürte, sie ihm vom Kopf zu fegen oder sie wenigstens etwas geradezurücken, so daß sie ein bißchen weniger keß gesessen hätte – es war der gleiche Impuls, den man vielleicht bei einer Kindergesellschaft spürt, wo es immer ein kleines, allzu schüchternes Kind gibt, dessen papierene Kopfbedeckung ein Ohr oder beide herunterdrückt.

«O Gott, was für ein Tag», sagte die Brautführerin in unser aller Namen. Ihr Kränzchen aus künstlichen Blüten war ein wenig verrutscht, sie war durch und durch verschwitzt, aber, so schien mir, das einzig Zerstörbare an ihr war sozusagen ihr äußerster Ausläufer – der Gardenienstrauß. Sie hielt ihn immer noch, wenn auch fast ohne es zu wissen, in der Hand. Er hatte den Rummel offensichtlich nicht überstanden. «Was sollen wir nur *tun*?» fragte sie, für ihre Verhältnisse ziemlich fassungslos. «Wir können nicht *zu Fuß* hingehen. Sie wohnen fast schon in Riverdale. Hat irgendeiner eine gute Idee?» Sie sah zuerst Mrs. Silsburn an, dann ihren Mann – und dann, vielleicht aus lauter Verzweiflung, mich.

«Ich habe eine Wohnung hier in der Nähe», sagte ich plötzlich unsicher. «Tatsächlich ist es nur bis zur nächsten Straßenecke.» Ich hatte das Gefühl, diese Mitteilung mit etwas zu lauter Stimme von mir gegeben zu haben. Es kann gut sein, daß ich sogar geschrien habe. «Sie gehört meinem Bruder und mir. Meine Schwester wohnt dort, während wir beim Militär sind, aber sie ist jetzt nicht da. Sie ist beim Reservekorps der Marinehelferinnen und ist im Augenblick verreist.» Ich sah die Brautführerin – oder besser gesagt, einen Punkt über ihrem Kopf an. «Sie können wenigstens von da telefonieren, wenn Sie wollen», sagte ich. «Und die Wohnung hat eine Klimaanlage. Wir könnten uns alle ein bißchen abkühlen und wieder zu Atem kommen.» Als der erste Schock, den diese Einladung auslöste, vorüber war, hielten die Brautführerin, Mrs. Silsburn und der Leutnant eine Art Beratung ab, nur mit Blicken, aber kein sichtbares Zeichen deutete das Zustandekommen irgendeines Entschlusses an. Die Brautführerin ergriff als erste die Initiative. Sie hatte vergeblich auf die Meinung der anderen beiden gewartet. Sie wandte sich wieder mir zu und sagte: «Haben Sie gesagt, daß Sie Telefon haben?»

«Ja. Wenn meine Schwester es nicht aus irgendeinem Grund hat sperren lassen, aber das glaube ich nicht.»

«Wie können wir wissen, daß Ihr *Bruder* nicht dort ist?» sagte die Brautführerin.

Diese Überlegung war mir gar nicht in den überhitzten Kopf gekommen. «Ich glaube nicht, daß er da ist», sagte ich, «es wäre natürlich *möglich* – es ist auch seine Wohnung –, aber ich glaube es nicht. Ich glaube es wirklich nicht.»

Die Brautführerin starrte mich einen Augenblick ganz unverhohlen an – diesmal nicht eigentlich unhöflich, es sei denn, man hielte das Starren von Kindern für unhöflich. Dann wandte sie sich wieder Mrs. Silsburn und ihrem Mann zu und sagte: «Vielleicht gehen wir besser hin. Wir können wenigstens telefonieren.» Sie nickten zustimmend. Mrs. Silsburn ging tatsächlich so weit, daß sie sich ihrer Anstandsregeln erinnerte, die sich auch auf Einladungen erstreckten, wie sie vor einem Schrafft-Restaurant ausgesprochen wurden. Durch ihr sonnengedörrtes Make-up blinzelte so etwas wie ein Höhere-Tochter-Lächeln mich an. Ich weiß noch, daß es mir sehr willkommen war. «Also los! Laßt uns aus der *Sonne* gehen», sagte unsere Führerin. «Was soll ich *damit* anfangen?» Sie wartete die Antwort nicht ab, trat an den Bordstein und entledigte sich ohne Sentimentalität ihres verwelkten Gardenienbuketts. «O. K. Führe uns, Macduff», sagte sie zu mir. «Wir folgen dir. Ich kann nur noch sagen: besser, er ist *nicht* da, wenn wir hinkommen, oder ich bringe den Schweinekerl um.» Sie warf Mrs. Silsburn einen Blick zu. «Entschuldigen Sie diesen Ausdruck – aber ich meine es ernst.»

Wie befohlen, übernahm ich die Führung. Ich war beinahe glücklich. Einen Augenblick später tauchte neben mir in der Luft ein Zylinder auf, ein ganzes Stück unter und links von mir, und mein besonderer, nur technisch nicht ausdrücklich mir zugeteilter Kampfgefährte grinste zu mir empor – einen Augenblick lang hatte ich das Gefühl, er würde gleich seine Hand in die meine legen.

Meine drei Gäste und mein einer Freund blieben draußen in der Diele, während ich kurz die Wohnung inspizierte.

Alle Fenster waren geschlossen, die beiden Klimaanlagen waren auf «aus» gestellt, und der erste Atemzug, den man tat, war, als hätte man in der Tasche eines uralten Waschbärmantels tief Luft geholt. Der einzige Laut in der ganzen Wohnung war das etwas zittrige, stockende Surren des bejahrten Eisschranks, den Seymour und ich alt gekauft hatten. Meine Schwester Boo Boo hatte ihn auf ihre mädchenhafte Seemannsart angelassen. Überhaupt gab es in der Wohnung unzählige kleine Zeichen von Unordnung, die anzeigten, daß eine zur See fahrende Dame eingezogen war. Eine hübsche, kleine, blaue Marinejacke war, mit dem Futter nach außen, quer über die Couch geworfen. Eine Schachtel «Louis-Sherry»-Konfekt lag offen und halb leer auf dem Couchtisch – die übriggebliebenen Pralinen waren alle mehr oder weniger versuchsweise angebissen. Die gerahmte Fotografie eines sehr entschlossen dreinschauenden jungen Mannes, den ich nie zuvor gesehen hatte, stand auf dem Schreibtisch. Und alle sichtbaren Aschenbecher waren voll erblüht mit zerknitterten Zellstofftüchern und lippenstiftbeschmierten Mundstücken. Die Küche, das Schlafzimmer und das Badezimmer öffnete ich nur kurz, um zu sehen, ob Seymour nicht irgendwo an die Wand gedrückt stand. Einerseits fühlte ich mich erschöpft und träge, andererseits hatte ich alle Hände voll zu tun: ich zog Jalousien hoch, stellte Klimaanlagen an, leerte überfüllte Aschenbecher. Übrigens drängten die anderen Mitglieder der Gesellschaft fast unmittelbar hinter mir herein. Die Brautführerin schritt durch die Tür und sagte zur Begrüßung: «Hier drin ist es heißer als auf der Straße.»

«Ich komme sofort», sagte ich. «Ich kann die Klimaanlage hier nicht anstellen.» Der «An»-Knopf schien tatsächlich zu klemmen, und ich fingerte eifrig daran herum.

Während ich mit dem Schalter der Klimaanlage beschäftigt war – ich weiß, daß ich nicht einmal die Mütze abgenommen habe –, gingen die anderen mißtrauisch in dem Zimmer umher. Ich beobachtete sie mit schrägem Blick. Der Leutnant trat an den Schreibtisch, stand da und betrachtete die paar Quadratmeter Wand darüber, wo mein Bruder und ich in trotziger Sentimentalität eine Anzahl von acht mal vier großen Fotos auf Glanzpapier mit Heftzwecken befestigt hatten. Mrs. Silsburn setzte sich – wie wäre es anders möglich gewesen – ausgerechnet auf den Sessel, auf dem meine verstorbene Bulldogge immer so gern geschlafen hatte; die Armlehnen, mit schmutzigem Kord bezogen, waren während manchen Alptraumes zerbissen und gründlich mit Geifer durchtränkt worden. Der Onkel des Brautvaters – mein Busenfreund – schien vom Erdboden verschwunden. Auch die Brautführerin war plötzlich irgendwo anders. «Ich hole Ihnen allen sofort etwas zu trinken», sagte ich voll Unbehagen – ich versuchte immer noch, die Klimaanlage in Gang zu bringen.

«Ich könnte was Kaltes zu trinken gebrauchen», sagte eine mir recht bekannte Stimme. Ich drehte mich ganz um und sah, daß sie sich auf der Couch ausgestreckt hatte, und wußte jetzt, warum sie aus der Senkrechten verschwunden war. «Ich werde gleich Ihr Telefon benutzen», meldete sie. «In diesem Zustand könnte ich nicht einmal den Mund aufmachen, um zu telefonieren, ich bin ganz ausgedörrt. Meine *Zunge* ist so trocken.» Ganz plötzlich begann die Klimaanlage zu surren. Ich trat jetzt in die Mitte des Zimmers, in den freien Raum zwischen der Couch und dem Sessel, in dem Mrs. Silsburn saß. «Ich weiß nicht, was an Getränken da ist», sagte ich. «Ich habe noch nicht in den Eisschrank geguckt, aber ich denke . . .»

«Bringen Sie *irgend etwas*», fiel mir unsere ewige Sprecherin ins Wort. «Nur irgend etwas, das naß und *kalt* ist.» Die Absätze ihrer

Schuhe lagen auf den Ärmeln der Jacke meiner Schwester. Die Hände hatte sie über der Brust gefaltet. Unter den Kopf hatte sie sich ein Kissen gestopft. «Und tun Sie Eis hinein, wenn welches da ist», sagte sie und schloß die Augen. Einen kurzen, aber mörderischen Augenblick lang blickte ich auf sie herab, dann beugte ich mich vor und zog Boo Boos Jacke so taktvoll wie möglich unter ihren Füßen weg. Ich wollte das Zimmer gerade verlassen und meinen Gastgeberpflichten nachgehen, aber als ich den ersten Schritt tat, sprach mich der Leutnant über den Schreibtisch hinweg an.

«Wo haben Sie all die Bilder her?»

Ich trat sofort zu ihm. Ich hatte immer noch meine zu große Schirmmütze auf dem Kopf. Es war mir gar nicht eingefallen, sie abzunehmen. Ich stand jetzt neben und noch ein Stückchen hinter ihm und blickte auf die Fotografien an der Wand. Ich sagte, die meisten seien alte Bilder von Kindern, die zur gleichen Zeit wie Seymour und ich bei *Ein kluges Kind* mitgewirkt hätten. Der Leutnant wandte sich mir zu. «Was war das?» sagte er. «Ich hab nie davon gehört. Eine von diesen Quiz-Sendungen für Kinder? Fragen und Antworten und so?» Unverkennbar war in seiner Stimme jetzt leise, aber heimtückisch der Dienstgradunterschied herauszuhören. Ich hatte auch das Gefühl, daß er auf meine Mütze blickte.

Ich nahm die Mütze ab und sagte: «Nein, nicht eigentlich.» Ich spürte plötzlich einen gewissen trotzigen Familienstolz. «Das war, *bevor* mein Bruder dazukam. Und als er bei der Sendung nicht mehr mitmachte, wurde es mehr oder weniger wieder dazu. Aber er veränderte das ganze Format – wirklich. Er machte die Sendung zu einer Art Diskussion für Kinder.»

Der Leutnant betrachtete mich mit, wie mir schien, übertriebenem Interesse. «Haben Sie auch mitgemacht?» sagte er.

«Ja.»

Die Brautführerin ergriff jetzt das Wort, sie sprach von der anderen Seite des Zimmers, unsichtbar aus den staubigen Abgründen der Couch. «Wenn ich eins von *meinen* Kindern in einer dieser verrückten Sendungen sähe», sagte sie. «Oder *auftreten*! Irgend etwas dieser Art. Ich würde lieber sterben, wirklich und wahrhaftig, ehe ich duldete, daß eines meiner Kinder sich vor der Öffentlichkeit prostituierte. Es verbiegt sie für ihr ganzes künftiges Leben. Die *Publicity* und all das, vielleicht noch Schlimmeres – fragen Sie irgendeinen Psychologen. Ich meine, wie kann man dabei so etwas wie eine *normale Kind*heit haben?» Plötzlich tauchte ihr Kopf auf, auf dem das Kränzchen jetzt ganz schief saß. Als gehöre gar kein Körper dazu, saß er auf dem Katzensteg, der oben über die Rückenlehne der Couch führte, und sah mich und den Leutnant an. «Jetzt weiß ich auch, was mit Ihrem Bruder los ist», sagte der Kopf. «Ich meine, Sie führten als Kind ein völlig monströses Leben, und natürlicherweise werden Sie nie richtig erwachsen. Sie lernen es nie, zu anderen Menschen normale Beziehungen zu haben. Genau das hat Mrs. Fedder vor ein paar Stunden in diesem verrückten Schlafzimmer gesagt. Genau das! Ihr Bruder hat es nie gelernt, Kontakt mit anderen aufzunehmen. Scheinbar kann er nichts anderes, als Leute so zu traktieren, daß sie im Gesicht genäht werden müssen. Mein Gott – er ist absolut unfähig zur Ehe oder sonst *etwas* halbwegs Normalem. Tatsächlich hat Mrs. Fedder *genau* das gesagt.» Jetzt drehte sich der Kopf gerade soviel, daß er dem Leutnant einen scharfen Blick zuwerfen konnte. «Hab ich recht, Bob? Hat sie das gesagt oder nicht? Sag die Wahrheit!»

Aber die Stimme, die darauf antwortete, war nicht die des Leutnants, sondern meine. Mein Mund war trocken, und ich hatte ein Gefühl von Feuchtigkeit in der Leistengegend. Ich sagte, es sei mir scheißegal, was Mrs. Fedder über Seymour zu sagen habe oder irgendeine professionelle Dilettantin oder Amateurkuh. Ich sagte, seit Seymour zehn Jahre alt sei, habe sich jeder *Summa-cum-laude*-Denker und jeder intellektuelle Toilettenwärter im Lande auf ihn gestürzt. Ich sagte, es wäre etwas anderes, wenn er nur ein ekliger kleiner Intelligenzprotz gewesen wäre. Ich sagte, er sei nie ein Exhibitionist gewesen. Jeden Mittwochabend ging er zum Funkhaus, als ginge er zu seinem eigenen Begräbnis. Mein Gott, er sprach nicht einmal mit einem während der ganzen Bus- oder U-Bahnfahrt. Ich sagte, daß kein Mensch auf Gottes weiter Welt, keiner der herablassenden viertklassigen Kritiker und Artikelschreiber jemals erkannt habe, wer er wirklich war: ein *Dichter* – bei Gott. Ich meine es ernst: ein Dichter. Wenn er auch nie einen einzigen Vers geschrieben hatte; wenn er nur wollte, konnte er das Licht, das in ihm war, von der Rückseite seiner Ohren auf euch werfen.

Gott sei Dank hörte ich an diesem Punkt auf, mein Herz klopfte ganz schrecklich, und wie alle Hypochonder durchzuckte mich der schreckliche Gedanke, daß solche Reden genau das sind, was einen Herzanfall verursacht. Bis heute weiß ich nicht, wie meine Gäste auf diesen Ausbruch reagierten, diesen kleinen, schmutzigen Strom von Bosheit, den ich auf sie losließ. Das erste Zeichen der Wirklichkeit, das von außen auf mich eindrang, war das allgemein vertraute Geräusch einer Wasserspülung. Es kam aus einem ganz anderen Teil der Wohnung. Ich sah mich plötzlich um, sah zwischen, hindurch und an den Gesichtern meiner anwesenden Gäste vorbei. «Wo ist der alte Mann?» fragte ich. «Der kleine alte Mann?» Mein Mund war ganz ausgedörrt.

Die Antwort kam seltsamerweise nicht von der Brautführerin, sondern von dem Leutnant. «Ich glaube, er ist im Badezimmer», sagte er. Diese Feststellung wurde mit einer betonten Offenheit gemacht, die den

Sprecher als einen jener Menschen auswies, die um die alltäglichen hygienischen Tatsachen kein lächerliches Getue machen.

«Oh», sagte ich. Ich warf wieder einen abwesenden Blick im Raum umher. Ich weiß nicht mehr, ob ich absichtlich das schreckliche Auge der Brautführerin mied, ich will es auch gar nicht wissen. Ich erblickte den Zylinder des Brautvateronkels auf dem Sitz eines steiflehnigen Stuhls an der gegenüberliegenden Wand. Fast hätte ich ihm laut «Hallo» zugerufen. «Ich hole uns etwas Kaltes zu trinken», sagte ich. «Ich bin gleich wieder da.»

Als ich an der Couch vorbeiging, sprach mich die Brautführerin plötzlich an. «Darf ich Ihr Telefon benutzen?» Sie schwang die Füße auf den Boden.

«Ja – ja natürlich», sagte ich. Ich blickte zu Mrs. Silsburn und dem Leutnant hinüber: «Ich wollte ein paar Tom-Collins-Cocktails machen, falls ich Zitronen finden kann. Wäre Ihnen das recht?»

Die Antwort des Leutnants traf mich durch ihre unerwartete Burschikosität. «Nur her damit», sagte er und rieb sich die Hände wie ein herzhafter Trinker in Erwartung eines guten Schlucks.

Mrs. Silsburn unterbrach ihre Betrachtung der Fotografien über dem Schreibtisch, um mir ihre Anweisungen zu geben: «Wenn Sie Tom-Collins-Cocktails machen – bitte für mich nur ein ganz winziges, winziges Tröpfchen Gin hinein. So gut wie gar keinen – falls es Ihnen nicht zuviel Mühe macht.» Sie sah schon ein wenig erholt aus, obwohl wir erst ganz kurze Zeit von der Straße weg waren. Vielleicht lag es zum Teil daran, daß sie ganz im kühlen Luftstrom nah an der Klimaanlage stand, die ich angedreht hatte. Ich sagte, ich würde mir mit ihrem Drink Mühe geben, und ließ sie dann zwischen den zweitklassigen Radio-«Berühmtheiten» der frühen dreißiger und späten zwanziger Jahre zurück, den vielen kleinen verblichenen Gesichtern aus meiner und Seymours Kindheit. Auch der Leutnant schien durchaus in der Lage, in meiner Abwesenheit allein fertig zu werden – schon bewegte er sich, die Hände auf dem Rücken, wie ein einsamer Kenner auf die Bücherregale zu. Die Brautführerin folgte mir aus dem Zimmer und gähnte dabei – ein weitoffenes, hörbares Gähnen; und sie machte keine Anstrengung, es zu unterdrücken oder es zu verbergen.

Während die Brautführerin mir zum Schlafzimmer folgte, wo das Telefon war, kam uns der Brautvateronkel vom anderen Ende der Diele entgegen. Sein Gesicht trug die gleiche wilde Unbewegtheit, die mich beinahe während der ganzen Fahrt getäuscht hatte, aber als er uns in der Diele begegnete, löste sich die Maske. Mit seinen Grimassen grüßte er uns auf die innigste und verehrungsvollste Weise, und ich überraschte mich dabei, wie ich selbst übertrieben zurückgrinste und nickte. Sein schütteres weißes Haar sah frisch gekämmt aus, beinahe frisch gewaschen, so als habe er am anderen Ende der Wohnung einen winzigen Frisörladen entdeckt. Als er an uns vorbeiging, fühlte ich den Drang, über die Schulter zurückzublicken, und als ich es tat, winkte er mir heftig zu – ein großzügiges Gute-Reise-und Komm-bald-zurück-Winken. Es munterte mich richtig auf. «Was ist eigentlich mit ihm?» fragte die Brautführerin. «Verrückt?» Ich sagte, ich hoffte es, und öffnete die Tür zum Schlafzimmer.

Sie ließ sich schwer auf das eine der Doppelbetten fallen – tatsächlich war es Seymours Bett. Das Telefon stand in Reichweite auf dem Nachttisch. Ich sagte, ich würde ihr sofort etwas zu trinken bringen. «Lassen Sie nur – ich bin gleich fertig», sagte sie. «Nur, machen Sie die Tür zu, bitte – . . . ich mein' es nicht so, aber ich kann nicht telefonieren, wenn die Tür nicht zu ist.» Ich sagte, mir gehe es genauso, und wollte gehen. Aber als ich eben aus dem Gang zwischen den beiden Betten treten wollte, entdeckte ich einen kleinen, weichen Segeltuchkoffer auf dem Stuhl am Fenster. Auf den ersten Blick dachte ich, es sei meiner, der auf wunderbare Weise aus eigener Kraft den ganzen Weg vom Pennsylvania-Bahnhof bis in die Wohnung zurückgelegt habe. Mein zweiter Gedanke war, daß er Boo Boo gehören müsse. Ich ging hinüber. Der Reißverschluß stand offen, und ein Blick auf die oberste Lage des Inhalts sagte mir, wer der wirkliche Eigentümer war. Mit einem zweiten, eingehenderen Blick sah ich auf zwei gebügelten gelbbraunen Hemden etwas liegen, das nicht allein mit der Brautführerin in einem Zimmer gelassen werden durfte. Ich zog es aus dem Koffer, steckte es unter einen Arm, winkte der Brautführerin brüderlich zu. Sie hatte schon einen Finger im Loch der ersten Ziffer, die sie wählen wollte, und wartete darauf, daß ich hinausging. Dann schloß ich die Tür hinter mir.

Einen Augenblick blieb ich vor der Schlafzimmertür in der wohltuenden Stille der Diele stehen und überlegte, was ich mit Seymours Tagebuch anfangen sollte; das war nämlich, wie ich mich beeilen sollte zu sagen, der Gegenstand, den ich oben aus dem Segeltuchkoffer genommen hatte. Mein erster einleuchtender Gedanke war, es zu verstecken, bis meine Gäste die Wohnung verlassen hätten. Es schien ein guter Gedanke, es ins Badezimmer zu bringen und im Wäschekorb zu verstecken. Nach einer zweiten und viel komplizierteren Gedankenfolge jedoch entschloß ich mich, es ins Badezimmer mitzunehmen, einen Teil zu lesen und es *dann* im Wäschekorb zu versenken.

Gott weiß, es war ein Tag, an dem man nicht nur überraschend auf Zeichen und Symbole stieß, sondern auch auf unwahrscheinlich ausführliche Mitteilungen in Gestalt des geschriebenen Worts. Wenn man in ein überfülltes Auto sprang, so machte das Schicksal sich umständliche Mühe, damit man vor dem Sprung auch einen Block und Bleistift bei sich hatte, für den Fall, daß einer der Mitfahrenden ein Taubstummer war. Wenn man Badezimmer betrat, so tat man gut daran, nachzusehen, ob nicht eine kurze Botschaft von fast apokalyptischem oder sonstigem Charakter über dem Waschbecken angebracht war.

Jahrelang hatte unter uns sieben Kindern einer Ein-Badezimmer-Familie die vielleicht unordentliche, aber praktische Gewohnheit bestanden, Nachrichten füreinander auf dem Spiegel der Hausapotheke zu hinterlassen. Zum Schreiben benutzten wir dabei einen feuchten Seifenrest. Gewöhnlich bestanden diese Nachrichten in übertriebenen Ermahnungen, und nicht ganz selten in unverhüllten Drohungen. «Boo Boo, heb Deinen Waschlappen auf, wenn Du ihn nicht mehr brauchst. Laß ihn nicht auf dem Boden liegen. Gruß, Seymour.» «Walt, Du bist dran, mit Z. und F. in den Park zu gehen. Ich hab es gestern getan. Rate wer.» «Mittwoch ist ihr Hochzeitstag. Geht nicht ins Kino und hängt nach der Sendung nicht im Studio herum. Sonst bezahlt Ihr Buße. Das geht auch Dich an, Buddy.» «Mutter sagt, Zooey hätte beinahe das Fenolax gegessen. Laßt nichts irgendwie Giftiges auf dem Waschbecken liegen, das er erreichen und essen könnte.» Dies sind natürlich Beispiele aus unserer Kindheit, aber in späteren Jahren, als wir, Seymour und ich, im Namen der Unabhängigkeit oder was weiß ich, eine Nebenstelle gründeten und uns eine eigene Wohnung mieteten, hatten wir uns nur äußerlich von den alten Familiengewohnheiten getrennt. Das heißt, wir warfen unsere Seifenreste nicht einfach weg.

Als ich mit Seymours Tagebuch unterm Arm ins Badezimmer geschlüpft war und die Tür sorgfältig hinter mir verriegelt hatte, entdeckte ich die Nachricht fast sofort. Sie war nicht in der Handschrift meines Bruders geschrieben, sondern unverkennbar in der meiner Schwester Boo Boo. Mit oder ohne Seife – ihre Handschrift war immer so winzig, daß man sie kaum entziffern konnte, und es war ihr gelungen, folgende Botschaft auf dem Spiegel unterzubringen: «Hebt den Dachbalken hoch, ihr Zimmerleute, denn gleich kommt der Bräutigam einher, größer noch als ein großer Mann. Gruß von Irving Sappho, früher unter Kontrakt bei der Elysium Studios GmbH. Bitte, sei glücklich, glücklich, *glücklich* mit Deiner schönen Muriel. Dies ist ein Befehl. Ich bin die Ranghöchste in diesem Häuserblock.» Die im Text zitierte Vertragsdichterin, das möchte ich hier sagen, war, mit angemessen schwankenden Unterbrechungen, die Lieblingsdichterin aller Kinder der Familie, was hauptsächlich auf den unbegrenzten Einfluß zurückzuführen ist, den Seymours Geschmack in literarischen Fragen auf uns alle hatte. Ich las das Zitat immer wieder, dann setzte ich mich auf den Rand der Badewanne und öffnete Seymours Tagebuch.

Was jetzt folgt, ist eine genaue Abschrift der Seiten aus Seymours Tagebuch, die ich, auf dem Rand der Badewanne sitzend, las. Es scheint mir ganz in Ordnung, wenn ich die einzelnen Daten der Eintragung weglasse. Es mag genügen, wenn ich sage, daß alle diese Eintragungen gemacht wurden, während er in Fort Monmouth stationiert war. Ende 1941 und zu Anfang 1942, einige Monate, bevor das Datum der Hochzeit festgesetzt wurde.

«Heute abend beim Schlußappell war es eiskalt, und doch kippten allein in unserem Zug sechs Mann während des endlosen Abspielens von *Stars and Stripes* um. Ich glaube, wenn man eine normale Zirkulation hat, kann man die unnatürliche Habt-acht-Haltung nicht ertragen. Besonders, wenn man das bleischwere Gewehr im Präsentiergriff hält. Ich selbst habe keine Zirkulation, keinen Puls. Unbeweglichkeit ist mein Element. Das Tempo von *Stars and Stripes* und ich passen genau zueinander. Für mich ist dieser Rhythmus ein romantischer Walzer.

Nach dem Appell bekamen wir Ausgang bis Mitternacht. Ich traf Muriel um sieben im Biltmore. Etwas zu trinken, zwei Thunfischschnittchen im Drugstore, dann ein Film, den sie sehen wollte, etwas mit Greer Garson. Ich blickte im Dunkeln mehrmals zu ihr hinüber, als das Flugzeug von Greer Garsons Sohn vom Einsatz nicht zurückkam. Ihr Mund stand offen. Hingegeben, bekümmert. Das Einswerden mit der Metro-Goldwyn-Mayer-Tragödie war vollständig. Ich spürte Erschrecken und Glück zugleich. Wie ich sie liebe, und wie ich dieses Herz brauche, das keinen Unterschied macht! Als die Kinder in dem Film das Kätzchen brachten, um es ihrer Mutter zu zeigen, sah sie mich an. M. liebte das Kätzchen, und sie wollte, daß ich es auch liebte. Sogar im Dunkeln spürte ich, daß sie sich mir entfremdet fühlte wie immer, wenn ich nicht automatisch das liebe, was sie liebt. Später, als wir am Bahnhof noch etwas tranken, fragte sie mich, ob ich das Kätzchen nicht auch ‹wirklich nett› fände. Sie braucht das Wort ‹schick› nicht mehr. Wann habe ich sie so erschreckt, daß sie das ihr gewohnte Vokabular nicht mehr braucht? Ich alter Pedant erwähnte ihr gegenüber die Definition, die R. H. Blyth von Sentimentalität gegeben hat: Wir sind sentimental, wenn wir an etwas mehr Zärtlichkeit verschwenden als Gott. Ich sagte (in lehrhaftem Ton?), daß Gott ohne Zweifel kleine Katzen gern hat, aber wahrscheinlich nicht mit Technicolor-Stiefelchen an den Pfoten. Diesen schöpferischen Einfall überläßt er den Drehbuch-Schreibern. M. dachte darüber nach, schien mir zuzustimmen, aber dieses «Wissen» war ihr nicht sehr willkommen. Sie saß da, rührte in ihrer Tasse und fühlte sich weit entfernt von mir. Sie grämt sich über die Art, wie ihre Liebe zu mir kommt und geht, erscheint und verschwindet. Sie zweifelt an ihrer Wirklichkeit, bloß weil sie nicht in jedem Augenblick so angenehm ist wie ein Kätzchen. Gott weiß, es *ist* wirklich traurig. Die menschliche Stimme hat sich verschworen, alles auf Erden zu entheiligen.

Heute abend Dinner bei den Fedders. Sehr gut. Kalbfleisch, Kartoffelbrei, Limabohnen, ein schöner grüner Salat mit Essig und Öl. Als Dessert gab es etwas, das Muriel selbst gemacht hatte: eine Art gefrorener Käsecreme mit Himbeeren darauf. Es trieb mir die Tränen in die Augen. (Saigyo sagt: Ich weiß nicht, was es ist, aber mit der Dankbarkeit strömen meine Tränen.) In der Nähe meines Platzes stand eine Flasche Ketchup auf dem Tisch. Muriel hatte Mrs. Fedder offenbar gesagt, daß ich auf alles Ketchup tue. Ich würde alles darum geben, wenn ich hätte dabei sein können, wie Muriel ihrer Mutter in trotzigem Ton mitteilte, daß ich sogar auf grüne Bohnen Ketchup tue. Mein kostbarer Schatz.

Nach dem Essen schlug Mrs. Fedder vor, das Radio einzuschalten. Ihre Begeisterung für das Programm, ihre sehnsüchtige Erinnerung vor allem an die gute alte Zeit, als Buddy und ich mitwirkten, ist mir unbehaglich. Heute kam die Sendung ausgerechnet von einem Flotten-Luftstützpunkt in der Nähe von San Diego. Viel zu viele pedantische Fragen und Antworten. Franny hörte sich an, als hätte sie einen Schnupfen. Zooey war von einer traumhaften Sicherheit. Der Ansager fragte sie über Siedlungen, und die kleine Burke sagte, sie hasse Häuser, die alle gleich aussähen – sie meinte die langen Reihen der völlig gleichen Siedlungshäuser. Zooey sagte, er fände sie nett. Er sagte, es wäre doch nett, wenn man nach Hause käme und in einem falschen Haus wäre. Man esse aus Versehen mit falschen Leuten, schliefe aus Versehen im falschen Bett, und am Morgen gebe man jedem einen Kuß, weil man sie für die eigenen Familienangehörigen halte. Er sagte, er wünschte sich sogar, daß alle Menschen gleich aussähen. Dann würde man glauben, jeder, den man träfe, sei die eigene Frau oder die eigene Mutter oder der eigene Vater, und die Leute würden sich dauernd umarmen, wo immer sie gingen, und das würde doch sehr nett aussehen.

Ich fühlte mich den ganzen Abend lang unerträglich glücklich. Als wir alle im Wohnzimmer zusammensaßen, kam mir die Vertrautheit von Muriel und ihrer Mutter so schön vor. Die eine kennt die Schwächen der anderen, besonders Schwächen in der Konversation, und sie hacken mit den Blicken danach. Mrs. Fedders Blicke wachen über Muriels Äußerungen über ‹Literatur›, und Muriels Blicke wachen über die Neigung ihrer Mutter, ungenau und wortreich zu sein. Wenn sie streiten, kann es keine Gefahr einer bleibenden Kluft geben, denn sie sind Mutter und Tochter. Das ist schrecklich und schön anzusehen. Aber manchmal bin ich so gebannt, daß ich wünschte, Mr. Fedder nähme aktiver an der Unterhaltung teil. Manchmal habe ich das Gefühl, ihn zu brauchen. Manchmal habe ich tatsächlich, wenn ich durch die Wohnungstür trete, das Gefühl, eine Art von unordentlichem, weltlichem Zwei-Frauen-Kloster zu betreten. Und wenn ich gehe, habe ich manchmal das seltsame Gefühl, daß die beiden, M. und ihre Mutter, meine Taschen mit kleinen Flaschen und Tuben vollgestopft haben, die Lippenstift, Rouge, Haarnetze, Desodorants usw. enthalten. Ich fühle ihnen gegenüber eine überwältigende Dankbarkeit, aber ich weiß mit ihren unsichtbaren Geschenken nichts anzufangen.

Heute abend bekamen wir unsere Urlaubsscheine nicht sofort nach Dienstschluß, weil jemand während der Inspektion durch den britischen General, der uns besuchte, das Gewehr fallen ließ. Ich verpaßte den 5.52-Uhr-Zug und kam mit einer Stunde Verspätung zu meinem Treffpunkt mit Muriel. Abendessen bei Lun Far in der 58. Straße. M. während des ganzen Essens reizbar und den Tränen nahe, ehrlich verzweifelt und zu Tode erschrocken. Ihre Mutter hält mich für einen schizoiden Menschen. Offenbar hat sie mit ihrem Psychoanalytiker über mich gesprochen, und er ist einer Meinung mit ihr. Mrs. Fedder hat Muriel beauftragt, diskret nachzuforschen, ob es in meiner Familie Fälle von Irresein gibt. Ich glaube, Muriel war so naiv, ihr zu erzählen, woher die Narben an meinem Handgelenk stammen, das arme liebe Kind. Aber wie M. mir sagt, machen diese Narben ihrer Mutter bei weitem nicht so viel Sorgen wie ein paar andere Tatsachen. Drei oder vier Tatsachen. Erstens: ich ziehe mich zurück und suche keine Beziehungen zu meinen Mitmenschen. Zweitens: offenbar ‹stimmt› etwas mit mir nicht, weil ich es unterlassen habe, Muriel zu verführen. Drittens: offenbar ist Mrs. Fedder tagelang von einer Bemerkung verfolgt worden, die ich eines Abends beim Essen gemacht habe: ich wäre gern eine tote Katze. In der vorigen Woche fragte sie mich beim Essen, was ich zu tun beabsichtige, wenn ich aus der Armee entlassen bin. Würde ich meine Lehrtätigkeit am selben College wieder aufnehmen? Würde ich überhaupt eine Lehrtätigkeit ausüben? Oder würde ich vielleicht wieder zum Funk gehen, vielleicht als ‹Kommentator›? Ich antwortete, ich hätte das Gefühl, daß der Krieg endlos weitergehen werde und daß ich nur eins sicher wisse: wenn der Friede jemals wiederkäme, wäre ich am liebsten eine tote Katze. Mrs. Fedder dachte, das solle irgendein Witz sein. Ein intellektueller Witz. Wie Muriel mir sagt, hält sie mich für sehr intellektuell. Sie glaubte, meine todernste Bemerkung sei die Art von Witz, die man mit einem leichten, musikalischen Lachen honorieren sollte. Mir scheint, daß ich ein bißchen bestürzt war, als sie lachte, und daß ich vergaß, ihr die Sache zu erklären. Heute abend erzählte ich Muriel folgendes: ein Meister im Zen-Buddhismus wurde einmal gefragt, was das wertvollste Ding auf der Welt sei, und der Meister antwortete, das sei eine tote Katze, denn niemand könne ihren Preis nennen. M. war erleichtert, aber ich merkte, daß sie es kaum abwarten konnte, nach Hause zu kommen, um ihre Mutter von der Harmlosigkeit meiner Bemerkung zu überzeugen. Sie fuhr in der Taxe mit mir zum Bahnhof. Wie süß war sie und in viel besserer Stimmung! Sie versuchte, mir Lächeln beizubringen, indem sie die Muskeln um meinen Mund mit den Fingern breitzog. Wie schön ist es, sie lachen zu sehen! Mein Gott, wie glücklich bin ich mit ihr! Wenn sie nur auch ein wenig glücklicher mit mir sein könnte. Manchmal amüsiere ich sie, und mein Gesicht, meine Hände und mein Hinterkopf scheinen ihr zu gefallen, und es verschafft ihr eine riesige Befriedigung, ihren Freundinnen zu erzählen, daß sie mit Billy Black verlobt ist, der jahrelang bei *Ein kluges Kind* mitgemacht hat. Und ich glaube, sie hegt eine unbestimmte Zuneigung teils mütterlicher, teils geschlechtlicher Art für mich. Aber im Ganzen mache ich sie nicht wirklich glücklich. O Gott, helfe mir. Mein einziger schrecklicher Trost ist, daß meine Geliebte eine unausrottbare, im wesentlichen unbeirrbare Liebe zur Institution der Ehe selber hat. Sie hat den ursprünglichen Drang, ununterbrochen ‹verheiratet› zu spielen. Ihre ehelichen Ziele sind so absurd und rührend. Sie möchte sich eine tiefe Sonnenbräune zulegen, dann zum Empfangschef eines ganz schikken Hotels gehen und ihn fragen, ob ihr Mann die Post schon abgeholt habe. Sie möchte Vorhänge einkaufen. Sie möchte sich Umstandskleider kaufen. Sie möchte aus dem Haus ihrer Mutter fort, ob sie es nun weiß oder nicht und trotz ihrer Anhänglichkeit an sie. Sie will Kinder haben – hübsche Kinder, die ihr gleichen, nicht mir. Ich habe auch das Gefühl, daß sie in jedem Jahr ihren eigenen Christbaumschmuck auspacken möchte, nicht den ihrer Mutter.

Heute kam ein ganz seltsamer Brief von Buddy, den er geschrieben hat, als er eben den Küchendienst hinter sich hatte. Ich denke an ihn, während ich über Muriel schreibe. Er würde sie wegen ihrer Heiratsmotive, so wie ich sie hier niedergeschrieben habe, verachten. Aber sind sie wirklich verachtungswürdig? Sie müssen es wohl irgendwie sein, und doch scheinen sie mir von so menschlichen Dimensionen und so schön, daß ich sogar jetzt, da ich davon schreibe, nicht daran denken kann, ohne tief, tief gerührt zu sein. Buddy würde auch Muriels Mutter nicht gefallen. Sie ist eine aufreibende, besserwisserische Frau, ein Typ, den Buddy nicht ausstehen kann. Ich glaube, er könnte gar nicht sehen, wer sie eigentlich ist. Ein Mensch, dem es für sein ganzes Leben verwehrt ist, den Strom von Poesie zu erkennen oder zu schätzen, der durch alle Dinge hindurchfließt, durch alle Dinge. Sie könnte ebensogut tot sein, und doch lebt sie weiter, macht halt an Delikatessengeschäften, besucht ihren Analytiker, verschlingt jeden Abend einen Roman, zieht ihren Hüfthalter an, macht Pläne für Muriels Gesundheit und Wohlergehen. Ich liebe sie, ich finde sie unvorstellbar tapfer.

Die ganze Kompanie hat heute Ausgangssperre. Ich habe eine ganze Stunde Schlange gestanden, um im Freizeitraum ans Telefon zu kommen. Muriel schien fast erleichtert, daß ich heute nicht in die Stadt kommen kann. Das amüsiert und entzückt mich. Ein anderes Mädchen, das wirklich einmal für einen Abend seinen Verlobten los sein möchte, würde am Telefon alle Phasen von Bedauern vorführen. M. sagte nur ‹Oh›, als ich es ihr sagte. Wie ich diese Einfalt anbete, diese schreckliche Ehrlichkeit! Wie ich darauf vertraue!

Morgens 3.30 Uhr. Ich bin in der Wachstube. Ich konnte nicht schlafen. Ich habe den Mantel über den Schlafanzug gezogen und bin hierhergekommen. UvD ist El Aspesi.

Er liegt auf dem Boden und schläft. Wenn ich für ihn das Telefon bediene, darf ich hierbleiben. Was für ein Abend! Mrs. Fedders Psychoanalytiker war zum Essen da und nahm mich bis etwa halb zwölf immer wieder in die Zange. Gelegentlich bewies er dabei große Geschicklichkeit und Intelligenz. Ein- oder zweimal war ich nahe dran, mich auf seine Seite zu stellen. Offenbar ist er ein alter Anhänger von Buddy und mir. Er schien sowohl persönlich als auch beruflich daran interessiert, herauszubekommen, warum ich mit sechzehn aus der Sendung herausgepfeffert wurde. Er hatte tatsächlich die Sendung über Lincoln gehört, aber er glaubte sich zu erinnern, daß ich dabei gesagt hätte, die Rede von Gettysburg sei ‹schlecht für Kinder›. Das stimmt nicht. Ich sagte ihm, ich hätte gesagt, ich hielte es für schlecht, daß die Kinder diese Rede in der Schule auswendig lernen müssen. Er glaubte auch, ich hätte gesagt, die Rede sei unehrlich. Ich sagte ihm, ich hätte gesagt, daß bei Gettysburg 51 112 Männer gefallen oder verwundet worden seien und wenn jemand am Jahrestag dieses Ereignisses unbedingt eine Rede halten *müßte*, dann hätte er einfach vortreten, seinen Zuhörern mit der Faust drohen und wieder wegtreten sollen – das heißt, wenn der Redner ein durch und durch ehrlicher Mann wäre. Er widersprach mir nicht, aber er schien zu meinen, daß ich irgendeinen Perfektionskomplex hätte. Dann redete er lange und ganz intelligent über die Tugend, ein unvollkommenes Leben zu führen, sich mit den eigenen und den Schwächen anderer abzufinden. Ich stimme ihm zu, aber nur theoretisch. Ich werde bis zum Jüngsten Tag dafür kämpfen, daß die Unterschiede wegfallen, weil sie zur Gesundheit führen und einer Art von wirklichem, beneidenswertem Glück. Wenn man sie *ausschließlich* befolgt, ist es der Weg des Tao und ohne Zweifel der höchste Weg. Aber ein Mann, der unterscheiden kann, müßte sich von der Poesie befreien, über die Poesie *hinaus*gehen. Das heißt, es wäre für ihn unmöglich, zu lernen oder sich dahin zu bringen, daß er in einer abstrakten Weise schlechte Poesie *liebte*, ganz davon zu schweigen, daß er sie mit guter gleichsetzte. Er müßte aller Poesie ganz und gar entsagen. Ich sagte, das zu erreichen, sei nicht leicht. Dr. Sims sagte, ich faßte es viel zu ernst auf – ich faßte es so auf, sagte er, wie es nur ein Perfektionist könnte. Kann ich das leugnen?

Augenscheinlich hatte die besorgte Mrs. Fedder ihm von Charlottes neun Stichen erzählt. Ich vermute, es war übereilt von mir, diese alte, längst erledigte Geschichte Muriel gegenüber zu erwähnen. Sie erzählt ihrer Mutter alles brühwarm weiter. Ich sollte ihr deswegen Vorwürfe machen, aber ich kann es nicht. M. kann mir nur zuhören, wenn auch ihre Mutter zuhört, das arme Kind. Aber ich hatte nicht die Absicht, über Charlottes Stiche mit Sims zu sprechen. Nicht bei einem einzigen Glas.

Heute abend auf dem Bahnhof habe ich M. so gut wie versprochen, daß ich nächstens einmal zu einem Psychoanalytiker gehen werde. Sims sagte mir, daß der Mann hier draußen in der Garnison sehr gut ist. Offenbar haben er und Mrs. Fedder in der Angelegenheit einige Besprechungen unter vier Augen gehabt. Warum ärgert es mich nicht? Es tut es wirklich nicht. Das scheint seltsam. Ganz ohne Grund macht es mir das Herz warm. Sogar die Klischee-Schwiegermütter in den Witzblättern haben mich immer irgendwie gerührt. Jedenfalls kann es mir nichts anhaben, wenn ich einen Psychiater aufsuche. Wenn ich es beim Militär tue, kostet es nichts. M. liebt mich, aber sie wird sich mir niemals wirklich nahe fühlen, *vertraut* mit mir sein, *frivol* mit mir sein, ehe ich nicht ein wenig überholt bin. Wenn ich überhaupt einmal anfange, zu einem Psychoanalytiker zu gehen, so hoffe ich zu Gott, daß er die Einsicht hat, einen Dermatologen hinzuzuziehen. Einen Handspezialisten. Ich trage an meinen Händen Narben, die von der Berührung bestimmter Menschen herrühren. Einmal, als Franny noch im Kinderwagen saß, habe ich im Park meine Hand auf ihren flaumigen Scheitel gelegt und sie zu lange dort liegen lassen. Ein andermal war ich mit Zooey im Kino Loew in der 72. Straße in einem Spukfilm. Er war sechs oder sieben Jahre, und weil er eine unheimliche Szene nicht sehen wollte, kroch er unter den Sitz. Ich legte meine Hand auf seinen Kopf. Gewisse Köpfe, menschliches Haar von gewisser Farbe und Struktur hinterlassen bei mir unvergängliche Spuren. Auch andere Dinge. Charlotte lief außerhalb des Studios einmal vor mir fort, und ich hielt sie am Kleid fest, wollte sie bei mir behalten. Sie trug ein gelbes Baumwollkleid, das ich liebte, weil es zu lang für sie war. Ich habe immer noch einen zitronengelben Fleck in meiner rechten Handfläche. O Gott, wenn ich irgend etwas bin, das eine klinische Bezeichnung verdient, so bin ich eine Art von umgekehrtem Paranoiker. Ich verdächtige die Menschen, daß sie sich verschwören, mich glücklich zu machen.»

Ich weiß noch, daß ich das Tagebuch hinter dem Wort «glücklich» schloß – tatsächlich zuknallte. Ein paar Minuten lang blieb ich mit dem Tagebuch unter dem Arm sitzen, bis ich mir eines gewissen Unbehagens bewußt wurde, das von dem langen Sitzen auf dem Badewannenrand herrührte. Als ich aufstand, bemerkte ich, daß ich schlimmer schwitzte als irgendwann vorher an diesem Tag, so als wäre ich gerade aus der Wanne gestiegen, nicht nur von ihrem Rand aufgestanden. Ich trat zum Wäschekorb, hob den Deckel und schleuderte mit einer beinahe bösartigen Drehung des Handgelenks das Tagebuch zwischen ein paar Bettücher und Kissenbezüge, die auf dem Boden des Korbes lagen. Dann, da mir nichts Besseres, Konstruktiveres einfiel, ging ich zurück und setzte mich wieder auf den Rand der Wanne. Eine Weile starrte ich auf Boo Boos Botschaft auf dem Toilettenspiegel, dann verließ ich das Badezimmer und schloß die Tür mit einem harten Knall hinter mir, so als könnte bloße Gewalt den Ort für alle Zeiten verschließen.

Meine nächste Station war die Küche. Glücklicherweise erreichte man sie von der Diele aus, ich brauchte nicht durch das Wohnzimmer, wo ich meinen Gästen hätte gegenübertreten müssen. Als ich in der Küche stand und die Schwingtür hinter mir zugefallen war, zog ich meinen Rock aus – vielmehr meine Feldbluse – und warf sie über die Emailleplatte des Tisches. Es schien, als brauchte ich alle meine Kraft, nur um den Rock auszuziehen, ich stand eine Zeitlang da in meinem Unterhemd und ruhte sozusagen aus, ehe ich mich an die herkulische Aufgabe machte, Getränke zu mixen. Dann plötzlich, als bekäme ich durch schmale Schlitze in der Wand polizeiliche Befehle, fing ich an, Schrank- und Kühlschranktüren zu öffnen und nach den Ingredienzen von Tom-Collins-Cocktails zu suchen. Sie waren alle da, nur gab es Zitronen statt Limonen, und in ein paar Minuten hatte ich einen Krug voll etwas zuckriger Cocktails fertig. Ich nahm fünf Gläser vom Bord und sah mich nach einem Tablett um. Es war schwierig, ein Tablett zu finden, und es dauerte lange, so daß ich, als ich endlich eins fand, kurze, kaum hörbare Jammerlaute von mir gab, während ich Schranktüren öffnete und schloß.

Als ich mit dem Tablett voller Gläser und dem Krug losziehen wollte, den Rock hatte ich wieder angezogen, ging plötzlich über meinem Kopf eine imaginäre Glühbirne an – so wie es in Comic Strips gemacht wird, um zu zeigen, daß der Held einen plötzlichen glänzenden Einfall hat. Ich stellte das Tablett auf dem Fußboden ab. Ich ging wieder zum Bord mit den Flaschen zurück und nahm eine halbvolle Whiskyflasche herunter. Ich holte mein Glas und goß mir – nicht ganz absichtlich – mindestens vier Finger hoch Whisky ein. Einen Augenblick sah ich das Glas prüfend an, dann kippte ich das Zeug wie ein erfahrener waschechter Held in einem Cowboyfilm in einem entschlossenen Zug herunter. Dieses kleine Zwischenspiel – das möchte ich betonen – berichte ich hier mit einem deutlichen Schaudern. Zugegeben, ich war dreiundzwanzig und tat wahrscheinlich nur, was jeder blutvolle dreiundzwanzigjährige Schwachkopf in ähnlichen Umständen getan hätte. Ich will nichts so Einfaches sagen. Ich will sagen, daß ich, wie man so sagt, nicht viel vertrug. Nach einem großen Whisky muß ich mich entweder heftig übergeben, oder ich fange an, mich im Raum nach Widersachern umzusehen. Bei zwei großen bin ich schon wie tot umgefallen.

Jener Tag war indes – um es auf eine einmalig untertriebene Weise zu sagen – kein Tag wie jeder andere, und ich weiß noch: als ich das Tablett wieder aufnahm und aus der Küche ging, spürte ich nichts von den Verwandlungen, die sonst fast unmittelbar einsetzten. Im Magen des Erzählers schien sich ein nie gekannter Grad von Hitze zu entwikkeln, aber das war auch alles.

Als ich mit dem vollen Tablett das Wohnzimmer betrat, bemerkte ich keine verdächtigen Veränderungen im Benehmen meiner Gäste; das einzig Neue war die belebende Tatsache, daß der Brautvateronkel sich der Gruppe wieder zugesellt hatte. Er verschwand beinahe in dem alten Sessel meiner toten Boston-Bulldogge. Seine winzigen Beinchen waren übereinandergeschlagen, sein Haar war gekämmt, sein Soßenfleck war so auffällig wie zuvor, und – siehe da – *seine Zigarre brannte.* Wir grüßten einander noch überschwenglicher als sonst, so als wären diese mehrfachen Trennungen plötzlich zu lang und sinnlos, als daß wir beide sie noch hätten ertragen können.

Der Leutnant stand immer noch an den Bücherregalen. Er hatte ein Buch herausgenommen und blätterte scheinbar ganz versunken darin. (Ich habe nie herausgefunden, was für ein Buch es war.) Mrs. Silsburn sah richtig aufgemöbelt, fast erfrischt aus, mir schien, daß sie ihr Make-up erneuert hatte. Sie saß jetzt auf der Couch, auf der Ecke, die am weitesten vom Brautvateronkel entfernt war. Sie blätterte in einer Zeitschrift. Als sie das Tablett erblickte, das ich auf dem Kaffeetisch abgestellt hatte, sagte sie im Party-Ton: «Oh, wie reizend!» Sie lächelte leutselig zu mir herauf. «Ich habe nur ganz wenig Gin hineingetan», log ich, während ich in dem Krug zu rühren begann.

«Es ist jetzt so schön kühl hier», sagte Mrs. Silsburn. «Darf ich Sie vielleicht etwas fragen?» Dabei legte sie die Zeitschrift beiseite, stand auf und ging um die Couch herum zum Schreibtisch. Sie hob den Arm und legte die Fingerspitze auf eines der Fotos an der Wand. «*Wer* ist dieses schöne Kind?» fragte sie mich. Jetzt, da die Klimaanlage glatt und gleichmäßig surrte und sie Zeit gehabt hatte, ihr Make-up zu erneuern, war sie nicht mehr jenes welke, ängstliche kleine Mädchen, das vor Schraffts Restaurant in der 79. Straße in der heißen Sonne gestanden hatte. Sie sprach jetzt mit der ganzen spröden Beherrschtheit, über die sie verfügt hatte, als ich zuerst vor dem Haus der Großmutter der Braut in das Auto sprang und sie mich fragte, ob ich wohl jemand mit Namen Dickie Briganza sei.

Ich hörte jetzt auf, in dem Krug mit Cocktails zu rühren und ging zu ihr. Ihr lackierter Fingernagel lag auf einer Fotografie der Mannschaft von *Ein kluges Kind* des Jahres 1929 und im besonderen auf einem bestimmten Kind. Sieben Kinder saßen um einen Tisch, vor jedem ein Mikrophon. «Das ist das schönste Kind, das ich je *gesehen* habe», sagte Mrs. Silsburn. «Wissen Sie, wem sie ein ganz klein wenig gleicht? So um die Augen und den Mund?»

Ungefähr an diesem Punkt fing etwas von dem Whisky – ich würde sagen, etwa ein Finger hoch – an zu wirken, und ich hätte fast geantwortet «Dickie Briganza», aber ich spürte doch noch einen Impuls, mich zurückzuhalten. Ich nickte und nannte den Namen einer Filmschauspielerin, die die Brautführerin früher am Nachmittag in Verbindung mit neun chirurgisch genähten Stichen erwähnt hatte.

Mrs. Silsburn starrte mich an. «War *sie* auch bei *Ein kluges Kind?*» fragte sie.

«Ja, ungefähr zwei Jahre lang. Mein Gott, ja. Natürlich unter ihrem bürgerlichen Namen Charlotte Mayhew.»

Der Leutnant stand jetzt rechts hinter mir und sah zu der Fotografie auf. Beim Nennen von Charlottes Künstlernamen war er vom Bücherregal zu uns gekommen, um sich die Sache anzusehen.

«Ich habe nie gewußt, daß sie als Kind am Funk war!» sagte Mrs. Silsburn. «Das habe ich nie gewußt! War sie denn als Kind so intelligent?»

«Nein, tatsächlich war sie meistens nur laut. Aber sie sang damals schon so gut wie heute. Und sie bildete eine tolle moralische Stütze. Sie brachte es meist fertig, am Funktisch direkt neben meinem Bruder Seymour zu sitzen, und immer wenn er während der Sendung etwas sagte, das ihr gefiel, trat sie ihn auf den Fuß. Es war wie ein Händedruck, nur daß sie ihren Fuß dazu nahm.» Während ich diese kleine Rede hielt, lagen meine Hände auf der obersten Leiste des hochlehnigen Schreibtischstuhls. Sie glitten plötzlich ab – ungefähr so, wie ein Ellbogen plötzlich den Halt auf einer Theke oder einer Tischkante verlieren kann. Ich verlor das Gleichgewicht, gewann es aber fast im gleichen Augenblick wieder, und weder der Leutnant noch Mrs. Silsburn schienen etwas bemerkt zu haben. Ich verschränkte die Arme. «An bestimmten Abenden, wenn Seymour besonders in Form gewesen war, kam er leicht hinkend nach Hause. Das ist wirklich wahr. Charlotte trat nicht nur auf seinen Fuß, sie trampelte geradezu drauf. Das machte ihm aber nichts. Er mochte Leute, die ihm auf die Füße trampelten. Er liebte laute Mädchen.»

«Oh, ist das nicht interessant?» sagte Mrs. Silsburn. «Ich habe *bestimmt* nicht gewußt, daß sie etwas mit dem Funk zu tun gehabt hat.»

«Tatsächlich hat Seymour sie hereingebracht», sagte ich. «Sie war die Tochter eines Heilpraktikers, der in unserem Haus am Riverside Drive wohnte.» Ich legte meine Hände wieder auf die Stuhllehne und lehnte mein Gewicht dagegen, teils um mich zu stützen, teils in der Pose des Mannes, der über den Gartenzaun hinüber Jugenderinnerungen von sich gibt. Der Klang meiner eigenen Stimme bereitete mir jetzt ein ungewöhnliches Vergnügen. «Wir spielten einmal Hüpfball auf – interessiert das überhaupt jemanden von Ihnen?»

«Ja», sagte Mrs. Silsburn.

«Eines Nachmittags nach der Schule spielten wir Hüpfball am Seiteneingang des Hauses, Seymour und ich, und jemand – es stellte sich nachher heraus, daß es Charlotte war –, jemand fing an, vom zwölften Stock herunter Murmeln auf uns zu werfen. So haben wir uns kennengelernt. Noch in derselben Woche haben wir sie in die Sendung mitgenommen. Wir wußten nicht einmal, daß sie singen konnte. Wir wollten sie nur dabeihaben, weil sie einen so herrlichen New Yorker Akzent hatte. Sie hatte einen Dyckman-Street-Akzent.»

Mrs. Silsburn lachte jenes klingelnde Lachen, das natürlich für jeden empfindsamen Anekdotenerzähler der Tod ist, mag er nun stocknüchtern oder nicht sein. Sie hatte offenbar nur darauf gewartet, daß ich Schluß machte, um sich mit der alten Frage an den Leutnant zu wenden. «Wem, finden Sie, gleicht sie?» sagte sie eindringlich, «besonders um die Augen und den Mund. An wen erinnert sie Sie?»

Der Leutnant sah erst sie, dann wieder das Bild an. «Meinen Sie, so wie sie hier auf dem Bild ist, als Kind», sagte er, «oder jetzt? So wie sie in den Filmen aussieht? Wie meinen Sie es?»

«*Ich* meine eigentlich beides. Aber besonders doch hier auf dem Bild.»

Der Leutnant musterte das Bild – recht streng, so schien mir, so als sei er gar nicht mit der Art einverstanden, in der Mrs. Silsburn, die doch ein Zivilist sowohl als auch eine Frau war, ihn gebeten hatte, es zu betrachten. «Muriel», sagte er kurz. «Auf dem Bild sieht sie wie Muriel aus. Das Haar und alles.»

«Genau», sagte Mrs. Silsburn. Sie wandte sich mir zu. *«Genau»*, wiederholte sie. «Sind Sie Muriel jemals begegnet, ich meine, haben Sie sie je gesehen, wenn sie ihr Haar so reizend . . .?»

«Ich habe Muriel heute zum erstenmal gesehen», sagte ich.

«Nun, Sie können es mir glauben – ich gebe Ihnen mein Wort» – Mrs. Silsburn tippte mit dem Zeigefinger vielsagend auf die Fotografie.

«Dieses Kind hätte in dem Alter Muriels *Double* sein können. Aber bis zum I-Tüpfelchen.»

Der Whisky stieg jetzt gleichmäßig in mir hoch, ich war nicht mehr in der Lage, diese Information voll aufzunehmen, ganz zu schweigen davon, daß ich den vielen möglichen Verästelungen des Problems hätte folgen können. Ich ging wieder – wie ich glaube, nur ein wenig zu steif – zum Kaffeetisch und fing wieder an, in dem Krug mit den Cocktails zu rühren. Als ich am Brautvateronkel vorüberkam, versuchte dieser, meine Aufmerksamkeit auf sich zu ziehen, mich zu meinem Wiedererscheinen zu begrüßen, aber ich war durch die bezeugte Tatsache von Charlottes Ähnlichkeit mit Muriel so abgelenkt, daß ich ihn nicht beachtete. Ich fühlte mich auch ein klein wenig schwindelig. Ich spürte einen starken Drang, den Krug auf dem Fußboden aus einer sitzenden Position umzurühren, aber ich widerstand diesem Drang.

Ein paar Augenblicke später, als ich gerade anfing, die Drinks auszuschenken, stellte Mrs. Silsburn mir eine Frage. Sie klang fast wie ein Lied durch das Zimmer zu mir herüber, so melodiös war der Ton. «Nehmen Sie es sehr übel, wenn ich noch einmal nach dem Unfall frage, den Mrs. Burwick eben zufällig erwähnte? Ich meine, jene neun Stiche, von denen sie sprach. Ich meine, hat Ihr Bruder sie vielleicht durch Zufall *gestoßen* oder sonst etwas dieser Art?»

Ich stellte den Krug ab, der außerordentlich schwer und unhandlich schien, und blickte zu ihr hin. Trotz meines leichten Schwindelgefühls waren die Bilder in einiger Entfernung seltsamerweise keineswegs verschwommen. Mrs. Silsburn, die jetzt in meinem Blickpunkt am anderen Ende des Zimmers erschien, war sogar von einer *auf*dringlichen Deutlichkeit. «Wer ist Mrs. Burwick?» fragte ich.

«Meine Frau», sagte der Leutnant ein bißchen schroff. Auch er sah jetzt zu mir herüber, vielleicht nur wie ein Ein-Mann-Komitee, das herausfinden sollte, warum ich für die Drinks so lange brauchte.

«Oh, gewiß doch», sagte ich.

«War es ein Unfall?» sagte Mrs. Silsburn beharrlich. «Sicherlich *wollte* er es doch nicht, nicht wahr?»

«*O Gott*, Mrs. Silsburn.»

«Wie bitte?» sagte sie kalt.

«Verzeihen Sie. Bitte, achten Sie nicht auf mich, ich bin ein bißchen beschwipst. Ich habe mir vor ein paar Minuten in der Küche einen großen Schnaps genehmigt» – ich unterbrach mich und drehte mich abrupt um. Der schwere Schritt, der jetzt auf dem nackten Boden des Flurs hallte, kam mir bekannt vor. Er kam hastig auf uns zu – kam über uns –, und einen Augenblick später platzte die Brautführerin ins Zimmer.

Sie sah uns gar nicht an. «Endlich habe ich sie erreicht», sagte sie. Ihre Stimme klang seltsam monoton, keine Spur von Gesperrt-Gedrucktem mehr. «Nach fast einer Stunde!» Ihr Gesicht sah gespannt und überhitzt aus, sie schien jeden Augenblick platzen zu wollen. «Ist es kalt?» fragte sie und kam, ohne anzuhalten und ohne eine Antwort abzuwarten, an den Tisch. Sie ergriff das Glas, das ich vorher halb gefüllt hatte, und leerte es in einem einzigen gierigen Zug. «In meinem ganzen Leben bin ich noch nicht in einem so heißen Zimmer gewesen», sagte sie – zu niemandem im besonderen – und stellte das leere Glas ab. Dann griff sie nach dem Krug und füllte das Glas noch einmal zur Hälfte, wobei sie ein ziemliches Geklirr und Gekuller mit den Eiswürfeln veranstaltete.

Mrs. Silsburn war schon an den Tisch vorgedrungen.

«Was haben Sie gesagt?» fragte sie voll Ungeduld. «Haben Sie mit Rhea gesprochen?»

Die Brautführerin tat erst einen Schluck. «Ich habe mit allen gesprochen», sagte sie dann und stellte ihr Glas auf den Tisch. Sie sagte das mit einer grimmigen, aber für ihre Verhältnisse seltsam undramatischen Betonung auf «allen». Sie sah zuerst Mrs. Silsburn, dann mich, dann den Leutnant an. «Ihr könnt euch alle beruhigen», sagte sie. «Alles ist einfach prima und in bester Ordnung.»

«Was wollen Sie damit sagen? Was ist passiert?» sagte Mrs. Silsburn scharf.

«Nur genau das. Der *Bräutigam* ist nicht mehr durch *Glücks*gefühle indisponiert.» Die Brautführerin war wieder zu der mir vertrauten Art der Betonung zurückgekehrt.

«Und wie ist das gekommen? Mit wem hast du gesprochen?» fragte der Leutnant. «Hast du mit Mrs. Fedder gesprochen?»

«Ich sagte schon, ich habe mit allen gesprochen. Mit jedem außer der errötenden Braut. Der Bräutigam hat sie entführt.» Sie wandte sich jetzt an mich. «Wieviel Zucker haben Sie eigentlich in das Zeug hier getan?» fragte sie gereizt. «Es schmeckt wie reine . . .»

«Entführt?» sagte Mrs. Silsburn und hob die Hand an die Kehle.

Die Brautführerin warf ihr einen Blick zu. «Schon gut. Beruhigen Sie sich», sagte sie weise, «dann leben Sie länger.»

Mrs. Silsburn ließ sich erschöpft auf die Couch fallen – übrigens direkt neben mich. Ich starrte die Brautführerin an, und ich bin sicher, daß Mrs. Silsburn meinem Beispiel ohne Zögern folgte.

«Anscheinend war er *in* der Wohnung, als sie zurückkamen, und Muriel lief hinauf und packte ihren Koffer, und mir nichts dir nichts machten sich die beiden davon.» Die Brautführerin zuckte ausdrucksvoll die Schultern. Sie griff wieder nach dem Glas und leerte es. «Jedenfalls sind wir alle zum Empfang eingeladen. Oder wie soll man es nennen, wenn Braut und Bräutigam schon *weg sind*? Mir schien, daß schon ein ganzer Schwarm von Menschen da ist. Alle Stimmen klangen am Telefon so *fröhlich.*»

«Du hast also mit Mrs. Fedder gesprochen», sagte der Leutnant. «Was hat sie gesagt?»

Die Brautführerin schüttelte vielsagend den Kopf. «Sie war großartig. Mein Gott, was für eine Frau! Ihre Stimme klang ganz normal. Soviel ich verstand – ich meine, nach dem, was sie sagte –, hat dieser *Sey*mour versprochen, zu einem Analytiker zu gehen und sich heilen zu lassen.» Sie zuckte wieder die Schultern. «Wer weiß, vielleicht wird alles noch prima, primissima. Ich bin zu erledigt, um noch einen Gedanken zu fassen.» Sie sah ihren Mann an. «Wir wollen gehen. Wo ist deine Mütze?»

Das nächste, woran ich mich erinnere, ist, daß die Brautführerin, der Leutnant und Mrs. Silsburn im Gänsemarsch auf die Wohnungstür zuschritten und ich als der Gastgeber hinter ihnen herging. Ich schwankte jetzt ganz offensichtlich, aber da sich niemand umdrehte, wurde mein Zustand wahrscheinlich gar nicht bemerkt.

Ich hörte noch, wie Mrs. Silsburn zu der Brautführerin sagte: «Wollen Sie hingehen, oder?»

«Ich weiß noch nicht», kam die Antwort. «Wenn wir hingehen, dann nur für einen Augenblick.»

Der Leutnant drückte den Aufzugsknopf, und die drei standen stumm da und beobachteten das Leuchtschild, das den Stand des Aufzugs anzeigte. Keiner schien mehr etwas zu sagen zu haben. Ich stand ein paar Schritte von ihnen entfernt in der Wohnungstür und beobachtete sie mit umschleiertem Blick. Als sich die Fahrstuhltür öffnete, sagte ich laut «Auf *Wiedersehen*», und die drei Köpfe wandten sich mir einträchtig zu. «Oh, auf Wiedersehn», riefen sie mir zu, und während sich die Tür des Aufzugs schloß, hörte ich noch, wie die Brautführerin schrie: «Danke für den Drink!»

Mit unsicheren Schritten ging ich in die Wohnung zurück und versuchte, die Knöpfe meiner Feldbluse zu öffnen oder vielmehr sie aufzureißen.

Bei meiner Rückkehr ins Wohnzimmer wurde ich von meinem einzig verbliebenen Gast mit uneingeschränkter Herzlichkeit begrüßt – ich hatte ihn ganz vergessen. Er hob mir sein wohlgefülltes Glas entgegen. Tatsächlich schwenkte er es mir entgegen, wackelte dabei mit dem Kopf und grinste, als ob ein Augenblick des äußersten Glücks, auf den wir beide lange gewartet hatten, endlich gekommen sei. Ich fand, daß ich bei diesem besonderen Wiedersehen nicht mit einem ganz so strahlenden Lächeln antworten konnte. Ich weiß aber noch, daß ich ihm auf die Schulter klopfte. Dann ließ ich mich, ihm direkt gegenüber, schwer auf die Couch fallen. «Haben Sie ein Heim, das Sie erwartet?» fragte ich ihn. «Wer kümmert sich um Sie? Die Tauben im Park?» Als Antwort auf diese herausfordernden Fragen prostete mir mein Gast nur noch fröhlicher zu, er hob mir dabei seinen Cocktail entgegen, als sei es ein Bierglas. Ich schloß die Augen und ließ mich zurücksinken, da begann das Zimmer sich um mich zu drehen, und ich setzte mich wieder auf, stellte die Füße auf den Boden – tat das aber so plötzlich und ungeschickt, daß ich mich mit der Hand am Tisch festhalten mußte, um das Gleichgewicht nicht zu verlieren. Einen Augenblick lang blieb ich mit vorgebeugtem Oberkörper und geschlossenen Augen sitzen. Dann griff ich, ohne aufzustehen, nach dem Krug und goß mir ein Glas voll, dabei verschüttete ich eine Menge Flüssigkeit und Eiswürfel über Tisch und Fußboden. Ein paar Augenblicke lang saß ich mit dem gefüllten Glas in der Hand da, ohne zu trinken, dann stellte ich es in die seichte Pfütze auf dem Tisch. «Möchten Sie gern wissen, wie Charlotte diese neun Stiche bekommen hat?» fragte ich plötzlich in einem Ton, der für meine Ohren ganz normal klang. «Wir waren oben am See. Seymour hatte an Charlotte geschrieben und sie eingeladen, uns zu besuchen, und ihre Mutter hatte schließlich eingewilligt. Was dann geschah, war folgendes: Eines Morgens saß sie mitten auf unserer Autoauffahrt und streichelte Boo Boos Katze, und Seymour warf einen Stein nach ihr. Er war zwölf. Das ist alles. Er warf den Stein nach ihr, weil sie so schön aussah, wie sie so da mitten auf unserer Autoauffahrt saß mit Boo Boos Katze im Arm. Wir alle wußten das – du mein Gott – ich, Charlotte, Boo Boo, Waker, Walt, die ganze Familie.» Ich starrte in den Zinnaschenbecher, der auf dem Tisch stand. «Charlotte hat deswegen nie ein Wort zu ihm gesagt. Nicht ein Wort.» Ich sah zu meinem Gast auf, als erwartete ich, daß er mir widerspreche, mich einen Lügner nennen würde. Natürlich bin ich ein Lügner. Charlotte hat nie verstanden, warum Seymour den Stein nach ihr warf. Aber mein Gast widersprach mir nicht. Im Gegenteil. Er grinste mich ermutigend an, als ob er alles, was ich über dieses Thema noch sagen würde, als die reine Wahrheit hinzunehmen bereit wäre. Trotzdem stand ich auf und ging aus dem Zimmer. Ich weiß noch: als ich schon mitten im Zimmer stand, überlegte ich, ob ich zurückgehen und zwei Eiswürfel aufheben sollte, die auf dem Boden lagen, aber es schien ein zu schwieriges Unternehmen, und ich ging weiter auf die Diele zu. Als ich an der Küchentür vorbeikam, zog ich meine Feldbluse aus, ich riß sie herunter und warf sie auf den Boden. In diesem Augenblick schien es mir genau der Ort zu sein, wo sie hingehörte.

Im Badezimmer blieb ich einige Augenblicke über den Wäschekorb gebeugt und überlegte, ob ich oder ob ich nicht Seymours Tagebuch wieder herausnehmen und weiterlesen sollte. Ich weiß nicht mehr, welche Gründe dafür und dawider mir einfielen, aber schließlich öffnete ich den Korb und nahm das Tagebuch heraus. Ich setzte mich wieder auf den Rand der Badewanne und blätterte die Seiten um, bis ich zu der allerletzten Eintragung kam, die Seymour gemacht hatte:

«Einer der Männer hat gerade wieder den Flugdienst angerufen. Wenn der Nebel sich weiter hebt, können wir wahrscheinlich vor Morgen starten. Oppenheim sagt, wir sollten lieber nicht den Atem anhalten. Ich habe Muriel angerufen, um ihr Bescheid zu sagen. Es war sehr seltsam. Sie war am Apparat und sagte immer wieder Hallo. Meine Stimme funktionierte einfach nicht. Sie hätte beinahe aufgelegt. Wenn ich nur ein wenig ruhiger werden könnte. Oppenheim haut sich hin, bis uns der Flugdienst anruft. Ich müßte es auch tun, aber ich bin zu aufgeregt. Ich hatte sie eigentlich angerufen, um sie zum letztenmal zu bitten, sie sollte doch einfach allein mit mir weggehen und irgendwo heiraten. Ich kann einfach jetzt keine Menschen ertragen. Ich habe das Gefühl, daß ich geboren werden soll. Ein heiliger, heiliger Tag. Die Verbindung war so schlecht, und fast die ganze Zeit lang konnte ich einfach nichts herauskriegen. Wie schrecklich ist es, wenn man sagt: ich liebe dich, und der Mensch am anderen Ende der Leitung schreit andauernd: Was? Ich habe den ganzen Tag in der Vedanta gelesen. Die Eheleute sollen einander dienen. Einander erheben, einander helfen, belehren, stärken, aber vor allem, einander *dienen.* Sie sollen ihre Kinder liebevoll und in Ehren und ohne Eigennutz erziehen. Ein Kind ist ein Gast im Hause, der geliebt und geehrt werden soll – der einem aber nicht gehört, denn er gehört Gott. Wie wunderbar, wie vernünftig, auf wie schöne Weise schwierig und daher wie wahr! Zum erstenmal in meinem Leben fühle ich die Freude der Verantwortung. Oppenheim liegt schon in der Kiste. Auch ich sollte drinliegen, aber ich kann es nicht. Irgendeiner muß ja mit dem glücklichen Mann Nachtwache halten.»

Ich las diese Eintragung einmal durch, dann schloß ich das Tagebuch und nahm es mit ins Schlafzimmer. Ich steckte es in Seymours Segeltuchbeutel auf der Fensterbank. Dann ließ ich mich, mehr oder weniger freiwillig, auf das nächste Bett fallen. Ich schlief schon – oder fiel vielleicht auch in Ohnmacht –, bevor ich ganz lag, jedenfalls schien es mir so.

Als ich, vielleicht anderthalb Stunden später, wach wurde, hatte ich rasende Kopfschmerzen, und mein Mund war ganz ausgetrocknet. Im Zimmer war es beinahe dunkel. Ich weiß noch, daß ich ziemlich lange auf der Bettkante sitzen blieb. Dann stand ich auf, weil ich so durstig war, und bewegte mich langsam auf das Wohnzimmer zu. Ich hoffte, auf dem Tisch in dem Krug noch einen kalten und feuchten Rest vorzufinden.

Mein letzter Gast hatte die Wohnung anscheinend auf eigene Faust verlassen. Nur sein leeres Glas und der Zigarrenstummel im Aschenbecher zeigten an, daß er überhaupt je existiert hatte. Ich meine immer noch, daß man den Zigarrenstummel eigentlich Seymour hätte schicken sollen – das wäre doch einmal ein besonderes Hochzeitsgeschenk gewesen. Nur den Zigarrenstummel in einer hübschen kleinen Schachtel. Vielleicht hätte man als Erklärung ein leeres Blatt Papier dazulegen können.

Die ersten Taschenbücher . . .

Seymour wird vorgestellt

Die Schauspieler überzeugen mich durch ihre Gegenwart immer wieder zu meinem Schrecken, daß das meiste, was ich bisher über sie aufgeschrieben habe, falsch ist. Es ist falsch, weil ich mit gleichbleibender Liebe (erst jetzt, da ich es aufschreibe, wird auch dieses falsch), aber wechselnder Kraft über sie schreibe und diese wechselnde Kraft nicht laut und richtig an die wirklichen Schauspieler schlägt, sondern dumpf sich an dieser Liebe verliert, die mit der Kraft niemals zufrieden sein wird und deshalb dadurch, daß sie sie aufhält, die Schauspieler zu schützen meint.

Es ist (um es bildlich auszudrücken), als wenn einem Autor die Feder ausrutschte und der so entstehende Schreibfehler sich seiner Fehlerhaftigkeit bewußt würde, aber vielleicht war es gar kein Schreibfehler, sondern in einem weitaus höheren Sinn ein wesentlicher Bestandteil der ganzen Prozedur, und das wiederum wäre, als wenn der Schreibfehler sich gegen den Autor erhebt und – aus Haß gegen diesen – sich verbitten würde, ihn zu verbessern, und sagen würde: «Nein, ich werde nicht ausradiert, ich werde als Zeuge gegen Euch hier stehenbleiben, als Zeuge dafür, daß Ihr ein sehr schlechter Schriftsteller seid.»

Offen gesagt, manchmal finde ich das wenig ergiebig, aber im Alter von vierzig betrachte ich meinen alten Freund aus guten Tagen, den Durchschnittsleser, als meinen letzten wirklich zeitgenössischen Vertrauten, und lange bevor ich zwanzig war, wurde ich vom aufregendsten und im Grunde am wenigsten aufgeblasenen publizistischen Fachmann energisch aufgefordert, ich sollte versuchen, die Annehmlichkeiten einer solchen Beziehung stetig und nüchtern im Auge zu behalten, sei diese noch so seltsam oder schrecklich; in meinem Fall sah er es von Anfang an so kommen. Es fragt sich nur, wie kann ein Schriftsteller diese Annehmlichkeiten im Auge behalten, wenn er nicht die geringste Vorstellung hat, welcher Art sein Durchschnittsleser ist? Es gibt Fälle genug, in denen das Gegenteil der Fall ist, aber wann wird eigentlich der Verfasser einer Erzählung je gefragt, wie er sich den Durchschnittsleser vorstellt? Um voran und zur Sache zu kommen – und ich glaube nicht, daß es die Art von Sache ist, die eine unbegrenzte Einleitung übersteht –: Glücklicherweise fand ich schon vor vielen Jahren alles, was ich über *meinen* Durchschnittsleser – ich fürchte, das sind *Sie* – wissen muß, heraus. Ich fürchte, Sie werden das abstreiten, immer wieder abstreiten, aber ich bin wirklich nicht fähig, Ihnen das zu glauben. Sie sind ein großer Vogel-Liebhaber, sehr ähnlich dem Mann in einer

Kurzgeschichte, die *Skule Skerry* heißt, von John Buchan verfaßt ist und die zu lesen mich einst in einem kümmerlich überwachten Silentium-Zimmer Arnold L. Sugarman jr. drängte, Sie sind einer, der sich zuerst ganz auf Vögel verlegte, weil sie Ihre Vorstellungskraft beflügeln und Sie faszinieren, weil «sie von allen erschaffenen Lebewesen dem reinen Geist am nächsten kommen – diese kleinen Geschöpfe, deren Normalkörpertemperatur bei 50,8 Grad Celsius liegt»; wahrscheinlich kamen Ihnen wie diesem Mann in der Geschichte von John Buchan viele erregende Gedanken; ich zweifle nicht: es fiel Ihnen ein, daß: «Das Goldkrönchen mit einem Magen nicht größer als eine Bohne, über die Nordsee fliegt. Der Sichelstrandläufer, der so hoch im Norden nistet und brütet, daß nicht mehr als drei Menschen bisher seine Nester gesehen haben – er fliegt nach Tasmanien in die Ferien!» Natürlich wäre es zu verwegen zu hoffen, daß der wirklich mir zugehörige Durchschnittsleser sich als einer der drei Menschen herausstellt, die das Nest des Sichelstrandläufers wirklich gesehen haben, aber immerhin: ich fühle, daß ich ihn kenne – Sie also! –, gut genug kenne, um zu spüren, welche Art wohlwollender Geste in diesem Augenblick von mir erwartet wird. In diesem *entre-nous*-Geist, alter Freund, will ich, bevor wir uns zu den anderen begeben, die alles so genau wissen, einschließlich der Heißsporne mittleren Alters, die darauf bestehen, uns auf den Mond zu schießen, einschließlich der Dharma-Vagabunden, der Hersteller von Zigarettenfiltern für Intellektuelle, einschließlich der Beatniks, Gammler und Greiner, der auserwählten Kultiker, all dieser erhabenen hochgestochenen Experten, die so genau wissen, was wir mit unseren armseligen kleinen Geschlechtsorganen anfangen oder nicht anfangen sollten, all die bärtigen, stolzen, ungebildeten jungen Männer, Gitarre-Dilettanten und Zen-Töter und die vereinigten ästhetischen Teddy-Boys, die an ihren ganz und gar einsichtslosen Nasen entlang auf diesen herrlichen Planeten blicken, wo (bitte stopfen Sie mir nicht das Maul!) Kilroy, Christus und Shakespeare Aufenthalt nahmen – bevor wir uns also zu den anderen begeben, sage ich privat zu Ihnen, alter Freund (ich fürchte, ich rede sogar in heiligem Ernst auf sie ein): bitte nehmen Sie von mir diesen bescheidenen Strauß früh blühender Klammern an: ((((())))). Sie sind ehrlich gemeint, zunächst als so x-beinige wie o-beinige Zeichen meines Geistes- und Körperzustandes, während ich dies schreibe. Fachmännisch gesprochen, und das ist die einzige Art, in der etwas auszusprechen mir je Spaß gemacht hat (und, um mich noch unbeliebter zu machen: ich spreche, und das unaufhörlich, neun Sprachen, von denen vier vollkommen tot sind) – fachmännisch gesprochen, ich wiederhole es, bin ich auf eine geradezu ekstatische Weise glücklich, so wie ich es nie zuvor gewesen bin, oder vielleicht einmal, als ich vierzehn war und eine Kurzgeschichte schrieb, in der alle Personen Korpsstudenten-Schmisse trugen, alle – der Held, der Schurke, die Heldin, deren alte Kinderfrau, alle Pferde und Hunde. Damals war ich *ziemlich* glücklich, könnte man sagen, aber nicht ekstatisch glücklich, nicht wie jetzt. Um zur Sache zu kommen: zufällig weiß ich, und wahrscheinlich weiß das keiner besser als ich, daß eine auf ekstatische Weise glückliche Person, die schreibt, oft eine sehr aufreibende Gesellschaft sein kann. Natürlich sind die Lyriker in diesem Zustand die «Schwierigsten», aber auch ein Prosaschreiber hat in ähnlicher Besessenheit nicht viel Wahl, wie er sich in anständiger Gesellschaft benehmen soll; göttlich oder nicht, Besessenheit ist Besessenheit. Und während ich glaube, daß ein bis zur Ekstase glücklicher Prosaschreiber viel Gutes – ich hoffe, offen gesagt, das Beste – auf einer Druckseite anrichten kann – so ist es auch genauso wahr, und, ich fürchte, unendlich einleuchtender, daß er weder bescheiden noch mäßig oder kurz sein kann; und so begibt er sich fast aller seiner kurzen Abschnitte. Er kann nicht unbeteiligt sein, oder nur selten und zögernd, nur in Wellentälern. Im Kielwasser von etwas so Breitem und Mitreißendem wie Glücklichsein setzt er notwendigerweise das kleinere, aber für einen Schriftsteller immer recht exquisite Vergnügen aufs Spiel, auf jeder Druckseite in gelassener Heiterkeit als unbeteiligt zu erscheinen. Am schlimmsten aber: Damit ist er nicht mehr in der Lage, dem dringendsten Bedürfnis des Lesers nachzukommen, daß nämlich der Autor, verdammt noch mal, mit seiner Geschichte voranmacht. Teilweise deshalb also dieses ominöse Angebot von Klammern ein paar Abschnitte vorher. Es ist mir klar, daß recht viele vollkommen intelligente Leute Kommentare in Klammern, während die Handlung einer Geschichte abläuft, nicht ausstehen können. (Auf solche Dinge werden wir brieflich aufmerksam gemacht – meistens, wie ich versichere, von solchen, die Aufsätze schreiben müssen und den sehr natürlichen, wilden Drang verspüren, uns in ihrer Freizeit unter den Tisch zu schreiben. Und wir lesen das nicht nur, sondern glauben es gewöhnlich auch; ob gut, schlecht oder belanglos; jegliche Reihenfolge englischer Wörter fesselt unsere Aufmerksamkeit, als käme sie von Prospero persönlich.) Ich verkündige hiermit, daß nicht nur von jetzt an meine Nebenbemerkungen frei und wild umherlaufen werden (ich bin natürlich nicht ganz sicher, daß es nicht eine oder zwei Fußnoten geben wird), auch, daß ich allen Ernstes vorhabe, von Zeit zu Zeit persönlich dem Leser auf den Rücken zu springen, wenn ich irgend etwas abseits des vorgeschriebenen Erzählungsablaufs bemerke, das erregend, interessant, jedenfalls der Mühe wert erscheint, drauflos zusteuern. In diesem Zusammenhang – Gott rette meine Amerikanerhaut – bedeutet mir Geschwindigkeit nicht das geringste. Gewiß gibt es Leute, die ernsthaft darum ersuchen, nur auf die kürzeste, klassischste und vielleicht gediegenste

Art in Spannung gehalten zu werden, und ich schlage jetzt vor – so ehrlich, wie ein Schriftsteller so etwas vorschlagen kann –, daß sie uns hier, wo dieses Verlassen noch gut ist und leichtfällt, verlassen. Ich werde sicherlich fortfahren, während wir fortschreiten, auf weitere, leicht erreichbare Ausgänge hinzuweisen, aber ich bin nicht sicher, daß ich vorhabe, es noch einmal so herzlich zu tun.

Ich möchte gern loslegen mit einigen ziemlich unmißverständlichen Worten über die beiden Zitate, die am Anfang dieses Teiles stehen. Das erste «Die Schauspieler überzeugen mich durch ihre Gegenwart immer wieder zu meinem Schrecken . . .» ist von Kafka. Das zweite «Es ist (um es bildlich auszudrücken), als wenn einem Autor die Feder ausrutschte . . .» ist von Kierkegaard (und ich kann es mir kaum verkneifen, mir bei dem Gedanken, daß vor allem dieses Kierkegaard-Zitat ein paar Existenzialisten und ein bißchen zu oft gedruckte französische Mandarine in ihrem – nun, mindestens überraschend – trifft, triumphierend die Hände zu reiben).* Ich halte es nicht für unbedingt notwendig, daß einer einen luftdichtverpackten Grund haben muß, aus den Werken von Autoren zu zitieren, die er liebt, aber ich versichere Ihnen, wenn er einen Grund hat, ist es immer nett, und in diesem Fall scheint es mir so, daß diese beiden Stellen, besonders so nachbarlich nebeneinander, in einem bestimmten Sinne nicht nur das Beste von Kafka und Kierkegaard repräsentieren, sondern von all den vier Toten, diesen vier aus verschiedenen Gründen berüchtigten *Kranken* oder nicht sehr ausgeglichenen Junggesellen (wahrscheinlich wird es von den vieren nur Van Gogh erspart bleiben, auf diesen Seiten eine Gastvorstellung zu geben), zu denen ich oft meine Zuflucht nehme – gelegentlich sogar in wirklichem Kummer –, wenn ich irgendeine wirklich glaubwürdige Belehrung über Vorgänge in der modernen Kunst brauche. So habe ich, offen gesagt, die beiden Stellen hier zitiert, weil ich versuchen will, sehr deutlich zu machen, wie ich meinen Standpunkt sehe im Hinblick auf die überall verstreute Masse von Daten, die ich hier zu versammeln hoffe – eine Sache, über die ein Autor, und ich sträube mich nicht, das auszusprechen, in einigen Partien nicht ausführlich genug und nie zu früh sich auslassen kann. Außerdem würde ich besonders gern glauben oder hoffen, daß diese beiden kurzen Zitate – und das wäre leicht vorstellbar – eine Art bequemer Ausgangsbasis für die vergleichsweise neue Generation von Literaturkritikern bilden – dieser ansehnlichen

* Diese bescheidene *Schmähung* ist ohne Einschränkung tadelnswert, aber die Tatsache, daß der große Kierkegaard niemals ein Kierkegaardianer und noch weniger ein Existenzialist war, erfreut einen gewissen Intellektuellen aus der *dritten Kreisklasse* unaufhörlich, und es bestärkt ihn immer wieder in seinem Glauben an eine kosmische poetische Gerechtigkeit, wenn nicht gar an einen kosmischen Weihnachtsmann.

Schar von Arbeitern (man *könnte* sie auch Soldaten nennen), die sich so viele Stunden lang, und oft mit dahinschwindender Hoffnung auf Auszeichnung, in unseren geschäftigen Neu-Freudianischen Kunst- und Literatur-Kliniken abmühen. Besonders für diese immer noch sehr jungen Studenten und die jüngeren Assistenzärzte in den klinischen Semestern, die selbst von uneingeschränkter geistiger Gesundheit bersten, die selbst (unbestreitbar, denke ich) vollkommen frei sind von irgendeinem angeborenen krankhaften *Hingezogensein* zu Schönheit und die vorhaben, sich eines Tages auf ästhetische Pathologie zu spezialisieren. (Ich gebe es zu: in diesem Punkt bin ich steinhart, seit ich mit elf Jahren zusehen mußte, wie der Künstler und *Kranke*, den ich am meisten in der Welt liebte, obwohl er damals noch in kurzen Hosen ging – von einer hochangesehenen Gruppe von Berufsfreudianern sechs Stunden und fünfundvierzig Minuten lang auseinandergenommen wurde. Nach meiner keineswegs maßgeblichen Meinung standen sie kurz davor, ihm einen Gehirn-Abstrich zu machen, und ich habe jahrelang die Vorstellung gehabt, daß lediglich die vorgerückte Stunde – es war zwei Uhr früh – sie davon abhielt, es wirklich zu tun. Unerbittlich, ja, so soll es hier klingen, aber kleinlich: nein. Ich bin auch noch in der Lage wahrzunehmen, daß ich mich auf einem sehr dünnen Seil oder einer Planke bewege, aber ich möchte gern noch eine Minute lang darauf bleiben; ob es Zeit dazu ist oder nicht: ich habe viele Jahre gewartet, um diese Gefühle zu sammeln und sie loszuwerden.) Eine Unzahl von Gerüchten über den außerordentlichen, den sensationell schöpferischen Künstler geht durch die Lande – ich spiele hier ausschließlich an auf Maler und Poeten und auf Vollblut-*Dichter*. Eins dieser Gerüchte – und für mich das bei weitem erheiterndste von allen – ist, daß er niemals, nicht einmal in den dunklen präpsychoanalytischen Zeitaltern, seine Kritiker tief verehrt hat, sondern daß er sie in Wirklichkeit, wie es seinen insgesamt ungesunden Ansichten über die Gesellschaft entspricht, in einen Topf wirft mit den *wahren* Verlegern und Kunsthändlern und vielleicht mit den auf beneidenswerte Weise wohlhabenden Mitläufern der Künste, die, wie er fast zuzugeben bereit ist, eine andere, möglicherweise saubere Arbeit vorziehen würden, wenn sie sie bekommen könnten. Aber was man, wenigstens in modernen Zeiten, immer und immer wieder über den merkwürdigerweise – obwohl krankhaft, so doch produktiven Poeten oder Maler hört, ist immer wieder dasselbe: daß er ein, wenn auch überdimensionaler, doch unverkennbar «klassischer» Neurotiker sei, ein Anomaler, der nur gelegentlich, und nie in der Tiefe seines Herzens, seine Anomalität zu überwinden wünscht; oder, einfach ausgedrückt: ein *Kranker*, der ziemlich häufig, obwohl von ihm berichtet wird, daß er es kindischerweise abstreitet, schreckliche Schmerzensschreie ausstößt, als wolle er freudigen Herzens seine Kunst und seine Seele dafür hergeben, um das zu erleben, was bei anderen Menschen als Wohlbefinden gilt, und doch (das Gerücht hält an) wenn jemand in seine ungastlich wirkende kleine Hütte eingebrochen ist und einer – was nicht unhäufig vorkommt, übrigens einer, der ihn gern hat – mitleidig fragt, was ihm denn weh tut, dann verweigert er entweder die Aussage oder erweist sich als unfähig, in auch nur annähernd positiver klinischer Ausführlichkeit darüber zu sprechen, und am Morgen dann, wenn sogar große Poeten und Maler sich berechtigterweise etwas munterer fühlen als sonst üblich, dann scheint er abnormalerweise mehr denn je entschlossen, seiner Krankheit ihren Lauf zu lassen, als fiele ihm beim Licht eines neuen, möglicherweise *Arbeits*tages ein, daß letzten Endes alle Menschen, sogar die gesunden, sterben und gewöhnlich in nicht immer sehr ergebener Haltung, daß aber *er*, der glückliche, umgebracht wird, von dem anregendsten Gefährten – Krankheit oder nicht –, den er je gekannt hat. Im großen ganzen: mag's, da es von mir kommt, noch so trügerisch klingen, da ich einen solchen toten Künstler zu meiner unmittelbaren Familie zähle – wie ich es während dieser ganzen fastpolemischen Anspielung ausdrücken wollte, so sehe ich keine Möglichkeit, auf rationale Weise abzuleiten, daß dieses letzte allgemeine Gerücht nicht auf einer ganz netten Anzahl von Tatsachen beruht. Während mein bemerkenswerter Verwandter noch lebte, beobachtete ich ihn – fast buchstäblich, denke ich manchmal – wie ein Falke. Nach rein logischen Gesichtspunkten *war* er ein ungesunder Vertreter seiner Gattung, *gab* er in seinen schlimmsten Nächten und späten Nachmittagsstunden nicht nur Schmerzensschreie von sich, sogar Hilfeschreie, und wenn dann offiziell Hilfe eintraf, *weigerte* er sich, in vollkommen verständlichen Ausdrücken zu sagen, wo es ihm wehtat. Und trotzdem: ich widerspreche ohne Einschränkung der Meinung der approbierten Fachleute in diesen Dingen – den Akademikern, den Biographen und besonders der im Augenblick herrschenden intellektuellen Aristokratie der einen oder anderen großen psychoanalytischen Schule – und in *einem* kritisiere ich sie auf die bitterste Weise: wenn Schmerzensschreie ausgestoßen werden, hören sie nicht richtig hin. Natürlich nicht; weil sie es gar nicht können. Sie sind der Hochadel der Schwerhörigkeit. Wie kann einer mit einer so fehlerhaften Ausrüstung, mit *solchen* Ohren überhaupt die Möglichkeit haben, Schmerz in seiner Quantität und Qualität zu ergründen, oder gar seine Wurzeln ausfindig machen? Ich denke, das beste, was mit einer so fehlerhaften Hör-Ausrüstung herausgefunden oder verifiziert werden kann, das sind ein paar verlorene, dünne Obertöne – kaum ein Kontrapunkt –, wie sie aus einer verworrenen Kindheit und einer ungeordneten Libido kommen. Aber woher kommt dann die Masse, dieser ganze Krankenwagen voll

Schmerzen? Woher *muß* er kommen? Ist nicht der wahre Poet oder Maler ein Seher? Ist er nicht in Wirklichkeit der einzige Seher, den wir auf Erden haben? Ganz offensichtlich ist der Naturwissenschaftler es nicht, und ganz bestimmt ist es der Psychiater nicht. (Sicher war der eine und einzige große Poet, den die Psychoanalytiker je gehabt haben, Freud selbst; zweifellos hatte auch er einen kleinen Gehörschaden, aber wer könnte, wenn er ganz bei Sinnen ist, abstreiten, daß mit ihm ein Epiker am Werk war?) Entschuldigen Sie. Ich bin bald damit am Ende. Welcher Teil der menschlichen Anatomie ist bei einem Seher der wichtigste, am dringendsten erforderliche, und welchen wird man am meisten schmähen? Ganz gewiß die *Augen*. Bitte, lieber Durchschnittsleser (falls Sie noch da sind), eine letzte Bitte: lesen Sie die beiden Zitate von Kafka und Kierkegaard, mit denen ich anfing, noch einmal durch. Ist das nicht *deutlich*? Kommen diese Schreie nicht unmittelbar aus den Augen? Wie widersprüchlich auch der Bericht des Untersuchungsrichters ausfallen mag – ob er Auszehrung, Einsamkeit oder Selbstmord als Todesursache wählt –, ist es nicht offensichtlich, woran der wahre Seher und Künstler stirbt? Ich behaupte (und was auf den folgenden Seiten zu lesen sein wird, steht und fällt nur zu wahrscheinlich damit, daß ich wenigstens *fast* recht habe) – ich behaupte, der wahre Künstler und Seher, dieser himmlische Verrückte, der Schönheit schaffen kann und es auch tut, wird hauptsächlich auf den Tod geblendet durch seine eigenen Skrupel, durch die blendenden, ihm vorschwebenden Formen und Farben seines ureigenen, seines heiligen menschlichen Gewissens.

Mein Credo ist formuliert. Ich lehne mich zurück – ich seufze – glücklich, fürchte ich. Ich stecke mir eine Muratti an und gehe über zu, wie ich bei Gott hoffe, anderen Dingen.

Jetzt noch etwas – und kurz und bündig, wenn es mir gelingt – über den Untertitel «Wird vorgestellt», der oben auf dem Dachvorsprung über dem Hauseingang zu lesen ist. Meine Hauptperson hier, wenigstens in den erleuchteten Augenblicken, wo ich mich dazu bringen kann, mich ruhig hinzusetzen und still zu verhalten, wird mein verstorbener ältester Bruder, Seymour Glass, sein, der (ich denke, ich werde das am besten in einem nachrufartigen Satz ausdrücken) im Jahre 1948, im Alter von einunddreißig Jahren Selbstmord beging, als er mit seiner Frau unten in Florida in Ferien war. Als er noch lebte, hat er sehr vielen Leuten sehr viel bedeutet, und für uns Geschwister in unserer etwas zu groß geratenen Familie hat er praktisch alles bedeutet. Ganz sicher war er für uns alles, was *wirklich* ist: unser blaugestreiftes Einhorn, unser doppellinsiges Brennglas, unser beratendes Genie, unser transportables Gewissen, unser Superkargo, er war unser alleiniger und einziger Vollpoet, und da Zurückhaltung nie seine stärkste Seite war und er außerdem sieben Jahre seiner Kindheit als Starsprecher an einem Kinder-Quiz-Programm mitwirkte, das über ganz Amerika ausgestrahlt wurde, gab's kaum etwas, das nicht irgendwann so oder so ausgesprochen wurde, und so wurde er, unvermeidlicherweise glaube ich, auch noch unser mehr oder weniger berüchtigter «Mystiker» und unser «Labiler». Und da ich schon einmal gleich hier am Anfang durchschlagende Maßnahmen treffen will, will ich außerdem noch verkünden – soweit einer gleichzeitig schreien und verkünden kann –, daß er, ob er nun den Selbstmordgedanken immer im Kopf hatte oder nicht – die einzige Person war, an deren Gesellschaft ich mich je gewöhnen konnte, mit der ich mich herumbalgen konnte, der sehr selten nicht mit der klassischen Vorstellung von einem *mukta* übereinstimmte, wie ich sie verstehe, er war ein glasklarer Erleuchteter, ein Gott-Kenner. *Ich* kenne keinen Maßstab, nach dem seine Person selbst irgendeine Art erzählerischer Substanz hergäbe, und ich kann mir niemanden vorstellen, am wenigsten mich selbst, der versuchen würde, über ihn so in einem Zug plaudernd dahinzuschreiben oder ihn in einer halbwegs unkomplizierten Reihe von Sitzungen zu porträtieren, fänden sie nun im monatlichen oder jährlichen Turnus statt. Ich komme zur Sache: Meine ursprünglichen Pläne, was dieses Vorhaben innerhalb meines Lebenswerkes betrifft, bestanden darin, eine Kurzgeschichte über Seymour zu schreiben und sie SEYMOUR EINS zu nennen, wobei die große EINS als eingebaute Gedankenstütze mehr noch für mich, Buddy Glass, als für den Leser hätte dienen sollen – eine hilfreiche, hell erleuchtete Warntafel, daß weitere Kurzgeschichten (Seymour Zwei, Drei und vielleicht Vier) würden logischerweise folgen müssen. Aber diese Pläne bestehen nicht mehr. Oder, wenn sie noch bestehen – und ich habe den Verdacht, daß es, wie die Dinge stehen, ganz danach aussieht –, sind sie vielleicht in den Untergrund gegangen, vielleicht unter der Voraussetzung, daß ich dreimal in die Hände klatsche, wenn es soweit ist. Aber wenn es um meinen Bruder geht, bin ich alles andere als ein Kurzgeschichtenautor. Was ich *wirklich* zu sein glaube, eine Vorratskammer voller bisher unentwirrter einleitender Bemerkungen über ihn. Ich glaube, daß ich im wesentlichen bleiben werde, was ich immer gewesen bin – ein Erzähler, aber einer, der außerordentlich drängende persönliche Bedürfnisse hat. Ich möchte vorstellen, ich möchte beschreiben, ich möchte Erinnerungsstücke, Amulette verteilen, ich möchte meine Brieftasche ausleeren und Fotos rumreichen, ich möchte meiner Nase folgen, und in dieser Stimmung wage ich nicht, mich der Kurzgeschichte als Ausdrucksform zu nähern. Dicke kleine Schriftsteller wie ich, die sich nicht vom Stoff loslösen können, werden von dieser Form mit Haut und Haaren verschlungen.

Aber ich habe Ihnen viele, viele unpassend klingende Dinge zu erzählen. Zum Beispiel sage ich Ihnen, sozusagen als Inhaltsangabe, soviel schon so bald über meinen Bruder. Ich meine, das *müssen* Sie bemerkt haben. Vielleicht haben Sie auch bemerkt – was, wie ich weiß, *meiner* Aufmerksamkeit nicht ganz entgangen ist –, daß alles, was ich bisher über Seymour gesagt habe (und allgemein über seine Blutgruppe) eine überschwengliche Lobeshymne war. Gut, das verschafft mir eine Atempause. Ich gebe zu: ich bin nicht gekommen, zu begraben, sondern zu exhumieren, und um – es sieht ganz so aus – zu lobpreisen, und doch hege ich den Verdacht, daß die Ehre des kühlen, unbeteiligten Erzählers wie auf der ganzen Welt, auch hier ein wenig auf dem Spiel steht. *Hatte* Seymour denn wirklich keine erheblichen Mängel, war er frei von jeglicher Bosheit, ohne Laster, die man, wenn auch in aller Eile, hier aufzählen könnte? Was war er denn überhaupt? Etwa ein *Heiliger?*

Gott sei Dank liegt es außerhalb meiner Verantwortlichkeit, diese Frage zu beantworten. (Oh, welch ein Glück!) Ich will den Gegenstand wechseln und ohne Zögern sagen, er war so vielfältig in seinen Eigenheiten, wie die Firma Heinz Suppen anbietet, und diese Eigenheiten konnten bei den in unregelmäßigen Zeitabständen auftretenden Anfällen von Sensibilität oder Empfindlichkeit jedes minderjährige Familienmitglied zur Verzweiflung treiben. Zunächst einmal gibt es da ein sehr offensichtliches, ziemlich schreckliches Merkmal, das allen Menschen gemeinsam ist, die nach Gott Ausschau halten, und zwar mit großem Erfolg an den verrücktesten Orten, die man sich vorstellen kann – zum Beispiel bei Rundfunkansagern, in Zeitungen, in Taxis mit falsch eingestelltem Taxameter, buchstäblich überall. (Mein Bruder, um das kurz zu berichten, hatte die aufregende Angewohnheit, den größten Teil seines Erwachsenenlebens lang überfüllte Aschenbecher mit seinem Zeigefinger zu durchsuchen, indem er alle Zigarettenstummel zur Seite schob – und während er das tat, strahlte er übers ganze Gesicht –, als erwarte er, Christus persönlich wie einen Cherub in der Mitte zusammengerollt zu finden, und er sah nie enttäuscht aus.) Nun, dieses Merkmal, an dem man alle fortgeschrittenen Gläubigen erkennt, ob sie einer Sekte angehören oder nicht (und in die Definition von «fortgeschrittene Gläubige», so gehässig dieser Ausdruck auch klingt, schließe ich gnädig großzügig alle Christen ein gemäß der Definition des großen Vivekananda, die lautet: «Sieh Christus, dann bist du ein Christ; alles andere ist Geschwätz») – das Merkmal, an dem man eine solche Person gewöhnlich erkennen kann, ist, daß sie sich sehr häufig – wie ein Verrückter aufführt, ja sogar wie ein Schwachsinniger. Für eine Familie, die einen wirklichen Granden unter sich hat, ist das schon ein Kreuz, weil man nicht immer sicher sein kann, ob er sich nicht so – wie ein Verrückter oder Schwachsinniger – aufführt. Nun bin ich mit der Aufzählung fast fertig, aber ich kann damit noch nicht ganz aufhören, ohne von der Eigenheit zu erzählen, die uns am meisten auf die Nerven ging. Es hatte mit seinen Sprechgewohnheiten zu tun – oder besser gesagt: mit der anomal reichen Auswahl seiner Sprechgewohnheiten; das bedeutet: entweder war er – manchmal tage-, wochenlang hintereinander – so wortkarg wie der Pförtner eines Trappistenklosters, oder er redete unaufhörlich. Wenn er aufgedreht war (und, um genau zu sein, fast jeder drehte ihn fast jederzeit auf, und dann setzte der Betroffene sich natürlich ganz nahe an ihn, um Seymours Gedanken besser mitzukriegen) – wenn er also aufgedreht war, machte es ihm gar nichts aus, stundenlang pausenlos zu sprechen, manchmal ohne das befreiende Bewußtsein, daß ein, zwei oder zehn Leute im Zimmer waren. Er war – das möchte ich bekräftigen – ein begnadeter Non-Stop-Sprecher, aber, um es *sehr* milde auszudrücken, auch der begabteste und feinsinnigste Non-Stop-Sprecher kann nicht *immer* gefallen. Und ich sollte wohl hinzufügen, daß ich dies sage, nicht aus dem widerwärtig-edlen Drang, mit meinem unsichtbaren Leser «fair» umzugehen, sondern – was, wie ich annehme, viel schlimmer ist – weil ich glaube, daß dieser bestimmte Non-Stop-Sprecher schon allerlei vertragen kann. Von mir ganz bestimmt. Ich bin in der einzigartigen Position, meinen Bruder geradeheraus einen *Non-Stop-Sprecher* nennen zu können – was, so scheint mir, eine ziemlich bösartige Bezeichnung ist –, und ich kann mich gleichzeitig zurücklehnen – ich fürchte, wie ein Kerl, der beide Rockärmel voller Trümpfe hat, und ohne daß ich mich anstrenge, fallen mir eine ganze Legion mildernder Umstände ein (wobei «mildernd» kaum das richtige Wort ist). Ich kann alle diese Umstände in einen zusammenziehen: als Seymour im Jünglingsalter – sechzehn, siebzehn – war, beherrschte er nicht nur den Dialekt seiner Vaterstadt, die sehr vielen, wenig elitären New Yorker Sprechmanierismen, sondern er hatte auch sein eigenes treffendes poetisches Vokabular. Seine Non-Stop-Reden, seine Monologe, diese fast feierlichen öffentlichen Ansprachen machten von Anfang bis zum Ende ungefähr so viel Spaß – jedenfalls den meisten von uns – wie etwa die Mehrzahl der Beethovenschen Schöpfungen, nachdem er aufgehört hatte, mit dem Gehörsinn belastet zu sein, und vielleicht denke ich, obwohl das ein wenig wählerisch klingt, besonders an die Quartette in B-Dur und Cis-Moll. Immerhin waren wir ursprünglich eine Familie mit sieben Kindern, und zufällig war keiner von uns auch nur andeutungsweise ungesprächig. Es heißt schon was, wenn sechs von Natur sehr wortreiche Gern- und Vielredner einen unschlagbaren Meister-Sprecher unter sich haben. Zugegeben: er hat sich nie um den Meistertitel beworben, und er sehnte sich leidenschaftlich danach, daß der eine oder andere von uns ihn nach Punkten besiege oder einfach in einem Gespräch oder beim Argumentieren an Ausdauer übertreffe. Das ist ein kleines Detail, das uns alle natürlich, obwohl er selbst es nie bemerkte – er hatte, wie jeder andere auch, seinen blinden Fleck –, uns alle desto mehr bedrückte. Es bleibt eine Tatsache, daß er immer den Titel behielt, und obwohl ich glaube, daß er fast alles Menschenmögliche getan hätte, um ihn loszuwerden, fand er nie einen wirklich würdevollen Weg, ihn abzulegen – das ist sicher das schwerwiegendste Argument gegen ihn, und ich werde für ein paar weitere Jahre kaum in der Lage sein, es genau zu analysieren. An dieser Stelle zu erwähnen, daß ich schon früher über meinen Bruder geschrieben habe, erscheint mir nicht als pure Anbiederei; was das betrifft, wäre ich mit ein bißchen freundlichem Zureden vielleicht bereit zuzugeben, daß es kaum je eine Zeit gegeben hat, wo ich nicht über ihn geschrieben habe, und wenn ich, angenommen mit vorgehaltener Pistole, dazu gebracht würde, mich morgen hinzusetzen und eine Geschichte über einen Dinosaurier zu schreiben, ich zweifle nicht daran, ich würde dem dicken Burschen ein oder zwei manieristische Züge verleihen, die an Seymour erinnern – etwa eine einmalige, ans Herz rührende Art, den Kopf einer Schierlingspflanze abzubeißen oder mit seinem zehn Meter langen Schwanz zu wedeln. Einige Leute – *nicht* nahe Freunde – haben mich gefragt, ob nicht ein guter Teil von Seymour in die Gestalt des jugendlichen Helden in dem einzigen Roman eingegangen ist, den ich veröffentlicht habe. In Wirklichkeit haben die meisten dieser Leute mich nicht *gefragt*, sondern es mir einfach *gesagt*. Ich habe festgestellt, daß ich, wenn ich dieser Behauptung zu widersprechen versuche, Nesselfieber bekomme, aber ich will hinzufügen, daß keiner, der meinen Bruder gekannt hat, mir je irgend etwas dieser Art gesagt oder mich gefragt hat – und dafür bin ich dankbar und auf eine gewisse Weise mehr als nur ein bißchen davon beeindruckt, denn viele meiner Hauptpersonen sprechen Manhattanesisch fließend und idiomatisch, und ihnen allen ist im großen ganzen die Angewohnheit gemeinsam, einfach dahereinzuspazieren, wo die meisten blöden Idioten nicht hinzutreten wagen, und sie sind fast in jedem Augenblick von einem *Wesen* verfolgt, das ich am liebsten ganz grob als den Alten vom Berge bezeichnen möchte. Aber was ich hier feststellen kann und sollte, ist die Tatsache, daß ich zwei Kurzgeschichten geschrieben und veröffentlicht habe, die – das war meine Absicht – Seymour unmittelbar zum Gegenstand hatten. Die letzte der beiden, veröffentlicht im Jahr 1955, war eine in hohem Maß umfassende Schilderung seines Hochzeitstages im Jahr 1942. Die Details wurden mit einer solchen Ausführlichkeit dargeboten, daß man fast sagen könnte, der Leser habe die Fußabdrücke jeden, aber auch jeden Hochzeitsgastes in einer Form aus Halbgefrorenem als Andenken mit nach Hause nehmen können, aber Seymour selbst – um den es ja hauptsächlich ging – trat nirgendwo persönlich auf. Andererseits erschien er in der ersten, viel kürzeren Kurzgeschichte, die ich in den späten vierziger Jahren schrieb, nicht nur in Fleisch und Blut, sondern er ging darin spazieren, redete, ging zum Schwimmen in die See und schoß sich im letzten Abschnitt eine Kugel in den Kopf. Aber verschiedene Mitglieder meiner unmittelbaren, wenn auch weitverstreuten Familie, die regelmäßig meine veröffentlichte Prosa nach faktischen Irrtümern durchforschen, haben mich freundlich darauf hingewiesen (verdammt, viel zu freundlich, denn gewöhnlich fallen sie wie Grammatiker über mich her), daß dieser junge Mann, dieser «Seymour», der da in der frühen Kurzgeschichte umherging und sprach, ganz zu schweigen davon, daß er schoß, ganz und gar nicht Seymour war, sondern merkwürdigerweise eine schlagende Ähnlichkeit hatte mit – halten Sie sich fest! – ich fürchte, mit mir. Das ist wahr, oder wahr genug, daß ich mich als Schreiber getroffen fühle, und obwohl es keinerlei *ausreichende* Entschuldigung für diese Art von *faux pas* gibt, kann ich mir nicht verkneifen zu erwähnen, daß eben diese Kurzgeschichte nur ein paar Monate nach Seymours Tod geschrieben wurde und nicht sehr lange nachdem ich selbst, wie die beiden «Seymours», der in der Kurzgeschichte und der im *wirklichen Leben*, vom Europäischen Schauplatz zurückgekehrt waren. Und zu dieser Zeit bediente ich mich einer sehr kümmerlich rehabilitierten, ich möchte fast sagen unausgeglichenen deutschen Schreibmaschine.

Oh, dieses Glücklichsein ist ein starkes Zeug. Es macht auf wunderbare Weise frei. Ich bin *frei*, das fühle ich, Ihnen jetzt genau das zu erzählen, wonach Sie verlangen. Das heißt, wenn Sie, was ich genau weiß, am meisten auf dieser Welt diese kleinen Geschöpfe aus reinem Geist lieben, deren Durchschnittstemperatur 50,8 Grad beträgt, dann hat das natürlicherweise zur Folge, daß das Geschöpf, das Sie am zweitmeisten lieben, der Mensch ist – der Gott-Liebende oder Gott-Hasser (offensichtlich fast nie irgend etwas zwischen diesen beiden Extremen), der Heilige oder der Ruchlose, der Moralist oder der vollkommen Amoralische – der Mensch, der ein Gedicht schreiben kann, das wirklich ein Gedicht *ist*. Unter den menschlichen Lebewesen ist er der Sichelstrandläufer, und ich beeile mich jetzt, Ihnen das wenige mitzuteilen, das ich über seine Flüge, seine Körpertemperatur, sein unfaßbares Herz zu wissen glaube.

Seit Anfang 1948 sitze ich schon – meine Familie denkt, ich sitze buchstäblich drauf – auf einem Notizbuch aus losen Blättern, der Behausung von einhundertvierundachtzig kurzen Gedichten – mein Bruder schrieb sie in seinen drei letzten Lebensjahren, während er in der Armee war und nachher, aber die meisten schrieb er, während er drin war, ja dick drin. Ich habe vor, mich jetzt sehr bald – ich rede mir selber ein, daß es nur noch eine Angelegenheit von Tagen oder Wochen ist – von ungefähr einhundertfünfzig der Gedichte zu trennen und sie dem nächsbesten druckfreudigen Verleger mitzugeben, der einen gut gebügelten Straßenanzug und ein Paar halbwegs saubere graue Handschuhe besitzt und der sie geradewegs in seine lichtlose Druckerei trägt, wo man sie wahrscheinlich in einen zweifarbigen Schutzumschlag zwängt, dessen Klappentext mit ein paar überraschenderweise abfälligen Empfehlungen bedruckt ist, solcherart, wie man sie erbitten und auch erhalten kann von diesen «namhaften» Autoren, die nicht die geringsten Gewissensbisse spüren, wenn sie sich in der Öffentlichkeit über ihre Konfratres auslassen (gewöhnlich behalten sie sich ihre viertelherzigen Empfehlungen für ihre Freunde vor, vermutlich ihnen unterlegene Talente, Ausländer, extravagante Nachtschwärmer und Arbeiter in einem anderen Weinberg), dann weiter an sonntägliche Literaturbeilagen, wo man sie, wenn man Platz genug hat, das heißt, wenn die Besprechung der neuen, umfangreichen *revidierten* Biographie von Grover Cleveland nicht zu lang ausfällt, dem lyrikinteressierten Publikum in ausgefeiltem Stil vorstellen läßt, und zwar von einem, der zur kleinen Schar der regelmäßigen Mitarbeiter gehört, einem mäßig bezahlten Pedanten, der sich einen kleinen Nebenverdienst verschafft und auf den man sich verlassen kann, daß er neue Lyrikbände weder unbedingt klug noch unbedingt leidenschaftlich, aber in ausgefeiltem Stil bespricht. (Ich glaube, ich streiche diese säuerliche Bemerkung nicht ganz wieder weg, aber wenn ich's tue, werde ich versuchen, das gleiche mit gleicher Transparenz auszudrücken.) Wenn man nun bedenkt, daß ich seit über zehn Jahren schon auf den Gedichten sitze, dann erscheint es angebracht – zumindest erfrischend normal oder unpervers –, wenn ich hier die beiden Gründe anführe, die mich nach meiner Ansicht dazu bewogen haben, von ihnen aufzustehen, mich zu erheben. Und ich würde beide Gründe gern in denselben Abschnitt wie in einen Brotbeutet hineinpacken, teils weil ich die beiden Gründe gern möglichst nah beieinander hätte, teils weil ich die beinahe heftige Ahnung habe, daß ich sie auf meiner Reise nicht mehr brauche.

Zunächst ist da der Druck, den die Familie auf mich ausübt. Das Folgende ist zweifellos eine recht gewöhnliche Mitteilung, möglicherweise gewöhnlicher noch, als ich gern bestätigt hätte: ich habe vier lebende, gebildete, ständig miteinander verbündete jüngere Geschwister, teils jüdischer, teils irischer, vielleicht sogar minotaurischer Abstammung – zwei Brüder, der eine, Waker, ein einst umherziehender, jetzt eingesperrter Kartäuser-Priester-Journalist, der andere, Zooey, ist nicht weniger ausdrücklich berufen und auserwählt als unkonfessioneller Schauspieler; alt sind die beiden: sechsunddreißig beziehungsweise neunundzwanzig; dann die zwei Schwestern, die eine, eine eben erblühende junge Schauspielerin, Franny, die andere, Boo Boo, eine energiegeladene, solvente Hausfrau in Westchester, das Alter dieser beiden: fünfundzwanzig und achtunddreißig. Immer und immer wieder seit 1949 haben diese vier würdigen Persönlichkeiten aus Priesterseminaren und Internaten, aus Wöchnerinnenstationen, aus dem Schreibraum für Austauschstudenten im Unterdeck der Queen Elizabeth, haben sie tatsächlich zwischen Examen und Kostümproben, zwischen der Matutin und der Zwei-Uhr-Abfütterung, haben diese vier mir brieflich serienweise unmißverständlich düstere Drohungen zukommen lassen über das, was mir passiert, wenn ich nicht, und zwar *bald*, etwas mit Seymours Gedichten *anfange*. Hier sollte vielleicht bemerkt werden, daß ich nicht nur ein mit Schreiben befaßter Mann bin, außerdem noch zur Anglistischen Fakultät eines Mädchen-College in Nord-New York gehöre, nicht weit von der kanadischen Grenze entfernt. Ich wohne allein (und ich möchte, daß jeder das weiß, ohne Katzen) in einem ganz und gar bescheidenen, fast könnte man sagen sich verkriechenden kleinen Haus, das auf der weniger zugänglichen Seite eines Berges tief im Wald liegt. Außer den Studentinnen, Fakultätskollegen und Kellnerinnen mittleren Alters sehe ich während meiner Arbeitswoche oder meines Arbeitsjahres sehr wenig Leute. Ich gehöre – kurz gesagt – zu einer Sorte von Eingeschlossenen der Literatur, die man zweifellos auf dem brieflichen Wege ganz nett in Schranken halten und einschüchtern kann. Außerdem gibt es für jeden einen kritischen Punkt, und ich kann nicht mehr ohne heftiges Zittern mein Schließfach im Postamt öffnen, weil die Aussicht besteht, eingebettet in Postwurfreklame für Farm-Ausrüstungen, dem Kontoauszug der Bank eine wortreiche, drohende Postkarte von einem meiner Geschwister zu finden, von denen zwei, und das erscheint mir besonderer Erwähnung wert, auch noch Kugelschreiber benutzen. Mein zweiter Hauptgrund, mich von den Gedichten zu trennen, sie veröffentlichen zu lassen, ist irgendwie nicht so sehr emotional wie physisch. (Und stolz wie ein Pfau teile ich mit, daß dieser Grund mich unmittelbar in die Niederungen der Rhetorik führt.) Die Wirkungen radioaktiver Partikel auf den menschlichen Körper, über die man im Jahr 1959 so viel geredet hat, sind alten Lyrik-Liebhabern gar nichts Neues. Mit Maß angewendet, wirkt eine erstklassige Gedichtzeile wie eine ausgezeichnete und schnell wirkende Hitze-Therapie. Einmal, als ich in der Armee war und über drei Monate lang hatte, was man vielleicht Rippenfellentzündung in ambulanter Behandlung nennen könnte, spürte ich zum ersten Mal wirkliche Erleichterung, als ich ein vollkommen unschuldig aussehendes Gedicht von Blake ungefähr einen Tag lang in meiner Hemdtasche wie einen Wickel an mir trug. Extreme sind immer gefährlich und wirken gewöhnlich unmittelbar verderblich, und die Gefahren zu heftiger Berührung mit

Lyrik, die noch das zu übertreffen scheint, was wir üblicherweise als erstklassig bezeichnen – diese Berührungen wirken fürchterlich. Jedenfalls würde es mich erleichtern, wenn die Gedichte meines Bruders wenigstens für eine Zeit aus meiner näheren Umgebung entfernt würden. Denn ich fühle mich, wenn auch mild, so doch ausreichend verbrannt. Und um wieder auf das zu kommen, was mir als der Grund erscheint: während des größten Teils seiner Jugend und während seines ganzen erwachsenen Lebens fühlte sich Seymour zunächst zu der chinesischen und dann, genausosehr, zu der japanischen Lyrik hingezogen, und zu beiden in einer Weise, daß es nie für ihn andere Lyrik auf der Welt gab.* Natürlich gibt es für mich keine Möglichkeit, rasch zu erfahren, wie vertraut oder nicht vertraut mein lieber, wenn auch gequälter Durchschnittsleser mit chinesischer oder japanischer Lyrik ist. Immerhin, wenn ich bedenke, daß selbst ein *kurzes* Gespräch darüber vielleicht dazu dienen mag, etwas Licht auf den Charakter meines Bruders zu werfen, dann glaube ich nicht, daß es hier angebracht ist, zurückhaltend und nachsichtig zu sein. Ich glaube, die wirkungsvollsten klassischen chinesischen und japanischen Verse sind verständliche Äußerungen, die das Ohr des eingeladenen Horchers erfreuen, erleuchten oder bis zu ein Zoll größer machen. Sie sind nicht nur möglicherweise, son-

* Da dies hier gewissermaßen ein Bericht ist, müßte ich hier noch hinmurmeln, daß Seymour chinesische und japanische Lyrik zum größten Teil in der Ursprache las. Irgendwann einmal werde ich mich, wahrscheinlich in einer – für mich jedenfalls – quälenden Ausführlichkeit über ein seltsames und den sieben Originalkindern unserer Familie allen bis zu einem gewissen Grade gemeinsames, angeborenes Merkmal auslassen müssen; dieses Merkmal – bei dreien von uns so ausgeprägt wie ein Hinken – machte es uns möglich, fremde Sprachen mit außergewöhnlicher Leichtigkeit zu lernen. Doch diese Fußnote ist hauptsächlich für junge Leser bestimmt, und sollte ich hier, wenn es nicht meinen Pflichten zuwiderläuft, so nebenbei das Interesse einiger junger Leute an chinesischer und japanischer Lyrik wachkitzeln, so wäre das für mich eine sehr erfreuliche Nachricht. Für alle Fälle möchte ich diesen jungen Menschen bitten, zur Kenntnis zu nehmen, wenn er es nicht schon weiß, daß ein recht ansehnlicher Teil erstklassiger chinesischer Lyrik mit soviel Worttreue wie Einfühlungsgabe ins Englische übersetzt worden ist. Als erste fallen einem da Witter Bynner und Lionel Giles ein. Die besten japanischen Gedichte – hauptsächlich haiku, aber auch senryu – lesen sich besonders gut, wenn R. H. Blyth sich mit ihnen beschäftigt hat. Natürlich ist Blyth manchmal gefährlich, weil er selbst ein anmaßendes altes Gedicht ist, aber er ist gleichzeitig auch sublim – und wer sucht schon in der Lyrik Sicherheit? (Diese letzte kleine pedantische Bemerkung ist für junge Leser, die an Autoren schreiben und von diesen Biestern niemals Antwort bekommen. Gleichzeitig mache ich diese Anmerkung im Namen meines Titelhelden, der – das arme Schwein – auch ein Lehrer war.)

dern manche sind wirklich schön anzuhören, aber hauptsächlich würde ich sagen, daß für die meisten chinesischen und japanischen Lyriker folgendes gilt: ihre wirkliche Stärke liegt darin, eine gute Dattelpflaume, eine gute Krabbe oder einen guten Moskitostich auf einem wirklich guten Arm als solche zu erkennen, denn nur dann spricht man im Geheimnisvollen Osten von ihm, wenn überhaupt, wie von einem Dichter, ganz unabhängig davon, wie ausgedehnt, wie ungewöhnlich oder faszinierend seine sprachlichen oder intellektuellen Innereien auch sein mögen, oder wie betörend sie klingen mögen, wenn man daran klimpert. Meine innere, nicht nachlassende Begeisterung, die ich, wenn auch wiederholt, so doch richtig, wie ich glaube, als Glücklichsein bezeichnet habe, droht, wie mir klar ist, diese ganze Abhandlung in das Selbstgespräch eines Verrückten zu verwandeln! Und doch meine ich, daß nicht einmal ich die Frechheit habe, um versuchsweise auszudrücken, was den chinesischen und japanischen Dichter so wunderbar und zu solch einer Freude macht. Etwas jedoch (oder merken Sie das nicht?) kommt einem zuweilen in den Sinn. (Ich nehme nicht an, daß es genau das ist, wonach ich suche, aber ich kann es doch nicht einfach fortlassen.) Einst, vor schrecklich vielen Jahren, als Seymour und ich acht und sechs waren, gaben meine Eltern eine Party für fast sechzig Leute in unseren dreieinhalb Zimmern im alten Hotel Alamac in New York. Das war, als sie sich offiziell vom Varieté zurückzogen, und es war eine sehr zu Herzen gehende und feierliche Angelegenheit. Wir beide durften, als es ungefähr elf war, aufstehen und mal hereinschauen. Und wir taten mehr als mal hereinschauen. Auf Bitten, und wir hatten nicht das geringste dagegen einzuwenden, tanzten wir, sangen, erst einzeln, dann gemeinsam, wie es Kinder in unserem Milieu oft tun. Aber die meiste Zeit standen wir einfach da und sahen zu. Gegen zwei Uhr morgens, als es ans Abschiednehmen ging, bat Seymour Bessie – unsere Mutter –, ihn doch den Leuten, die weggingen, ihre Mäntel bringen zu lassen, die über das ganze kleine Apartment hin aufgehängt, gefaltet, hingeschmissen, aufgehäuft waren, sogar über das Fußende des Bettes unserer schlafenden jüngeren Schwester. Er, Seymour, und ich kannten etwa ein Dutzend der Gäste sehr genau, zehn etwa kannten wir vom Ansehen oder dem Namen nach, und den Rest überhaupt nicht oder kaum. Ich müßte noch hinzufügen, daß wir schon im Bett lagen, als alle ankamen. Aber weil er die Gäste fast drei Stunden lang beobachtet, ihnen zugegrinst hatte und weil er sie, so glaube ich, liebte, brachte Seymour fast allen Gästen – ohne vorher irgendwelche Fragen zu stellen, oft einem oder zwei von ihnen gleichzeitig, und ohne den geringsten Fehlgriff zu tun, ihre wirklichen und wahren Mäntel und allen beteiligten Männern ihre Hüte. (Mit den Damenhüten hatte er einige Schwierigkeiten.) Nun, ich will damit nicht unbedingt unterstellen, daß diese Art von Begabung typisch wäre für den chinesischen oder japanischen Lyriker, und gewiß will ich damit nicht unterstellen, daß sie ihn zu dem macht, was er ist. Ich glaube aber, daß ein chinesischer oder japanischer Verseschmied, der nicht auf den ersten Blick weiß, wem welcher Mantel gehört, nur eine außerordentlich geringe Chance hat, daß seine Verse je reifen. Und ich schätze, daß acht so ziemlich die äußerste Altersgrenze ist, wo diese Begabung schon zur Meisterschaft gereift sein muß.

(Nein, nein, jetzt kann ich nicht aufhören. In meiner jetzigen *Verfassung*, so kommt es mir vor, verteidige ich nicht mehr nur eines Bruders Stellung als Poet; es ist mir so, als ob ich, wenigstens für ein oder zwei Minuten, alle Zünder von allen Bomben in dieser verdammten Welt abschraube – ein sehr geringfügiger und offenbar vorübergehender Akt der Höflichkeit der Allgemeinheit gegenüber, gewiß, dennoch aber mir ganz zugehörig.) Man ist sich allgemein darüber einig, daß chinesische und japanische Poeten einfache Gegenstände allen anderen vorziehen, und ich würde mich noch einfältiger als sonst fühlen, wenn ich zu verschweigen versuchte, daß «einfach» ein Wort ist, das ich persönlich hasse wie Gift, weil es – jedenfalls da, wo ich herstamme – gewohnheitsgemäß angewendet wird für das auf gewissenlose Weise Verkürzte und Gekürzte, ganz allgemein das, was Zeit spart, das Triviale, das Kahle. Aber lassen wir meine persönlichen Phobien beiseite, ich glaube – Gott sei Dank – wirklich nicht, daß es in irgendeiner Sprache ein Wort *gibt*, das das von chinesischen und japanischen Dichtern bevorzugte Material benennt. Wer könnte wohl ein Wort für das Folgende finden: ein stolzes, aufgeblasenes Kabinettsmitglied geht in seinem Hof auf und ab, ruft sich noch einmal eine besonders vernichtende Ansprache in Erinnerung, die er am Morgen in Gegenwart des Kaisers gehalten hat, tritt dann *mit Bedauern* auf eine Federzeichnung, die irgendeiner verloren oder verworfen hat. (Oh, weh ist mir, wir haben einen Prosaschriftsteller unter uns in unserer Mitte; ich muß Kursivdruck verwenden, was östliche Dichter nicht nötig hätten.) Der große Issa wird uns voller Freude darauf hinweisen, daß im Garten eine pausbäkkige Päonie steht. (Nicht mehr, nicht weniger. Ob wir nun hingehen und uns seine pausbäckige Päonie ansehen, ist eine andere Sache; im Unterschied zu gewissen Prosaschriftstellern und westlichen Verseschmieden, die beim Namen zu nennen ich mir nicht erlauben kann, überwacht er uns nicht.) Die bloße Erwähnung von Issas Namen überzeugt mich, daß der wahre Dichter, was sein Material betrifft, keine Wahl hat. Das Material wählt ganz einfach ihn, nicht er es. Und eine pausbäckige Päonie zeigt sich eben keinem anderen als Issa – sie zeigt sich nicht Buson, nicht Shiki, nicht einmal Bashõ. Und mit gewissen prosaischen Modifikationen gilt dieselbe Regel für das stolze, aufgeblähte Kabinettsmitglied. Er wird es nicht wagen, mit göttlich-menschlichem Bedauern auf eine Skizze zu treten, bis der große Parlamentarier, der Bastard und Poet Lao Ti-kao eingetroffen ist, um die Szene zu beobachten. Das Wunder des chinesischen und japanischen Verses besteht darin, daß eines reinen Dichters Stimme vollkommen der des anderen gleicht und daß sie doch gleichzeitig ganz und gar eigentümlich und verschieden sind. Als er dreiundneunzig war und seiner Weisheit und Wohltätigkeit wegen offen gepriesen wurde, bekannte Tang-li, daß seine Hämorrhoiden ihn umbringen. Und als weiteres, letztes Beispiel: Ko-huang stellt fest, wobei ihm die Tränen übers Gesicht laufen, daß sein verstorbener Meister außergewöhnlich schlechte Tischmanieren hatte. (Es besteht immer die Gefahr, daß man dem Westen gegenüber ein bißchen zu gemein ist. Es gibt eine Zeile in Kafkas Tagebüchern – nicht nur diese eine – die ohne weiteres als Motto für das chinesische Neujahr stehen könnte: «Das Mädchen, das nur deshalb, weil es mit ihrem Geliebten eingehängt ging, ruhig umhersah.») Was meinen Bruder Seymour betrifft – ach ja, mein Bruder Seymour. Für seine semitisch-keltische Östlichkeit brauche ich einen funkelnagelneuen Abschnitt.

Inoffiziell schrieb und sprach Seymour chinesische und japanische Lyrik die ganzen einunddreißig Jahre lang, die er sich bei uns aufhielt, aber ich würde sagen, daß er eines Morgens, als er elf war, im Lesezimmer auf dem ersten Stock einer öffentlichen Bücherei auf dem oberen Broadway in der Nähe unserer Wohnung offiziell mit Dichten anfing. Es war ein Samstag, wir hatten schulfrei, nichts Dringenderes vor uns als das Mittagessen, und wir fanden es großartig, müßig umherzuschwimmen oder zwischen den Bücherstapeln Wasser zu treten, gelegentlich ernsthaft nach neuen Autoren zu angeln – als plötzlich Seymour mir winkte, zu ihm herüberzukommen und zu sehen, was er gefunden hatte. Er hatte sich einen ganzen Schwarm übersetzter Gedichte von P'ang geangelt, dem Genie des elften Jahrhunderts. Aber wie wir wissen, ist Fischen, in Bibliotheken und anderswo, ein zweifelhaftes Geschäft, bei dem man nie weiß, wer nun wen fangen wird. (Die Zufälle des Angelns überhaupt waren eins von Seymours Lieblingsthemen. Als kleiner Junge war unser jüngerer Bruder Walt ein großer Angler mit selbstgemachten Angelhaken, und zu seinem neunten oder zehnten Geburtstag bekam er von Seymour ein Gedicht geschenkt – eine der größten Freuden in seinem Leben, glaube ich –, in dem ein kleiner reicher Junge vorkam, der im Hudson einen Zebrafisch fängt, während er die Schnur einzieht, einen starken Schmerz in seiner Unterlippe verspürt, diesen aber wieder vergißt, aber dann zu Hause, als er den noch lebenden Fisch in der Badewanne schwimmen läßt, entdeckt, daß er – der Fisch natürlich – eine blauleinene Segeltuchmütze trägt mit dem gleichen Schulabzeichen über dem Schirm wie an des Jungen Mütze; und der Junge findet in dieser Mütze auf dem Namensschildchen seinen eigenen Namen eingenäht.) Von diesem Morgen an war Seymour für immer an der Angel. Als er vierzehn war, untersuchte der eine oder andere aus der Familie schon regelmäßig die Taschen seiner Röcke und Windjacken nach irgendeinem guten Gedicht, das er vielleicht während einer langweiligen Turnstunde oder im Wartezimmer des Zahnarztes geschrieben hatte. (Seitdem ich diesen letzten Satz geschrieben habe, ist ein Tag vergangen, und inzwischen habe ich von meinem Arbeitsplatz aus ein Ferngespräch mit meiner Schwester Boo Boo in Tuckahoe, Westvirginia, geführt, um sie zu fragen, ob es irgendein Gedicht aus Seymours früher Kindheit gibt, das sie gern in diesen Bericht aufgenommen hätte. Sie sagte, sie würde zurückrufen, und was sie mir dann vorschlug, entsprach nicht annähernd meinem gegenwärtigen Zweck und ärgerte mich deswegen ein bißchen, aber da werde ich wohl drüberkommen. Von dem Gedicht, das sie auswählte, weiß ich zufällig, daß es geschrieben wurde, als der Dichter acht war: «John Keats / John Keats / John / Bitte, zieh Deinen Schal an.») Als er einundzwanzig war, hatte er ein besonderes, ziemlich umfangreiches Bündel von Gedichten, das mir sehr, sehr gut aussah, und ich, der ich nie im Leben eine einzige Zeile in gewöhnlicher Schrift geschrieben habe, ohne sie mir sofort in Elf Punkt gedruckt vorzustellen, bestand eigensinnig darauf, sie doch irgendwo zur Veröffentlichung anzubieten. Nein, er meinte, er könne das nicht. Noch nicht; vielleicht nie. Sie wären zu unwestlich, zu lotoshaft. Er sagte, sie wären leicht aggressiv. Er war sich noch nicht ganz klar darüber, worin das Aggressive bestehe, aber er spürte manchmal, daß die Gedichte sich läsen, als wären sie von einem irgendwie Undankbaren geschrieben, von einem, der – jedenfalls wirke es so – seiner eigenen Umgebung den Rücken drehe und damit auch den Menschen, die ihm nahestünden. Er sagte, er äße aus unseren großen Eisschränken, er fahre unsere amerikanischen Acht-Zylinder-Autos, nähme, ohne zu zögern, wenn er krank sei, unsere Medizinen, und er verließe sich ganz auf die amerikanische Armee, die seine Eltern und Geschwister vor dem Deutschland Hitlers schütze, und nichts, aber auch gar nichts in seinen Gedichten spiegele diese Realitäten. Irgend etwas daran sei ganz schrecklich falsch. Er sagte, daß er oft, wenn er ein Gedicht geschrieben habe, an Miss Overman denke. Es muß hier gesagt werden, daß Miss Overman in der ersten Zweigstelle der öffentlichen Bibliothek in New York, die wir regelmäßig besuchten, Bibliothekarin gewesen war. Er sagte, er fühle, daß er Miss Overman eine unverdrossene und nie erlahmende Suche nach einer Form von Poesie schulde, die im Einklang stehe mit seinen eigenen besonderen Maßstäben und die doch nicht – auch nicht auf den ersten Blick – Miss Overmans Geschmack verletze. Als er das gesagt hatte, wies ich ihn ruhig, geduldig – das heißt natürlich so laut, wie ich konnte – auf das hin, was mir als Miss Overmans Unzulänglichkeit als Richterin, ja, als Leserin von Gedichten erschien. Aber dann erinnerte er mich daran, daß an seinem ersten Tag in der öffentlichen Bibliothek (er war allein, sechs Jahre alt) Miss Overman – ob sie nun zur Beurteilung von Lyrik befähigt sei oder nicht – ein Buch an der Stelle geöffnet habe, wo ein Stich von Leonardos Katapult zu sehen war, und es mit heiterer Miene vor ihn hingelegt habe, und daß es ihm keine Freude mache, ein Gedicht zu schreiben, wenn er wisse, daß es Miss Overman schwerfallen würde, es mit Freude und Beteiligung zu lesen, wenn sie, wie es wahrscheinlich sei, geradewegs von ihrem geliebten Mr. Browning komme oder von dem ihr gleichermaßen teuren, nicht weniger verständlichen Mr. Wordsworth. Der Streit – das heißt mein Streit und seine Erklärung – endete hier. Man kann nicht mit jemand streiten, der glaubt oder einfach leidenschaftlich vermutet, es sei nicht die Aufgabe eines Dichters zu schreiben, was er schreiben muß, sondern eher: zu schreiben, was er schreiben würde, wenn sein Leben davon abhinge und er verantwortlich dafür gemacht würde, daß er das, was er schreiben muß, in einem Stil schreibt, der so wenig von seinen alten Bibliothekarinnen als Leser ausschließt, wie menschenmöglich ist.

Für den Gläubigen, den Geduldigen, den ganz und gar Reinen erweisen sich alle wichtigen Dinge auf dieser Welt – nicht Leben und Tod vielleicht, das sind nur Worte, sondern die wirklich wichtigen Dinge – als schön. Vor seinem Tod muß Seymour mehr als drei Jahre lang die tiefste Befriedigung gespürt haben, die einem erfahrenen Handwerker zu spüren gewährt ist. Er fand für sich eine Form des Verses, die für ihn die richtige war, die seiner sehr anspruchsvollen Vorstellung von Poesie im allgemeinen entsprach, und die – glaube ich – Miss Overman, wenn sie noch gelebt hätte, sehr wahrscheinlich treffend gefunden hätte, vielleicht sogar hübsch anzuschauen, bestimmt aber «ergreifend», vorausgesetzt, sie hätte ihr so überschwengliche Aufmerksamkeit gewidmet wie ihren alten Kumpels Browning und Wordsworth. Was er für sich fand, für sich erarbeitete, ist sehr schwer zu beschreiben.* Es mag für den Anfang dem Verständnis helfen, wenn

* Das einzig vernünftige und normale wäre hier, ein, zwei oder alle einhundertundvierundachtzig Gedichte wiederzugeben, damit der Leser sich selbst ein Urteil bilden kann. Ich kann das nicht tun. Ich bin nicht einmal sicher, daß ich das Recht habe, über diese Möglichkeit zu diskutieren. Es ist mir gestattet, auf den Gedichten zu sitzen, sie herauszugeben, sie zu bewachen und gelegentlich einen Verleger für sie zu finden, der eine gebundene Ausgabe riskiert, aber aus im höchsten Grade persönlichen Gründen ist es mir von der Witwe des Dichters, die die rechtmäßige Erbin ist, verboten worden, daraus irgend etwas zu zitieren.

ich hier feststelle, daß Seymour wahrscheinlich den klassischen japanischen Dreizeiler, den siebzehnsilbigen haiku wie keine andere Form der Poesie liebte, und daß er selbst haiku schrieb – verströmte (fast immer englisch, aber manchmal – ich hoffe, ich bringe das hier mit dem angemessenen Zögern vor – auch japanisch, deutsch oder italienisch). Man könnte behaupten, man wird das sehr wahrscheinlich auch tun, daß ein Gedicht aus Seymours später Periode im wesentlichen wie eine englische Übersetzung einer Art Doppel-haiku wirkt, wenn es so etwas gibt, und ich glaube, ich würde gar nicht so viel Worte darüber verlieren, doch es wird mir ein bißchen übel, wenn ich an die starke Wahrscheinlichkeit denke, daß irgendein müder, aber unermüdlich neckischer Englischprofessor im Jahre 1970 – Gott sei mir gnädig: nicht unmöglich, daß ich selbst es bin – den Witz machen wird: ein Gedicht von Seymour verglichen mit haiku sei wie ein doppelter Martini verglichen mit einem einfachen. Die Tatsache, daß das nicht zutrifft, würde einen Pedanten nicht unbedingt abhalten, es auszusprechen, wenn er spürt, daß sein Auditorium in der richtigen Stimmung und zu allem bereit ist. Jedenfalls, da sich die Gelegenheit bietet, will ich folgendes langsam und nachdrücklich sagen: Das späte Gedicht von Seymour ist sechszeilig, hat kein bestimmtes Versmaß, ist aber gewöhnlich eher jambisch als nicht, und, teils aus Zuneigung zu verstorbenen japanischen Meistern und teils aus der eigenen natürlichen Neigung, als Dichter innerhalb schon umgrenzter Gefilde zu arbeiten, hat er sie aus freiem Entschluß auf vierunddreißig Silben gehalten, also doppelt soviel, wie der klassische haiku zählt. Außerdem: nichts in irgendeinem der einhundertvierundachtzig Gedichte, die sich gegenwärtig unter meiner Obhut befinden, hat große Ähnlichkeit mit irgend etwas außer Seymour selbst! Das mindeste, das man sagen kann: sogar ihre Akustik ist so einmalig, wie Seymour war, das heißt: jedes einzelne Gedicht ist so un-sonor, so ruhig, wie er ein Gedicht haben wollte, aber dann gibt es plötzliche, eingeschobene Stöße von Euphonie (ich finde kein weniger abschreckendes Wort dafür), die auf mich wirken, als öffne einer – bestimmt einer, der nicht vollkommen nüchtern ist – meine Tür, blase drei, vier oder fünf unzweifelhaft süße Töne technisch perfekt auf einem Kornett in mein Zimmer und verschwände dann. (Nie vorher habe ich einen Dichter gekannt, der den Eindruck erweckt, als blase er mitten in einem Gedicht auf einem Kornett, ganz zu schweigen davon, daß er es auch noch schön kann, und ich möchte am liebsten fast nichts mehr darüber sagen. Nein, überhaupt nichts.) Innerhalb dieser Sechs-Zeilen-Struktur und dieser sehr eigentümlichen Harmonie macht Seymour mit einem Gedicht genau das, was er, so scheint mir, damit zu tun bestimmt war. Weitaus die Mehrzahl der einhundertvierundachtzig Gedichte sind auf unmeßbare Weise nicht heiter – sondern hochgestimmt, und sie können gelesen werden von jedermann, überall an jedem Ort, sogar laut in stürmischen Nächten in fortschrittlichen Waisenhäusern, aber ich würde die letzten dreißig oder fünfunddreißig nicht ohne Einschränkung einem Menschen empfehlen, der nicht wenigstens zweimal in seinem Leben, und zwar möglichst langsam, gestorben ist. Meine beiden Lieblingsgedichte, wenn ich welche habe – was bestimmt der Fall ist –, sind die beiden letzten Gedichte in der Sammlung. Ich denke, daß ich niemandem auf die Füße trete, wenn ich ganz einfach sage, wovon sie handeln. Das zweitletzte Gedicht handelt von einer jungverheirateten Frau und Mutter, die einfach hat, was in meinem alten Ehehandbuch hier als außereheliches Liebesverhältnis bezeichnet wird. Seymour beschreibt sie nicht, aber sie tritt in dem Augenblick in das Gedicht ein, als sein Horn gerade eine besonders wirkungsvolle Passage bläst, und ich sehe sie als ein schrecklich hübsches Mädchen, mäßig intelligent, aber übermäßig unglücklich, und es sieht ganz so aus, als wohne sie einen oder zwei Blocks vom Metropolitan Museum of Art entfernt. Sie kommt eines Abends sehr spät von einem Stelldichein heim – in meiner Vorstellung verquollen und mit verschmiertem Lippenstift – und findet auf ihrer Bettdecke einen Ballon. Den hat einfach irgendeiner da liegenlassen. Der Dichter sagt es nicht, aber es kann nichts anderes sein als ein großer aufgeblasener Kinderluftballon, wahrscheinlich so grün wie der Central Park im Frühling. Das andere Gedicht, das letzte in meiner Sammlung, handelt von einem jungen Witwer in einer Vorstadt, der sich eines Nachts, natürlich in Schlafanzug und Bademantel, auf sein Stückchen Rasen setzt, um den Vollmond anzusehen. Eine gelangweilte weiße Katze, offensichtlich zu seinem Haushalt gehörend und fast sicher frühere Favoritin der Familie, kommt zu ihm hin, spielt mit ihm, und er läßt sie, während er auf den Mond schaut, in seine linke Hand beißen. Aus zwei ganz besonderen Gründen könnte dieses letzte Gedicht von hohem Interesse für meinen Durchschnittsleser sein, und ich würde sehr gern über diese beiden Gründe sprechen.

Wie den meisten Gedichten wohl ansteht, und besonders ausdrücklich allen Gedichten mit einem klar erkennbaren chinesischen oder japanischen «Einfluß» angemessen ist, sind Seymours Verse so schmucklos wie möglich, ausnahmslos unverbrämt. Jedenfalls, vor etwa sechs Monaten, während eines Wochenendbesuchs bei mir hier oben, stieß meine jüngere Schwester Franny, als sie meine Schreibtischschublade durchstöberte, zufällig auf dieses Witwergedicht, dessen Inhalt ich gerade (verbrecherischerweise) dargelegt habe; es war aus dem Hauptteil meiner Sammlung herausgenommen worden, um neu geschrieben zu werden. Aus Gründen, die im Augenblick nicht unbedingt zur Sache gehören, hatte sie es noch nie gelesen, und sie las es natürlich auf der

Stelle. Später, als sie mit mir über das Gedicht sprach, sagte sie, sie frage sich, warum Seymour gesagt habe, es sei die linke Hand gewesen, in die der Witwer sich von der weißen Katze habe beißen lassen. Das machte ihr Kummer. Sie sagte, diese «Links»-Angelegenheit klänge mehr nach mir als nach Seymour. Ganz abgesehen natürlich von der verleumderischen Betonung meiner ständig sich steigernden beruflichen Leidenschaft fürs Detail, meinte sie, glaube ich, dieses Adjektiv treffe sie als aufdringlich, überdeutlich, unpoetisch. Ich redete ihr diese Bedenken aus, und, offen gesagt, ich bin gewappnet, auch Ihnen *Ihre* Bedenken, falls nötig, auszureden. Ich bin vollkommen fest in meiner Überzeugung, daß Seymour es für lebenswichtig hielt, klarzumachen, daß es die linke, die zweit-beste Hand war, in die der junge Witwer die weiße Katze ihre messerscharfen Zähne schlagen ließ, und deshalb die rechte Hand freizuhalten für an die Brust oder gegen die Stirn Schlagen – eine Interpretation, die vielen Lesern als äußerst lästig erscheinen mag. Und vielleicht ist sie es wirklich. Aber ich weiß, was für meinen Bruder Menschenhände bedeuteten. Außerdem gibt es noch einen weiteren, sehr beachtlichen Aspekt dieser Angelegenheit. Es mag ein bißchen geschmacklos erscheinen, diese Sache ausführlich zu behandeln – ungefähr wie wenn einer drauf bestünde, einem vollkommen Fremden den ganzen Text von *Abies Irischer Rose* am Telefon vorzulesen – aber Seymour war ein Halbjude, und wenn ich auch nicht mit des großen Kafka absoluter Autorität über dieses Thema sprechen kann, so bin ich doch, mit vierzig, der sehr nüchternen Meinung, daß jeder nachdenkliche Mann mit einer gewissen Menge semitischen Blutes in seinen Adern in einem seltsam intimen, fast auf gegenseitigem Verständnis beruhenden Verhältnis mit seinen Händen lebt oder gelebt hat, und mag er auch Jahre und Jahre dahingebracht haben, sie bildlich *oder* buchstäblich in der Tasche zu halten (fast, fürchte ich, zwei alten Freunden oder Verwandten vergleichbar, die er lieber nicht mit zur Party bringt), so denke ich doch, er wird sie gebrauchen, sie nur zu gern ans Tageslicht bringen, wenn eine Krise kommt, und er wird in dieser Krise oft etwas sehr Drastisches mit ihnen anstellen, etwa – gegen alle poetischen Regeln – in der Mitte eines Gedichtes erwähnen, daß es die linke Hand war, in die die Katze biß, und Poesie ist sicher eine Krise, die einzige, die uns wirklich gehört und für die wir verantwortlich sind. (Ich bitte um Entschuldigung für diesen Wortschwall, unglücklicherweise kommt wahrscheinlich noch mehr.) Der zweite Grund, warum ich glaube, daß besonders dieses Gedicht von außerordentlichem – und ich hoffe, wirklichem Interesse für meinen Durchschnittsleser sein mag, ist die merkwürdige persönliche Kraft, mit der es geschrieben wurde. Ich habe nie etwas Vergleichbares gedruckt gesehen, und ich möchte hier unbesonnenerweise erwähnen, daß ich von meiner frühesten Kindheit bis weit über mein dreißigstes Lebensjahr hinaus täglich selten weniger als zweihunderttausend Worte gelesen habe, und oft war ich nah an vierhunderttausend. Mit vierzig, das gebe ich zu, bin ich nicht einmal mehr wählerisch, und wenn ich nicht gezwungen bin, englische Aufsätze entweder von jungen Damen oder von mir selbst zu korrigieren, lese ich gewöhnlich sehr wenig, außer herben Postkarten von meinen Verwandten, Samen-Katalogen, Berichten von Vogelbeobachtungsstationen (solche und solche) und markige «Gute-Besserung-Wünsche» von alten Lesern, die irgendwo die Falschmeldung gefunden haben, daß ich sechs Monate jährlich in einem Buddhistenkloster verbringe und die anderen sechs in einer Irrenanstalt. Jedenfalls bin ich mir klar darüber, der Hochmut eines Nichtlesers – oder eines Menschen mit bemerkenswert beschränktem Buchverbrauch – ist weit unangenehmer als der Hochmut gewisser Vielleser, und so habe ich versucht (ich denke, das meine ich ernst), an einigen meiner ältesten dünkelhaften Vorstellungen von Literatur festzuhalten. Eine der gröbsten davon besteht darin, daß ich gewöhnlich sagen kann, ob ein Lyriker oder Prosaschriftsteller seine Erfahrungen aus erster, zweiter oder zehnter Hand bezieht oder ob er uns etwas unterschiebt, von dem er gern glauben möchte, daß es reine Erfindung ist. Und doch, 1948, als ich dieses junger-Witwer-und-weiße-Katze-Gedicht zum erstenmal las – oder besser gesagt: hörte –, fand ich es fast unmöglich, zu glauben, daß Seymour nicht mindestens eine Frau beerdigt hatte, von der niemand in der Familie etwas wußte. Natürlich hatte er keine beerdigt. Jedenfalls nicht – (und wenn hier einer errötet, wird der erste der Leser sein, nicht ich) nicht in dieser Inkarnation. Noch hatte er, nach meiner ausgedehnten und irgendwie umfassenden Kenntnis dieses Menschen, irgendeine nähere Bekanntschaft mit jungen Witwern. Und als letzten ganz und gar schlechtberatenen Kommentar dazu: er selbst war so weit von der Witwerschaft entfernt, wie ein männlicher junger Amerikaner nur davon entfernt sein kann. Und während es möglich ist, daß in seltsamen – quälenden oder heiteren – Augenblicken jeder verheiratete Mann – Seymour, wenn auch nur noch so eben und nur um der Objektivität willen, nicht ausgenommen – darüber nachdenkt, wie das Leben sein könnte, wenn die kleine Frau nicht mehr da wäre (mein Vorschlag ist, daß ein erstklassiger Dichter aus diesem Phantasiegebilde eine schöne Elegie macht), so erscheint mir diese Möglichkeit doch nur als Mahlgut für die Mühlen der Psychologie und weit außerhalb meines Gegenstandes. Mein Gegenstand ist – ich will versuchen, dies nicht allzu ausführlich zu explizieren, obwohl mir das, wie üblich, schwerfällt, daß Seymours Gedichte, je persönlicher sie wirken, oder *sind*, sich um so weniger in ihrem Inhalt auf irgendein Detail seines wirklichen alltäglichen Lebens in dieser unserer westlichen Welt beziehen. Mein Bruder Waker behauptete sogar (wir wollen hoffen, daß sein Abt nie etwas davon erfährt), daß Seymour sich in seinen wirkungsvollsten Gedichten offensichtlich auf das Auf und Ab in früheren besonders erinnerungswerten Existenzen im ländlichen Benares, im feudalen Japan und in der Großstadt Atlantis bezieht. Hier mache ich natürlich gern eine Pause, um dem Leser Gelegenheit zu geben, verzweifelt seine Hände zu ringen oder – was wahrscheinlicher ist – sich über uns alle die Hände zu waschen. Ich stelle mir dagegen vor, daß alle lebenden Kinder unserer Familie sich zungenfertig mit Wakers Interpretation einverstanden erklärten, der eine oder andere vielleicht mit geringen Einschränkungen. Seymour schrieb zum Beispiel am Nachmittag seines Selbstmordes auf das Löschpapier in seinem Hotelzimmer ein klares haiku in klassischem Stil. Ich mag meine wörtliche Übersetzung dieses Gedichtes nicht sehr – er schrieb es japanisch –, er erzählt darin ganz kurz von einem kleinen Mädchen in einem Flugzeug, das eine Puppe neben sich sitzen hat und deren Kopf so dreht, daß sie den Dichter ansehen kann. Ungefähr eine Woche, bevor das Gedicht wirklich geschrieben wurde, war Seymour tatsächlich mit einem Verkehrsflugzeug geflogen, und meine Schwester Boo Boo hat auf irgendwie verräterische Weise unterstellt, daß an Bord dieses Flugzeugs wirklich ein kleines Mädchen mit einer Puppe *gewesen* sein könnte. Ich selbst zweifle daran. Nicht rundweg – aber ich zweifle daran. Und wenn es wirklich so *war* – was ich nicht eine Minute lang glaube –, so würde ich wetten, daß das Kind nie daran gedacht hat, die Aufmerksamkeit ihrer Freundin auf Seymour zu lenken.

Mache ich zuviel mit den Gedichten meines Bruders daher? Bin ich zu geschwätzig? Ja. Ja. Ich mache zuviel aus meines Bruders Gedichten daher, und ich bin geschwätzig. Und das ist mir unangenehm. Aber meine Gründe, nicht damit aufzuhören, vermehren sich, während ich fortfahre, wie die Kaninchen. Und außerdem, obwohl ich, wie ich schon deutlich sichtbar mitgeteilt habe, ein glücklicher Autor bin, so will ich doch schwören, daß ich kein lustiger bin und es nie war; man hat mir freundlicherweise erlaubt, die branchenübliche Anzahl unlustiger Gedanken zu hegen. Es ist mir nicht etwa erst in diesem Augenblick eingefallen, daß ich, wenn ich erst einmal dazu komme zu berichten, was ich über Seymour persönlich weiß, nicht erwarten kann, noch einmal den Raum oder die notwendige Pulszahl oder die Neigung in einem weiteren, aber zutreffenden Sinn zu finden, um seine Gedichte noch einmal zu erwähnen. Und in diesem entscheidenden Augenblick, während ich mir selbst den Puls fühle und mir selbst eine Vorlesung über Geschwätzigkeit halte, gebe ich vielleicht eine im Leben einmalige Chance preis – ich denke meine wirklich allerletzte Chance –, eine endgültige, heisere, angreifbare, zusammenfassende öffentliche Erklärung abzugeben über meines Bruders Rang als amerikanischer Dichter. Ich darf sie mir nicht entgleiten lassen, und hier ist sie: Wenn ich zurückblicke, zurückhorche auf das gute halbe Dutzend originaler Dichter, die wir in Amerika gehabt haben, auch die zahlreichen talentierten exzentrischen Dichter einbeziehe und sogar die – besonders in modernen Zeiten – vielen begabten, auf Abwege geratenen Stilisten, fühle ich etwas, das einer Überzeugung sehr nahekommt, daß wir nämlich nur drei oder vier fast ganz unentbehrliche Dichter gehabt haben, und ich denke, daß am Ende Seymour zu diesen zählt. Nicht über Nacht – *selbstverständlich* nicht, was wollen Sie? Ich vermute, vielleicht verschätze ich mich da völlig, daß die erste Welle von spärlichen Rezensionen in verblümten Worten die Verse verdammen wird, indem sie sie Interessant oder Sehr Interessant nennen, mit der stillschweigend oder offen und schlecht artikulierten Erklärung, die fast noch tödlicher ist, daß es sich um winzige, kaum hörbare Dinge handelt, die es versäumt haben, auf der Westlichen zeitgenössischen Bühne und ohne das eingebaute transatlantische Podium, mit Lesepult, Wasserglas und der Karaffe mit eisgekühltem Seewasser zu erscheinen. Und doch habe ich festgestellt, daß ein wahrer Künstler alles überlebt. (Sogar Lob, wie ich frohen Herzens glaube.) Und ich erinnere mich auch, daß Seymour mich einmal, als wir Jungen waren, sehr erregt aus tiefem Schlaf weckte – sein gelber Schlafanzug leuchtete im Dunkeln. Er hatte, was mein Bruder Walt immer sein Heureka-Gesicht nannte, und er mußte mir unbedingt mitteilen, daß er glaubte, er wisse nun ein für allemal, warum Christus gesagt habe, man sollte keinen Menschen einen Narren nennen. (Das Problem hatte ihn die ganze Woche über beunruhigt, weil es ihm wie eine Anweisung vorkam, die viel bezeichnender für Emily Post* gewesen wäre als für jemanden, der mit der Sache seines Vaters beschäftigt ist.) Seymour glaubte, ich müßte unbedingt wissen, daß Christus das gesagt habe, weil es gar keine Narren gibt. Blödiane ja – Narren nicht, und es schien ihm durchaus der Mühe wert, mich deswegen aufzuwecken, und wenn ich zugebe, daß er recht hatte (was ich ohne Einschränkung tue), dann muß ich auch zugeben, daß selbst die Lyrik-Kritiker, wenn man ihnen Zeit und Gelegenheit genug gibt, sich als Nicht-Narren erweisen. Um ganz ehrlich zu sein, es fällt mir sehr schwer, mir das vorzustellen, und ich bin dankbar, daß ich weitergehen und von etwas anderem reden kann. Nun habe ich endlich – nach langem Hin und Her – den Gipfel dieser gewaltsamen, und ich fürchte manchmal etwas pusteligen Abhandlung über meines Bruders Gedichte erreicht. Ich hab's von Anfang an so kommen sehen, und ich

* Emily Post (geb. 1873), Verfasserin eines bekannten Buches über Umgangsformen (Anmerkung des Übersetzers).

wünsche zu Gott, der Leser hätte mir vorher noch etwas Schreckliches zu sagen. (Oh, du da draußen – mit deinem goldenen Schweigen, um das man dich beneiden kann!)

Ich habe eine immer wiederkehrende und jetzt, im Jahre 1959, fast schon chronische Vorahnung, daß, wenn Seymours Gedichte einmal weithin und mehr oder weniger offiziell als *erstklassig* anerkannt sind (stapelweise in Universitätsbuchhandlungen liegen und in Kursen *Lyrik der Gegenwart* behandelt werden), daß dann junge Examenskandidaten, männliche und weibliche, einzeln und in Gruppen, mit ihren gezückten Kollegbüchern an meine etwas in den Angeln kreischende Haustür klopfen werden. (Es ist bedauerlich, daß dieses Thema hier überhaupt behandelt werden muß, aber es ist ganz gewiß zu spät, hier Unbefangenheit vorzutäuschen, ganz zu schweigen von einer Bescheidenheit, die ich nicht besitze, und ich muß hier enthüllen, daß meine anerkanntermaßen zu Herzen gehende Prosa mich zu einem der beliebtesten veröffentlichten Halbgebildeten seit Ferris L. Monahan geadelt hat und daß sehr viele junge Anglisten schon wissen, wo ich in meiner Höhle versteckt wohne; als Beweis dafür kann ich die Spuren ihrer Autoreifen auf meinen Rosenbeeten vorweisen.) Kurz und gut, ohne auch nur eine Sekunde zu zögern, möchte ich sagen, daß es drei Arten von Studenten gibt, die sowohl den Wunsch wie den Mut haben, so unbefangen wie möglich jedem Literaturroß ins Maul zu schauen. Zur ersten gehören die jungen Leute, die jede halbwegs verantwortliche Sorte Literatur bis zur Raserei lieben und verehren, und, wenn sie Shelley nicht ganz durchschauen können, sich damit zufriedengeben, nach den Herstellern inländischer, aber verständlicher Produkte auszuschauen. Ich kenne diese Jungen und Mädchen gut, so glaube ich wenigstens. Sie sind naiv, sie sind lebendig, sie sind enthusiastisch, und sie haben gewöhnlich nicht ganz recht, und ich glaube, sie sind immer die Hoffnung jeder blasierten, sich würdig gebärdenden literarischen Gesellschaft auf der ganzen Welt. (Irgendeinem glücklichen Zufall, den ich, wie ich glaube, nicht verdiene, verdanke ich es, daß ich in jeder zweiten oder dritten Klasse, die ich in den vergangenen zwölf Jahren unterrichtete, einen dieser überschwenglichen, selbstsicheren, irritierenden, anregenden, manchmal bezaubernden Jugendlichen gehabt habe.) Die zweite Art junger Menschen, die tatsächlich an Türen klingeln, um literarische Angaben zu erhaschen, leidet – und das mit einem gewissen Stolz – an einem Anfall von Akademeritis: Sie sind angesteckt worden von irgendeinem aus dem halben Dutzend Professoren und Assistenten für Englisch, neuere Abteilung, denen sie seit ihrem ersten Semester ausgesetzt gewesen sind. Wenn der Betreffende selbst schon lehrt oder kurz davorsteht, ist die Krankheit schon so weit fortgeschritten, daß man Zweifel bekommen kann, ob sie noch aufzuhalten ist, selbst wenn er selbst den Versuch wagen wollte. Zum Beispiel besuchte mich noch im letzten Jahr ein junger Mann, um mich über einen Aufsatz zu fragen, den ich vor einigen Jahren geschrieben habe und der sich im wesentlichen mit Sherwood Anderson beschäftigte. Er kam, als ich gerade dabei war, einen Teil meines Feuerholzes für den Winter mit der Motorsäge zu schneiden – einem Gerät, das mich, obwohl ich schon acht Jahre damit arbeite, immer noch in Schrecken versetzt. Es war am Ende der Tauwetterperiode, an einem herrlichen, sonnigen Tag, und ich fühlte mich, offen gesagt, ein bißchen Thoreau-isch (das ist eine echte Wohltat für mich, weil ich nach dreizehn Jahren Landleben immer noch ein Mensch bin, der bukolische Distanzen nach Wohnblocks in New York City berechnet). Kurz gesagt: es sah ganz nach einem wenn auch literarischen, doch vielversprechenden Nachmittag aus, und ich erinnere mich, daß ich große Hoffnungen hegte, den jungen Mann – à la Tom Sawyer und seinem Eimer voll Kalkfarbe – an meine Motorsäge zu bekommen. Denn er kam mir gesund, um nicht zu sagen strotzend vor. Nun, dieser täuschende Eindruck kostete mich fast meinen linken Fuß, denn als ich gerade eine kurze, für mich selbst eindrucksvolle Lobrede auf den vornehmen und wirkungsvollen Stil von Sherwood Anderson geliefert hatte, fragte mich nach einer gedankenvollen und grausamerweise vielversprechenden Pause zwischen dem unregelmäßigen Kreischen und dem Surren meiner Säge der junge Mann, ob ich glaube, es gebe einen vorherrschenden amerikanischen *Zeitgeist*. (Armer junger Mann. Selbst wenn er sehr, sehr gut auf sich aufpaßt, ist das Äußerste, was er erreichen wird: fünfzig Jahre erfolgreiche Tätigkeit auf einem Campus.) Die dritte Sorte von Menschen, die mich, wie ich glaube, hier ziemlich regelmäßig besuchen werden, wenn Seymours Gedichte einmal vollkommen ausgepackt und mit Etiketten versehen sein werden, diese dritte Sorte beansprucht einen ganzen Abschnitt für sich allein.

Es hört sich unsinnig an, wenn man behauptet, daß die Faszination, die Poesie auf die meisten jungen Menschen ausübt, noch bei weitem übertroffen wird durch die Faszination, die wenige oder viele Einzelheiten aus dem Leben eines Dichters auf sie ausüben, das hier lose mit dem Arbeitstitel «düster» bezeichnet werden könnte. Gerade diese unsinnige Vorstellung würde ich gern einmal zum Anlaß für einen akademischen Alleingang nehmen, jedenfalls bin ich fest davon überzeugt, wenn ich die komischen sechzig (oder die mehr als sechzig) Mädchen aus meinen beiden Kursen «Einführung in die Kunst des Schreibens» – fast alles Fortgeschrittene – alle mit Englisch als Hauptfach, wenn ich sie auffordern würde, irgendeine Zeile aus *Ozymandias* zu zitieren oder mir einfach nur in kurzen Worten zu erzählen, wovon das Gedicht handelt, so ist es zweifelhaft, ob zehn von den Mädchen zum einen oder anderen fähig wären, aber ich wette meine noch nicht erblühten Tulpen dagegen, daß einige fünfzig von ihnen mir sagen könnten, daß Shelley voll und ganz für die freie Liebe gewesen ist, daß er eine Frau hatte, die *Frankenstein* schrieb, eine andere, die sich ertränkte*. Bitte, ich bin bei diesem Gedanken weder schockiert noch erzürnt. Ich glaube nicht einmal, daß ich mich beklage. Denn wenn niemand ein Narr ist, bin auch ich keiner, und dann habe ich das Recht zu einer nicht verrückten Sonntagseinsicht, daß wir, wer immer wir sind, und unabhängig davon, wie sehr die Kerzenhitze unseres letzten Geburtstagskuchens der eines Hochofens gleicht, wie anerkannt erhaben das intellektuelle, moralische und spirituelle Niveau sein mag, das wir alle erreicht haben – daß unser Geschmack am Düsteren oder Teilweise-Düsteren (worin natürlich niederer wie höherer Klatsch eingeschlossen sind) wahrscheinlich unser letztes fleischliches Begehren ist, das wir befriedigen oder aber streng zügeln sollten. (Aber mein Gott, warum rede ich so schwülstig darüber? Warum gehe ich nicht stracks auf den Dichter los, um zu zeigen, was ich meine? Eins von Seymours einhundertundvierundachtzig Gedichten ist nur bei der ersten Lektüre schockierend; beim zweiten Lesen ist es ein so herzergreifendes Triumphlied auf das Leben, wie ich kaum je eins gelesen habe – es handelt von einem berühmten alten Asketen, der, umgeben von psalmodierenden Priestern und Schülern, auf dem Sterbebett liegt und angestrengt auf das lauscht, was die Waschfrau im Hof über die Wäsche seines Nachbarn sagt. Seymour macht deutlich, daß der alte Herr sogar den schwachen Wunsch verspürt, die Priester würden ein bißchen leiser singen.) Ich sehe schon, hier begegnet mir wieder *etwas* von der üblichen Schwierigkeit, die im-

* Eines Arguments wegen bringe ich meine Studenten hier vielleicht unnötig in Verlegenheit. Das ist Schulmeistern schon vor mir passiert. Oder vielleicht habe ich einfach nur das falsche Gedicht ausgesucht. Wenn – wie ich boshafterweise festgestellt habe – wenn es wahr ist, daß *Ozymandias* meine Studenten offensichtlich unbeeindruckt ließ, kann man vielleicht einen großen Teil der Schuld daran bei *Ozymandias* selbst suchen. Vielleicht war Shelley, der Verrückte, nicht verrückt genug. Und ganz sicher war seine Verrücktheit keine Verrücktheit des Herzens. Meine Mädchen wissen zweifellos, daß Robert Burns bis zum Exzeß trank und randalierte, und bestimmt sind sie entzückt darüber, aber genauso sicher weiß ich, daß sie auch alles über die großartige Maus wissen, die sein Pflug ans Tageslicht brachte.

(Ist es denn möglich, frage ich mich, daß jene zwei steinernen Riesenbeine ohne Rumpf, die da in der Wüste stehen, Percys eigene Beine sind? Ist es denkbar, daß sein Leben die besten seiner Gedichte überlebt? Und wenn ja, dann deswegen weil ... ich höre auf. Aber paßt auf, ihr jungen Dichter! Wenn ihr möchtet, daß wir uns eurer besten Gedichte so gern erinnern wie eures *flotten, farbigen* Lebens, dann wäre es angebracht, uns in jeder Strophe eine Feldmaus zu schenken, die von eurem Herzblut rot gefärbt ist.)

mer damit zusammenhängt, daß man eine sehr willkommene Verallgemeinerung solange fest und zahm hält, bis sie eine unhaltbare besondere Voraussetzung unterstützt. Es liegt mir nichts daran, die Sache vernünftig zu betrachten, aber ich nehme an, ich muß. Wahrscheinlich kann niemand bestreiten, daß eine ganze Reihe Menschen in der großen weiten Welt, Menschen verschiedenen Alters, verschiedener Kulturen und verschiedener Begabung mit einer gewissen Heftigkeit, zuweilen sogar in Form einer Reflexbewegung, von Künstlern oder Dichtern angesprochen werden, die, außer ihrem Ruf als Schöpfer großer oder edler Kunst, als Menschen etwas auf eine grelle Art Auffallendes an sich haben, spektakuläre charakterliche oder gesellschaftliche Fehler, eine in Einzelheiten zerlegbare romantische Krankheit oder Sucht, extreme Egozentrik, eheliche Untreue, Stocktaubheit, Stockblindheit, schrecklichen Durst, lebensgefährlich harten Husten, eine Schwäche für Prostituierte, eine Anfälligkeit für Unzucht oder Inzest großen Stils, eine bescheinigte oder unbescheinigte Schwäche für Opium oder Sodomie, undsoweiter. Gnade Gott diesen armen Kerlen. Zwar steht Selbstmord nicht gerade an der Spitze der Liste jener überzeugenden Krankheiten für schöpferische Menschen, aber man kommt doch nicht an der Feststellung vorbei, daß der Künstler oder Dichter, der Selbstmord begeht, immer eine sehr gierige Aufmerksamkeit erregt hat, nicht selten aus ausschließlich sentimentalen Gründen, als wäre er (um es schauerlicher auszudrücken, als ich eigentlich möchte) der Schwächling aus dem Wurf, der kleine krumme mit den Schlappohren. Jedenfalls hat mich – *das als letztes Wort darüber* – dieser Gedanke schon viele schlaflose Nächte gekostet und wird sie mich wohl noch kosten. (Wie kann ich berichten, was ich alles berichtet habe und doch noch glücklich sein? Und dennoch bin ich es. Unlustig, unfröhlich bis ins Mark, und doch scheint meine Begeisterung hieb- und stichfest. Und nur fähig, mich eines einzigen anderen Menschen zu erinnern, den ich in meinem Leben gekannt habe.) Sie können sich nicht vorstellen, welche großen, händereibend gefaßten Pläne ich für diesen bevorstehenden Abschnitt gehabt habe, und doch scheinen diese Pläne nur entworfen worden zu sein, um auf dem Boden meines Papierkorbes einen exquisiten Eindruck zu machen. Ich *hatte vor*, an dieser Stelle die beiden letzten mitternachtsdunklen Abschnitte durch ein paar sonnige Witzchen zu mildern, durch zwei zueinander passende Auf-die-Schenkel-Klopfer, die, wie ich mir denke, meine Erzähler-Kollegen schon so oft vor Neid oder Ekel haben grün werden lassen. Ich hatte vor, an dieser Stelle dem Leser mitzuteilen, daß, wenn oder falls junge Leute zu mir kommen und mich über Seymours Leben oder Tod befragen wollten, ein merkwürdiges Leiden ein solches Gespräch völlig unmöglich machen würde. Erwähnen wollte ich hier – nur einwerfen sozusagen, denn eines Tages wird, so hoffe ich, dieser Gegenstand in unbegrenzter Länge entwickelt werden –, daß Seymour und ich als Kinder fast sieben Jahre lang gemeinsam in einer Rundfunk-Quiz-Sendung Fragen beantworten mußten und daß ich, seitdem wir nicht mehr im Rundfunk mitwirkten, Leuten gegenüber, die mich auch nur nach der Uhrzeit fragen, fast genauso fühle wie Betsey Tretwood Eseln gegenüber fühlte. Als nächstes möchte ich hier die Tatsache enthüllen, daß ich jetzt, im Jahre 1959, nach zwölfjähriger Tätigkeit als Lehrer an einem College, häufig Anfälle hatte von, wie meine Kollegen es schmeichelhaft genug bezeichnen, vom Glass'schen Leiden – populär ausgedrückt ein Lenden- und Bauchhöhlenkrampf, der einen Dozenten nach Feierabend veranlaßt, sich zusammenzukrümmen, eiligst Straßen zu überqueren oder sich unter große Möbelstücke zu verkriechen, wenn er jemand herankommen sieht, der unter vierzig ist. Doch keiner von diesen beiden Witzen wird mir hier etwas nützen, in beiden steckt ein gut Teil perverser Wahrheit, aber nicht annähernd genug Wahrheit. Denn gerade jetzt, zwischen zwei Abschnitten, werde ich mir der schrecklichen und unlogischen Tatsache bewußt, daß ich mich geradezu danach *sehne,* ausgerechnet über diesen Toten zu sprechen, ausgeholt und ausgenommen zu werden. Genau in diesem Augenblick ist mir klargeworden, daß außer den vielen anderen – und ich hoffe bei Gott weniger unwürdigen – Motiven ich voll bin von der bei Überlebenden üblichen anmaßenden Überzeugung, daß er die einzige Menschenseele ist, die den Verstorbenen genau gekannt hat. *Oh, sollen sie also kommen* – die eben aus dem Ei geschlüpft sind und die Enthusiasten, die Akademischen und die Neugierigen, die Langen und die Kurzen und die Alles-Wisser. Sollen sie omnibusweise kommen, sich mit dem Fallschirm herunterlassen, mit Leicas bewaffnet. Mein Geist schwillt schon über von liebenswürdigen Willkommensansprachen. Schon ist die eine Hand ausgestreckt nach dem Karton mit Spülmittel, die andere nach dem schmutzigen Teeservice. Das blutunterlaufene Auge bemüht sich, klar zu werden. *Der gute alte rote Teppich ist ausgelegt.*

Nun etwas sehr Heikles. Ein bißchen *grob,* das ist sicher, aber heikel, sehr heikel.

Wenn ich die Tatsache bedenke, daß diese Mitteilung vielleicht später nie mehr in wünschenswerter oder massiver Weise im Detail erwähnt werden wird, so meine ich, der Leser soll an dieser Stelle erfahren, und möglichst bis zum Ende im Gedächtnis behalten, daß alle Kinder unserer Familie Abkömmlinge einer erstaunlich langen und buntscheckigen Doppel-Reihe berufsmäßiger Unterhaltungskünstler waren bzw. sind. Erbbiologisch ausgedrückt oder hingemurmelt singen und tanzen wir die meiste Zeit und erzählen (zweifeln Sie etwa daran?) *Witze.* Aber mir scheint besonders bemerkenswert – auch Seymour war sich, schon als Kind, darüber klar –, daß wir auch eine umfangreiche Auswahl von Zirkus-Künstlern und solchen, die am Rande zu uns gehörten, unter uns haben. Einer meiner (*und* Seymours) Urgroßväter, um ein besonders saftiges Exemplar zu erwähnen, war ein ziemlich berühmter polnisch-jüdischer Jahrmarktclown, der Zozo hieß, dessen Spezialität darin bestand – bis zu seinem Tod, wie man logischerweise schließt –, aus ziemlicher Höhe in kleine Wasserbehälter zu springen. Ein anderer meiner und Seymours Urgroßväter war ein Ire namens MacMahon (den unsere Mutter, was ihr ewiglich hoch angerechnet wird, nie als «lieben Kerl» zu bezeichnen versucht war), arbeitete auf eigene Faust; er stellte leere Whiskyflaschen in Achterreihen auf einer Wiese auf, und dann, wenn eine zahlende Menge sich angesammelt hatte, tanzte er rhythmisch auf den Flaschenhälsen herum. (Wir haben also sicher, worauf Sie mein Wort nehmen können, auch ein paar komische Nudeln an unserem Stammbaum hängen.) Unsere Eltern endlich, Les und Bessie Glass, führten ziemlich konventionelle, aber (wie *wir* glauben) bemerkenswert gute Gesang-Tanz- und -Step-Nummern in Varietés und Musikhallen auf, standen vielleicht in Australien sogar als Glanznummer auf dem Programm (wo Seymour und ich, alles in allem, zwei Jahre unserer sehr frühen Kindheit verbrachten). Sie traten aber später auch in den alten Pantages- und Orpheus-Theatern hier in Amerika auf und erlangten weit mehr als nur durchschnittlichen Ruhm. Nach der Meinung vieler Leute hätten sie als Varieté-Paar noch viel länger auftreten können, aber Bessie hatte ihre eigenen Vorstellungen. Sie hatte nicht nur immer eine Fähigkeit, warnende Inschriften auf Wänden zu entziffern; mit den Varietés, die zwei Vorstellungen täglich brachten, war es 1925 schon fast zu Ende, und Bessie hatte sowohl als Mutter wie als Tänzerin die heftigste Abneigung dagegen, viermal am Tage in den riesigen neuen Kinos aufzutreten, in denen Varieté-Einlagen zum Programm gehörten. Aber etwas war noch entscheidender: seit ihrer Kindheit in Dublin, als ihre Zwillingsschwester hinter den Theaterkulissen vor galoppierender Unterernährung zusammenbrach, hatte *Sicherheit* in jeder Form für Bessie eine fatale Anziehungskraft. Jedenfalls im Frühling 1925 am Ende eines Auftritts im Albee in Brooklyn, der so la la ankam – fünf Kinder mit Röteln im Bett, eine bescheidene dreieinhalb-Zimmer-Wohnung im alten Hotel Alamac in *Manhattan*, dazu die Vorahnung, daß sie wieder schwanger sei (irrigerweise, wie sich herausstellte; denn die Jüngsten der Familie, Zooey und Franny, wurden erst 1930 beziehungsweise 1935 geboren), da wandte sich Bessie plötzlich an einen ich-schwöre-bei-Gott «einflußreichen» Bewunderer, und mein Vater nahm eine Stelle an als – wie er es Jahr um Jahr bezeichnete, ohne fürchten zu müssen, daß irgendeiner in der Familie ihm widersprechen würde – dienendes Schlußlicht beim Werbefunk, und damit war es aus mit der ausgedehnten Tournee von Gallagher & Glass. Was ich *hauptsächlich* hier versuche: den sichersten Weg zu finden, um klarzumachen, daß dieses merkwürdige Komödianten-und-Manegen-Erbe für das Leben aller sieben Kinder unserer Familie immer gegenwärtig und bedeutsam war. Die beiden Jüngsten sind, wie ich schon erwähnt habe, tatsächlich von Beruf Schauspieler. Aber man kann hier keinen dicken *Trennungsstrich* ziehen. Die ältere meiner beiden Schwestern ist, äußerlich gesehen, eine vollkommen bürgerliche Villenvorortbewohnerin, Mutter von drei Kindern, Mitbesitzerin einer mit zwei Autos gefüllten Garage, aber in allen wirklich freudigen Augenblicken ihres Lebens wird sie - das ist buchstäblich zu verstehen – in Tanz ausbrechen; ich habe einmal zu meinem Schrecken erlebt, daß sie mit meiner fünf Tage alten Nichte auf dem Arm in einen soft-shoe ausbrach, in einen technisch sehr perfekten Ned Wayburn, wie ihn Pat und Marion Rooney entwickelt haben. Mein verstorbener jüngerer Bruder Walt, der nach dem Krieg bei einem Unfall in Japan getötet wurde (von dem ich in dieser Reihe von Porträtstudien so wenig wie möglich zu erzählen vorhabe, damit ich überhaupt damit zu Ende komme), war auch ein Tänzer in einem vielleicht weniger spontanen, sondern mehr professionellen Sinn als meine Schwester Boo Boo. Sein Zwillingsbruder - Waker, unser Mönch, unser eingesperrter Kartäuser – nahm als Junge eine private Heiligsprechung von W. C. Fields vor, und mit diesem begabten, geräuschvollen, aber ziemlich heiligen Mann als Vorbild jonglierte er stundenlang unter vielen, vielen anderen Dingen mit Zigarrenkisten, bis er eine ganz beachtliche Geschicklichkeit darin erreichte. (Ein Familiengerücht will wissen, daß er ursprünglich ins Kloster gesteckt wurde – das heißt: von seinen Pflichten als Weltpriester in Astoria entbunden –, um ihn vor der beständigen Versuchung zu schützen, seinen Pfarrkindern die Hostie aus zwei oder drei Schritten Entfernung in einem herrlichen Bogen über die linke Schulter auf die Lippen zu schleudern.) Was mich selbst betrifft – über Seymour möchte ich gern als letztes sprechen –, so haben Sie das sicher schon als selbstverständlich vorausgesetzt, daß ich auch ein bißchen tanzen kann. Natürlich nur, wenn ich darum gebeten werde. Außerdem sollte ich vielleicht erwähnen, daß ich manchmal das Gefühl habe, von Urgroßvater Zozo behütet zu werden, wenn auch nur gelegentlich; ich spüre, daß er mich auf geheimnisvolle Weise davor bewahrt, über meine unsichtbaren, sackigen Clown-Hosen zu stolpern, wenn ich in den Wäldern herumstreune oder ins Klassenzimmer trete, und daß er vielleicht dafür sorgt, daß meine angeklebte Nase manchmal, wenn ich mich an meine Schreibmaschine setze, nach Osten zeigt.

Und um zum Schluß zu kommen, auch unser Seymour war kein bißchen weniger behelligt durch seine «Herkunft» als wir alle. Ich habe schon erwähnt, daß er, obwohl seine Gedichte gar nicht persönlicher sein oder ihn mehr enthüllen könnten, er dennoch, sogar wenn die Muse der absoluten Freude ihm im Nacken sitzt, durch sie alle hindurchschreitet, ohne auch nur einen einzigen Tropfen wirklich autobiographischer Tinte zu verschütten, und das macht sie zu, wie ich meine – obwohl es nicht jedermanns Geschmack entsprechen mag –, zu literarischem Varieté auf höchstem Niveau – mit der traditionellen Eröffnungsszene, wo mit Worten und Gefühlen jongliert wird, und anstatt des üblichen Spazierstocks und des Chromtischs, des mit Wasser gefüllten Champagnerglases balanciert er ein goldenes Kornett auf dem Kinn. Aber ich habe Ihnen etwas viel Aufschlußreicheres und Wichtigeres mitzuteilen. Ich habe lange auf diese Gelegenheit gewartet: Im Jahr 1922 in Brisbane, als Seymour und ich fünf und drei Jahre alt waren, traten Les und Bessie einige Wochen lang im selben Programm wie Joe Jackson auf – dem ehrfurchtgebietenden Joe Jackson mit dem vernickelten Kunst-Fahrrad, das bis in die allerletzte Reihe weitaus heller strahlte als Platin. Viele Jahre später, nicht lange nach dem Ausbruch des Zweiten Weltkrieges, als Seymour und ich gerade in ein eigenes kleines Apartment in New York gezogen waren, kam eines Abends unser Vater – Les, wie er fortan genannt werden wird – auf dem Heimweg von einer Pinocle-Partie zu uns herein. Ganz offensichtlich hatte er den ganzen Nachmittag über schlechte Karten gehabt. Nun, er kam also herein, fest entschlossen, seinen Mantel anzubehalten. Er setzte sich. Er starrte die Möbel finster an. Er drehte meine Hand um, um sie auf Nikotinflecken zu untersuchen, dann fragte er Seymour, wie viele Zigaretten er täglich rauche. Er glaubte, in dem Cocktail, den wir ihm anboten, eine Fliege entdeckt zu haben. Im Verlauf des Gesprächs, das – jedenfalls nach meiner Ansicht – vollkommen in die Brüche zu gehen drohte, stand er plötzlich auf und ging auf die Fotografie von sich und Bessie zu, die wir kürzlich erst an die Wand geheftet hatten. Eine volle Minute oder länger starrte er düster das Foto an, drehte sich dann so brüsk um, wie es keinen in der Familie überrascht hätte, und fragte Seymour, ob er sich noch daran erinnere, wie Joe Jackson ihn, Seymour, auf dem Lenker seines Fahrrads habe mit über die Bühne fahren lassen, eine Runde nach der anderen. Seymour saß in einem alten Kordsessel auf der anderen Seite des Zimmers, eine brennende Zigarette in der Hand, er trug ein blaues Hemd, graue Slacks und Mokassins, an denen das Fersenleder heruntergetreten war, auf der Seite des Gesichts, die mir zugewendet war, konnte ich eine Rasierwunde sehen; er antwortete feierlich und sofort und in der bestimmten Art, wie er immer die Fragen von Les beantwortete – als wären das die Fragen, die er am liebsten von allen gestellt bekam. Er sagte, er wäre sich gar nicht sicher, daß er je von Joe Jacksons herrlichem Fahrrad abgestiegen wäre, und unabhängig von dem ungeheuren Gefühlswert, den diese Antwort für meinen Vater persönlich hatte, war sie in vieler Hinsicht wahr, wahr, wahr.

Zwischen dem letzten Abschnitt und diesem sind jetzt mehr als zweieinhalb Monate vergangen, vorbei. Mit leicht verzerrtem Gesicht denke ich an diesen Abschnitt wie an ein Bulletin, das ich herauszugeben habe, denn es liest sich für mich genauso, als würde ich jetzt bald die höchst intime Mitteilung machen, daß ich bei der Arbeit auf einem Stuhl sitze, daß ich während der *Schöpferischen Stunden* über dreißig Tassen schwarzen Kaffee trinke und in meiner Freizeit alle meine Möbel selber herstelle; kurz gesagt, es hat ganz den Tonfall, in dem ein homme de lettres ohne Scham seine Arbeitsgewohnheiten, seine Hobbies und seine in Druckerschwärze gut wirkenden menschlichen Schwächen mit dem Interview-Redakteur der Literarischen Sonntagsbeilage bespricht. Nein, etwas so *Intimes* werde ich hier nicht mitteilen (tatsächlich werde ich, was meine Person betrifft, den Kran hier besonders fest zudrehen. Es kommt mir so vor, als wäre diese Abhandlung nie in so drohender Gefahr gewesen wie jetzt, genauso intim zu werden wie Unterwäsche). Ich habe eine größere Verzögerung zwischen zwei Abschnitten anzukündigen, in der ich den Leser darüber informiere, daß ich gerade aufgestanden bin, nachdem ich neun Wochen lang mit Hepatitis zu Bett gelegen habe. (Sie sehen, was ich unter Unterwäsche verstehe. Zufällig ist diese letzte Zeile ein Zitat, ein fast *wörtliches* aus Minskys Burleske. Zweite Banane sagt: «Ich habe neun Wochen mit einer ganz hübschen Hepatitis im Bett gelegen.» Ober-Banane: «Mit welcher, du glücklicher Vogel? Ganz hübsch sind sie beide, diese Hepatitis-Mädchen.» Wenn das meine versprochene Gesundmeldung sein soll, will ich rasch den Weg ins Jammertal der Kranken zurückfinden.) Wenn ich jetzt zugebe, was ich ganz gewiß muß, daß ich schon seit einer Woche wieder munter auf den Beinen bin, mit rosigen Wangen, wird dann der Leser, so frage ich mich, mein Bekenntnis falsch auslegen? Er könnte es, wie mir scheint, auf zwei Arten mißverstehen. Erstens wird er sich sanft zurechtgewiesen fühlen, weil er es versäumt hat, mein Krankenzimmer mit Kamelien zu überschwemmen? (Es wird jedermann erleichtern zu erfahren, daß mir von Sekunde zu Sekunde immer mehr der Humor ausgeht.) Oder zweitens: wird der Leser aufgrund dieses *Krankenberichts* lieber glauben, daß mein persönliches Glücklichsein – so vorsichtig als Lockmittel an den Anfang dieser Abhandlung gesetzt – vielleicht gar keins war, sondern einfach Galligkeit? Diese zweite Möglichkeit ist für mich von äußerster Wichtigkeit. Eins ist sicher: es hat mich wirklich glücklich gemacht, Seymour hier vorzustellen. Auf meine eigene träge Weise war ich während der ganzen Gelbsucht auf himmlische Weise glücklich (und allein die Alliteration hätte mir eigentlich den Rest geben müssen). Und es macht mich glücklich, Ihnen mitzuteilen, daß ich in diesem Augenblick ekstatisch glücklich bin. Und damit streite ich nicht ab (und komme damit, so fürchte ich, zu dem wahren Grund, der mich veranlaßt hat, einen Schaukasten für meine arme alte Leber zu errichten) – ich streite nicht ab, ich wiederhole es, daß mein Leiden eine einzelne schreckliche Schwäche hinterlassen hat. Ich hasse dramatische Einschnitte von ganzem Herzen, aber ich glaube, für diese Sache brauche ich einen neuen Abschnitt.

Vergangene Woche, sofort am ersten Abend, als ich mich wieder gesund und kräftig genug fühlte, an dieser Vorstellung weiterzumachen, stellte ich fest, daß ich nicht meine Begeisterung verloren, sondern daß meine Mittel nicht mehr ausreichten, um weiter über Seymour zu schreiben. *Während ich weg war, war er zu sehr gewachsen.* Es war kaum zu glauben. Von dem handlichen Riesen, der er gewesen, als ich krank wurde, war er innerhalb von neun Wochen hochgeschossen in das vertrauteste Wesen meines ganzen Lebens, in die einzige Person, die immer viel, viel zu umfangreich war, um auf gewöhnliches Schreibmaschinenpapier zu passen – jedenfalls auf mein Schreibmaschinenpapier. Um es deutlich zu sagen: ich geriet deswegen fünf Nächte hintereinander in Panik. Doch ich glaube, ich brauche das nicht schwärzer zu malen als notwendig. Denn es gibt da einen sehr überraschenden Silberstreifen. Lassen Sie mich Ihnen ohne Unterbrechung erzählen, was ich heute abend getan habe, um morgen abend stärker, dreister und möglicherweise angreifbarer an die Arbeit zu gehen. Vor etwa zwei Stunden habe ich einfach einen alten persönlichen Brief – genau gesagt, ein ziemlich umfangreiches Memorandum – noch einmal gelesen, das an einem Morgen des Jahres 1940 auf meinem Frühstücksteller für mich hinterlassen wurde. Um es ganz präzis auszudrücken: es lag unter einer halben Grapefruit. Es dauert nur noch einige Minuten, dann werde ich das unaussprechliche («Vergnügen» ist hier nicht das richtige Wort) Ich-weiß-nicht-was haben, dieses lange Memorandum hier wortwörtlich wiederzugeben. (Oh, du holde Hepatitis! Ich habe noch keine Krankheit gekannt – keine Sorge, auch keine Katastrophe –, die sich nicht am Ende zur Blume oder zu einem guten Memorandum entfaltet hat. Das einzige, was von uns verlangt wird, ist: immer wachsam zu sein. Einmal, im Rundfunk, als er elf war, sagte Seymour, was er am meisten an der Bibel liebe, sei das Wort: SEID WACHSAM.) Bevor ich jetzt zur Hauptsache komme, muß ich doch noch, wie es mir gebührt, zu ein paar nebensächlichen Punkten kommen. Vielleicht kommt diese Gelegenheit nie wieder.

Ich glaube, ich habe noch nicht erwähnt, und das scheint mir eine schwerwiegende Unterlassung zu sein, daß es meine Gewohnheit war und ich mich gezwungen fühlte, wenn es nur eben zu machen war, und sehr oft auch, wenn es nicht zu machen war, meine neuen Kurzgeschichten an Seymour auszuprobieren. Das heißt, ich las sie ihm laut vor. Das tat ich immer *molto agitato* und machte am Ende eine Ruhepause, wie sie auch jeder nötig hatte und erwartete. Das heißt, daß Seymour sich immer des Kommentars enthielt, nachdem ich aufgehört hatte zu lesen. Statt dessen – er lag bei diesen *Lesungen* immer flach auf dem Boden ausgestreckt – blickte er fünf oder zehn Minuten lang an die Decke, stand auf, stampfte leise mit einem Fuß auf, der eingeschlafen war, und verließ das Zimmer. Später dann – gewöhnlich war es eine Sache von Stunden, aber ein- oder zweimal waren es auch Tage – warf er ein paar kritische Bemerkungen auf ein Stück Papier oder einen Hemdenkarton, ließ es entweder auf meinem Bett, auf meinem Platz am Eßtisch liegen oder schickte es (was selten vorkam) mir durch die US-Post zu. Hier folgen ein paar seiner kurzen kritischen Bemerkungen. (Ich gebe offen zu: Das soll mich wieder in Fahrt bringen. Ich sehe, obwohl ich das wahrscheinlich müßte, keinen Grund, es abzustreiten.)

«Schrecklich, aber richtig. Ein aufrichtiges Medusenhaupt.»

«Das möchte ich auch gerne wissen! Die Frau ist gut, aber der Maler kommt mir vor, als wäre er heimgesucht vom Geist deines Freundes, der in Italien Anna Kareninas Porträt malte. Das ist eine schicke, es ist die beste Art, heimgesucht zu werden, aber du hast deine eigenen zornigen Maler.»

«Ich denke, du solltest das noch einmal überarbeiten, Buddy. Der Doktor ist so gut, aber ich meine, du magst ihn erst zu spät. Die ganze erste Hälfte über steht er da draußen in der Kälte und wartet darauf, daß du ihn magst, und dabei ist er doch deine Hauptfigur. Du empfindest sein nettes Gespräch mit der Krankenschwester als Konversion. Es sollte eine religiöse Geschichte werden, aber sie ist puritanisch geworden. Ich spüre, wie du alle seine Verdammtnochmals zensierst. Das erscheint mir falsch, denn was ist das anderes als eine niedrige Form des Gebets, wenn er oder Les oder irgend jemand allem ein Verdammtnochmal anhängt. Ich kann nicht glauben, daß es für Gott irgendeine Form von Blasphemie gibt. Das ist ein Frömmler-Wort, das der Klerus erfunden hat.»

«Es tut mir so leid wegen dieser Geschichte. Ich habe nicht richtig zugehört. Es tut mir schrecklich leid. Schon der erste Satz trieb mich davon:

‹Henshaw erwachte an diesem Morgen mit rasenden Kopfschmerzen.› Ich verlasse mich fest darauf, daß du mit diesen falschen Henshaws aufhörst. Es gibt einfach keine Henshaws. Wirst du mir die Geschichte noch einmal vorlesen?»

«Bitte schließe Frieden mit deinem Witz. Er läuft dir nicht davon, Buddy. Wenn du ihn auf deine eigene Anweisung wegwerfen würdest, das wäre so schlecht und unnatürlich, als wenn du deine Adjektive und Adverbien wegwerfen würdest, nur weil Professor B. es von dir verlangt. Was weiß er schon davon? Was weißt du wirklich über deinen eigenen Witz?»

«Ich sitze hier und zerreiße Zettel an dich, und immer wieder fange ich an, Dinge zu sagen wie ‹Diese Geschichte ist großartig konstruiert› und ‹Die Frau hinten auf dem Lastwagen ist sehr komisch› oder ‹Die Unterhaltung zwischen den beiden Polypen ist toll›. So lege ich mich nicht fest. Ich weiß nicht genau, warum. Sofort nachdem du angefangen hattest zu lesen, fing ich schon an, nervös zu werden. Es hörte sich an wie der Anfang von etwas, das dein Erzfeind Bob B. eine kesse gute Geschichte nennt. Meinst du nicht auch, er würde diese Entwicklung einen Schritt in die richtige Richtung nennen? Und macht dich das nicht nachdenklich? Sogar das, was an der Frau hinten auf dem Lastwagen komisch ist, klingt nicht, als hieltest du es für komisch, es klingt vielmehr so, als glaubtest du, es würde allgemein für sehr komisch gehalten werden. Ich fühle mich betrogen. Macht dich das wütend? Du kannst natürlich sagen, mein Urteil würde getrübt, weil wir miteinander verwandt sind. Diese Verwandtschaft macht mir Kummer genug. Und doch bin auch ich nur ein Leser. Bist du ein Autor oder nur ein Verfasser von kessen Geschichten? Eine kesse gute Geschichte ist nicht das, was ich von dir erwarte. Ich will deine *Beute*.»

«Diese neue Geschichte will mir nicht aus dem Kopf. Ich weiß nicht, was ich dazu sagen soll. Ich weiß wohl, wie groß die Gefahr gewesen sein muß, ins Sentimentale abzurutschen. Du bist daran vorbeigekommen. Vielleicht zu gut. Ich frage mich, ob es mir nicht lieber wäre, wenn du ein bißchen ausgerutscht wärst. Darf ich *Dir* einmal eine kleine Geschichte erzählen? Es war einmal ein großer Musikkritiker, eine anerkannte Autorität über Wolfgang Amadeus Mozart. Seine Tochter ging zur Volksschule 9, war dort Mitglied im *Gesangverein*, und dieser große Musikliebhaber ärgerte sich sehr, als seine Tochter eines Tages mit einem anderen Mädchen nach Hause kam, um ein Potpourri von Songs von Irving Berlin, Harold Arlen und Jerome Kern und ähnlichen Leuten einzuüben. Warum sangen diese Mädchen nicht einfache Schubert-

Lieder statt dieses ‹billige Zeug›? So ging er also zum Direktor der Schule und machte großen Stunk. Den Direktor beeindruckten die Argumente dieses anerkannten Kritikers sehr, und er erklärte sich bereit, die Lehrerin für Musikerziehung, eine sehr alte Dame, übers Knie zu legen. Als er das Büro des Direktors verließ, war der große Musikliebhaber in sehr gehobener Stimmung. Auf dem Heimweg rekapitulierte er noch einmal alle seine brillanten Argumente, die er im Büro des Direktors vorgebracht hatte, seine Stimmung wurde immer gehobener. Seine Brust weitete sich. Sein Schritt wurde schneller. Und er begann eine kleine Melodie vor sich hinzupfeifen. Es war die Melodie: ‹Oh, K-K-Katrinchen›.»

Und jetzt das Memorandum. Es wird dargeboten in Stolz und Resignation. Stolz, weil – nun, das will ich übergehen. Resignation, weil einige meiner Fakultätskollegen – lauter altgediente, innerbetriebliche Verreißer – vielleicht zuhören – und weil ich ahne, daß gerade diesem Einschiebsel früher oder später das Schicksal bevorsteht, betitelt zu werden: *Neunzehn Jahre alte Vorschrift für Schriftsteller und Brüder und Hepatitis-Rekonvaleszenten, die sich verirrt haben und nicht weiterwissen.* (Ah, natürlich, um einen Verreißer zu erkennen, muß man ihn vor sich haben. Im übrigen fühle ich, daß meine Lenden für diese Gelegenheit schlecht gegürtet sind.)

Was ich meine: erstens ist dies der längste kritische Kommentar, den ich je von Seymour über irgendeinen meiner *literarischen* Versuche bekommen habe – und außerdem das längste, nicht-mündliche Kommuniqué, das ich während meines ganzen Lebens von ihm entgegengenommen habe. (Wir haben nur äußerst selten Briefe miteinander gewechselt, auch während des Krieges.) Geschrieben war das Memorandum mit Bleistift auf Schreibpapier, um das unsere Mutter einige Jahre vorher das Bismarck Hotel in Chicago erleichtert hatte. Und er bezog sich auf das bis dahin anspruchsvollste *Stück* Literatur, das ich verfaßt hatte. Es war das Jahr 1940, und wir lebten beide noch in dem verhältnismäßig dicht bevölkerten Apartment unserer Eltern im Nordosten Manhattans. Ich war einundzwanzig und so – was soll ich sagen – so ungebunden, wie nur ein junger, noch unveröffentlichter grüner Schriftsteller sein kann. Seymour war dreiundzwanzig und gerade im fünften Jahr Dozent für Englisch an der New Yorker Universität. Hier nun das Memorandum, ungekürzt. (Für den kritischen Leser sehe ich ein paar Überraschungen voraus, aber ich glaube, mit der Anrede ist das *Schlimmste* überstanden. Ich stelle mir vor: wenn die Anrede nicht einmal *mich* in Verlegenheit setzt, warum sollte sie dann irgendeine andere Menschenseele in Verlegenheit setzen.)

Lieber schlafender Tyger,

ich frage mich, ob es viele Leser gibt, die ein Manuskript umblättern, während der Verfasser schnarchend im selben Raum liegt. Dieses hier wollte ich einmal für mich allein lesen. Deine Stimme wurde mir fast zuviel. Ich meine, Deine Prosa fange jetzt an, genau so viel Theater aufzuführen, wie es Deine Personen eben noch aushalten. Ich möchte Dir soviel sagen, und ich weiß nicht, wo anfangen.

Heute nachmittag schrieb ich ausgerechnet an den Direktor der Anglistischen Abteilung, was ich für einen ausgewachsenen Brief hielt, und dieser Brief klang ziemlich nach Dir. Es hat mir soviel Spaß gemacht, daß ich dachte, ich müßte es Dir sagen. Es war ein schöner Brief. Ich fühlte mich wie an dem Samstagnachmittag im vergangenen Frühling, als ich mit Carl und Amy in *Die Zauberflöte* ging und als sie dieses merkwürdige Mädchen für mich mitbrachten und ich Dein grünes Rauschmittel trug. Ich habe Dir gar nicht gesagt, daß ich's trug. *(Hier spielte er auf eine von vier teuren Krawatten an, die ich mir im Winter davor gekauft hatte. Ich hatte all meinen Brüdern – aber besonders Seymour, weil er am leichtesten an sie herankonnte – verboten, sich auch nur der Schublade zu nähern, in der ich sie aufbewahrte. Ich lagerte sie – und das war nur teilweise ein Gag – in Cellophan verpackt.)* Als ich es trug, fühlte ich mich nicht schuldig, hatte nur eine tödliche Angst, Du könntest plötzlich auf die Bühne treten und mich im Dunkeln dort mit Deiner Krawatte sitzen sehen. Mit dem Brief war es ein bißchen anders. Es ging mir auf, daß Du im umgekehrten Fall, wenn Du einen Brief schriebst, der nach mir klänge, bekümmert sein würdest. Ich dagegen war durchaus fähig, gar nicht mehr daran zu denken. Eins der wenigen Dinge auf dieser Welt, die mich – außer dieser Welt selbst – Tag für Tag noch traurig machen, ist die Beobachtung, daß Du Dich aufregst, wenn Boo Boo oder Walt Dir sagen, Du hättest etwas gesagt, das nach mir klänge. Du empfindest das wie einen Angriff auf Deine Individualität – fast als würdest Du der Seeräuberei angeklagt. Ist es denn so schlimm, wenn manchmal einer von uns nach dem anderen klingt? Die Scheidewand zwischen uns ist doch so dünn. Ist es denn für uns so wichtig, immer genau zu unterscheiden, was von wem ist? Damals, vor zwei Sommern, als ich so lange ohnmächtig war, gelang es mir, herauszufinden, daß Du, Z. und ich schon seit nicht weniger als vier Inkarnationen, vielleicht sogar länger, Brüder sind. Ist das denn nicht schön? Beginnt nicht für jeden von uns unsere Individualität genau da, wo wir uns unsere äußerst enge Verbundenheit eingestehen und es für uns selbstverständlich wird, einander unsere Scherze, unsere Talente und unsere Eigenheiten zu leihen? Du merkst: Krawatten schließe ich nicht ein. Buddys Krawatten bleiben für mich Buddys Krawatten, aber Spaß *macht* es schon, sie unerlaubterweise auszuborgen.

Es muß schrecklich für Dich sein, zu denken, daß ich außer Deiner Geschichte noch Krawatten und so im Kopf habe. Aber das stimmt nicht. Ich suche nur meine Gedanken, wo ich sie finden kann, und ich dachte, solche Trivialitäten könnten mir helfen, mich zu sammeln. Es wird draußen schon hell, und ich sitze hier, seitdem Du ins Bett gegangen bist. Welch eine Wonne ist es, Dein erster Leser zu sein. Es wäre die reine Wonne, wenn ich nicht denken müßte, meine Meinung wäre Dir wichtiger als Deine eigene. Es scheint mir einfach nicht richtig, daß meine Meinung über Deine Geschichten Dir so wichtig ist. Aber so bist *Du.* Nächstens kannst Du mich wieder niederargumentieren, aber ich bin überzeugt, ich muß irgend etwas sehr falsch gemacht haben, daß es dazu kommen konnte. Nicht, daß ich mich im Augenblick gerade in Schuldgefühlen wälze, aber Schuld ist Schuld. Sie geht nicht einfach weg, sie kann nicht aus der Welt geschafft werden, und – davon bin ich überzeugt – sie kann nicht einmal ganz verstanden werden – denn sie hat ihre Wurzeln zu tief im Persönlichen und im lange angesammelten Karma. Wenn ich anfange, so zu empfinden, ist das einzige, das meinen Kopf rettet, die Einsicht, daß Schuld nur eine unvollkommene Form des Erkennens ist. Doch – die Tatsache, daß sie nicht vollkommen ist, bedeutet nicht, daß man sie nicht nutzen kann. Schwierig ist nur, sie wirklich zu nutzen, bevor es anfängt, einen zu lähmen. Darum will ich, so schnell ich kann, herunterschreiben, was ich von Deiner Geschichte halte, und wenn ich mich beeile, so habe ich die feste Überzeugung, daß meine Schuld hier den besten und wahrsten Zwecken dient. Und das glaube ich wirklich. Ich glaube, wenn ich mich hiermit jetzt beeile, wird es mir vielleicht gelingen, Dir zu sagen, was ich Dir wahrscheinlich schon seit Jahren sagen wollte.

Du mußt selbst am besten wissen, daß diese Geschichte voll ist von großen Sprüngen. Als Du gerade im Bett lagst, dachte ich eine Zeitlang daran, das ganze Haus aufzuwecken und für unseren wunderbaren springenden Bruder eine Party zu schmeißen. Wer *bin* ich, daß ich nicht wirklich alle aufgeweckt habe? Das möchte ich gerne wissen. Was ich bestenfalls bin: einer, der zu lange überlegt. Ich mache mir zuviel Gedanken über große Sprünge, die ich mit bloßem Auge messen kann. Wahrscheinlich ist einer meiner Angstträume: daß Du es wagen könntest, aus meinem Blickfeld wegzuspringen. Entschuldige. Ich schreibe jetzt sehr schnell. Ich glaube, diese neue Geschichte ist die, auf die Du gewartet hast. Und auch ich habe irgendwie darauf gewartet. Du weißt, daß es hauptsächlich *Stolz* ist, der mich wach hält. Ich glaube, das ist meine größte Sorge. Um Deiner selbst willen: mach mich nicht stolz auf Dich. Ich glaube, das ist genau das, was ich zu sagen versuche. Wenn Du nur nie wieder fertigbringst, daß ich aus Stolz aufbleibe. Gib mir nur eine Geschichte, die mich über die Maßen wachsam macht.

Halt mich bis fünf wach, nur weil alle Deine Sterne aufgegangen sind und aus keinem anderen Grund. Entschuldige die Betonung, aber ich sage zum ersten Mal etwas über eine Deiner Geschichten, wobei mein Kopf dauernd zustimmend nickt. Und bitte laß mich hier damit Schluß machen – mehr kann ich dazu nicht sagen. Heute abend glaube ich, wenn du einen Autor gebeten hast, alle seine Sterne aufgehen zu lassen, dann kannst Du ihm danach nur noch literarische Ratschläge geben. Und ich bin heute abend überzeugt, daß alle «guten» literarischen Ratschläge so sind, als wünschten Louis Bouilhet und Maxime Du Camp Flaubert die Madame Bovary auf den Hals. Jaja, diese beiden mit ihrem ausgezeichneten Geschmack haben ihn dazu gebracht, ein Meisterwerk zu schreiben. Und sie haben ihm jede Chance genommen, je das zu schreiben, was er auf dem Herzen hatte. Und er starb als eine Weltberühmtheit, und das war das einzige, was er nicht war. Seine Briefe sind nicht zu ertragen. Sie sind so viel besser, als sie sein sollten; sie rufen aus: vertan, vertan, vertan. Sie brechen mir das Herz. Lieber alter Buddy, ich fürchte mich, Dir heute abend irgend etwas anderes als Banalitäten zu sagen. Bitte, folge Deinem Herzen, setze alles auf eine Karte.

Du warst so böse auf mich, als wir uns in die Stammrolle einschreiben ließen. *(Eine Woche vorher waren er und ich, wie viele Millionen junger Amerikaner, zur nächsten öffentlichen Schule gegangen und hatten uns in die Stammrolle eintragen lassen. Ich ertappte ihn dabei, daß er über irgend etwas lächelte, was ich auf mein Wehrmeldeformular geschrieben hatte. Und er weigerte sich den ganzen Heimweg über, mir zu sagen, was ihm so komisch vorgekommen war. Wie jeder in unserer Familie bezeugen könnte, konnte er, wenn ihm die Gelegenheit günstig schien, ein unbeugsamer Weigerer sein.)* Weißt du, worüber ich gelächelt habe? Du schriebst unter *Beruf*: Schriftsteller. Das kam mir wie der hübscheste Euphemismus vor, von dem ich je gehört habe. Wann war Schreiben je Dein Beruf? Nie ist es etwas anderes gewesen als Deine Religion. Nie. Ich bin jetzt ein bißchen übererregt. Und weil es Deine *Religion* ist, weißt Du, was Du einmal gefragt werden wirst, wenn Du stirbst? Aber ich will Dir erst sagen, was Du nicht gefragt werden wirst. Du wirst nicht gefragt werden, ob Du, als Du starbst, gerade an einem schönen, bewegenden Stück Prosa schriebst. Du wirst nicht gefragt werden, ob es lang oder kurz, traurig oder komisch, veröffentlicht oder unveröffentlicht war. Du wirst nicht gefragt werden, ob Du gut oder schlecht in Form warst, als Du es schriebst. Du wirst nicht einmal gefragt werden, ob es das eine Stück Prosa war, das Du geschrieben hättest in dem Bewußtsein, daß mit seiner Vollendung auch Deine Zeit um gewesen wäre – ich glaube, das wird nur der arme Sören K. gefragt werden.

Ich bin überzeugt, es werden Dir nur zwei Fragen gestellt werden. *Hast Du wirklich alle Deine Sterne aufgehen lassen? Warst Du wirklich bemüht, Dir das Herz aus dem Leib zu schreiben?* Wenn Du nur wüßtest, wie leicht Du beide Fragen bejahen könntest. Und würdest Du Dich nur jedesmal, bevor Du Dich zum Schreiben hinsetzt, dran erinnern, daß Du, lange bevor Du ein Autor warst, ein *Leser* gewesen bist. Bitte nimm einfach diese Tatsache in Dein Bewußtsein auf, dann setze Dich ganz still hin und frage Dich, als Leser, welches Stück Prosa von allen auf der ganzen Welt Buddy Glass am liebsten läse, wenn er seinem Herzen folgen könnte. Der nächste Schritt ist so schrecklich und so einfach, daß ich es, während ich es hinschreibe, kaum glauben kann. Du setzt Dich einfach ohne jede Scham hin und schreibst das Ding selbst. Und das unterstreiche ich nicht einmal. Es ist zu wichtig, um unterstrichen zu werden. Oh, wag's doch, Buddy! Traue Deinem Herzen. Du bist ein verdienter Handwerker. Es wird Dich nie trügen. Gute Nacht. Ich fühle mich jetzt sehr übererregt, ein bißchen dramatisch, aber ich glaube, ich würde fast alles auf dieser Erde darum geben, wenn Du ein Etwas, ein Irgend-Etwas schriebest, eine Geschichte, ein Gedicht, einen Baum, das wirklich und wahrhaftig nach Deinem eigenen Herzen wäre. Im Thalia läuft *Der Bank-Detektiv.* Morgen schnappen wir uns den ganzen Verein und gehen dorthin. Dein S.

Hier tritt wieder Buddy Glass auf. (Natürlich ist Buddy Glass nur mein Pseudonym. Mein *wirklicher* Name ist Major George Fielding Anti-Climax.) Ich fühle mich selbst ein bißchen übererregt und dramatisch, und alles in mir drängt mich heftig, dem Leser für unser Rendezvous morgen abend buchstäblich zu versprechen, die Sterne aufgehen zu lassen. Aber das klügste wäre, glaube ich, mir schnell den Zahn zu putzen und ins Bett zu schlüpfen. Mag meines Bruders langes Memorandum beim Lesen Kritik erweckt haben – es war bestimmt, das kann ich mir nicht verkneifen, ermüdend, es für meine Freunde abzutippen. Das hübsche Firmament, das er mir als ein «Mach-Voran-Und-Erhol-Dich-Von-Hepatitis-Und-Mutlosigkeit-Geschenk» angeboten hat, trage ich im Augenblick um meine Knie gewickelt.

Wird es dann doch nicht zu hastig von mir sein, wenn ich dem Leser erzähle, was ich von morgen abend an vorhabe? Seit mehr als zehn Jahren habe ich mich danach gesehnt, von jemand, der nicht besonders darauf aus ist, auf eine sehr *direkte* Frage eine kurze, knappe Antwort zu erhalten, gefragt zu werden: «Wie *sah* Ihr Bruder Seymour *aus*?» Kurz gesagt, dieses Stück Literatur in dieser Welt, dieses «Etwas, dieses Irgend-Etwas», von dem mir mein anempfohlenes Autoritäts-Organ sagt, daß ich mich mit ihm am liebsten von allem in eine Ecke verziehen möchte, das also ist eine vollständige körperliche Beschreibung

Seymours, geschrieben von jemand, der es nicht wahnsinnig eilig hat, ihn innerlich loszuwerden – gebührend schamlos ausgedrückt also: von mir geschrieben.

Beim Friseur sprang sein Haar. Jetzt haben wir morgen abend, und es ist wohl selbstverständlich, daß ich im Smoking hier sitze. *Beim Friseur sprang sein Haar.* O Gott, fange ich mit dieser Zeile an? Wird sich dieses Zimmer hier jetzt langsam, langsam mit Maisbrötchen und Apfelkuchen auffüllen? Vielleicht. Ich glaube es nicht gern, aber es mag so kommen. Wenn ich mich bemühe, *wählerisch* zu sein, dann verliere ich die Lust, noch bevor ich angefangen habe. Ich kann nicht aussortieren, kann mit diesen Menschen nicht ordentlich umgehen. Ich kann nur hoffen, daß *einige* Dinge bestimmt zustande kommen, wenn ich durchgehend Feingefühl walten lasse, aber einmal im Leben möchte ich nicht jeden einzelnen Satz durchleuchten müssen, sonst komme ich wieder ganz heraus. Sein im Friseursalon springendes Haar ist unerbittlich das erste Detail, das sich mir in den Sinn drängt. Wir gingen normalerweise an jedem zweiten Sendetag sofort nach der Schule zum Haarschneiden, also alle vierzehn Tage. Der Friseursalon lag Ecke 108. Straße und Broadway, nistete und grünte (Schluß jetzt damit!) zwischen einem chinesischen Restaurant und einem koscheren Delikatessen-Laden. Wenn wir unser Mittagbrot vergessen oder, was öfters passierte, es irgendwo *liegengelassen hatten,* kauften wir für ungefähr fünfzehn Cent Salami in Scheiben und Essiggemüse mit Dill und aßen das in den Friseurstühlen, jedenfalls bis unser Haar anfing zu fallen. Die Friseure hießen Mario und Viktor. Wahrscheinlich sind sie schon lange an einer Überdosis Knoblauch verstorben, also den Weg gegangen, den letzten Endes alle New Yorker Friseure gehen. (Bitte, jetzt aber *aufgehört damit.* So etwas muß schon im Keime erstickt werden.) Unsere Stühle standen nebeneinander, und wenn Mario mit mir fertig war und mir den Frisiermantel abnehmen und ihn ausschütteln wollte, jedes-, aber auch jedesmal war mehr Haar von Seymour darauf als von mir. Bis dahin und seitdem haben mich wenige Dinge in meinem Leben mehr geärgert. Nur ein einziges Mal habe ich versucht, mich darüber zu beklagen, und das war ein kolossaler Fehler. Mit betont gemeiner Stimme sagte ich etwas von «verfluchtem Haar», das immer zu mir herüberspränge. Im Augenblick, wo ich's sagte, tat es mir leid, aber heraus war's. Er sagte nichts, fing aber sofort an, sich *Kummer* darüber zu machen. Als wir nach Hause gingen, schweigend Straßen überquerten, wurde es immer schlimmer; offenbar dachte er darüber nach, wie er seinem Haar verbieten könnte, im Friseursalon auf seinen Bruder zu springen. Als wir die 110. Straße erreichten, den großen Block vom Broadway bis zu unserem Haus, an der Ecke Riverside, wurde der Heimweg am schlimmsten. Keiner aus der Familie konnte seinen oder ihren Heimweg diesen Block entlang so bekümmert zurücklegen wie Seymour, wenn er *hinreichende* Gründe hatte.

Das ist für einen Abend genug. Ich bin erschöpft.

Nur noch das eine. Was *erwarte* ich (Betonung von mir!) von einer äußeren Beschreibung Seymours? Oder: was möchte ich, daß sie *bewirkt*? Natürlich, ich will sie an die Zeitschrift schicken, ich will sie veröffentlichen, aber darum geht es nicht – veröffentlichen will ich *immer*. Es hat mehr mit der *Form* zu tun, in der ich sie der Zeitschrift anbiete. Ja, nur darum geht es. Ich glaube, ich weiß es; ich weiß sehr genau, daß ich's weiß. Ich möchte, daß es dorthin gelangt, ohne daß ich Briefmarken oder einen großen Briefumschlag benötige. Wenn es eine wahrheitsgetreue Beschreibung ist, dann müßte es mir möglich sein, ihr nur das Fahrgeld zu geben, ihr vielleicht ein Butterbrot einzupacken und etwas Heißes in einer Thermosflasche mitzugeben – und das müßte genügen. Die anderen Mitreisenden im Abteil müßten ein bißchen abrücken, als wenn es ein bißchen trunken wäre. Oh, was für eine wunderbare Vorstellung! *Er sollte ein bißchen berauscht aus dieser Beschreibung hervortreten.* Ich denke berauscht wie einer, den Sie gern auf die Veranda treten sähen, grinsend, nach drei harten Partien Tennis, *gewonnenen Partien*, übers ganze Gesicht grinsend, und der Sie fragt, ob Sie seinen letzten Anschlag gesehen haben. Ja, *Oui*.

Ein neuer Abend. Denken Sie daran: das hier ist dazu bestimmt, gelesen zu werden. Sag dem Leser, wo du dich befindest. Sei freundlich – man kann nie wissen. Ich befinde mich im Wintergarten, habe soeben nach meinem Portwein geklingelt, er wird jeden Augenblick von unserem alten Familienfaktotum gebracht werden, einer außergewöhnlich intelligenten und glatten Maus, die alles im Hause frißt – außer Examensarbeiten.

Aber da es schon auf dieser Seite vorkommt, wende ich mich wieder S.'s Haar zu. Bevor es, als Seymour ungefähr neunzehn war, anfing, büschelweise auszufallen, hatte er sehr drahtiges schwarzes Haar; fast könnte man sagen kraus, aber das trifft nicht ganz zu, ich glaube, wenn es das gewesen wäre, hätte ich es bestimmt so genannt. Es reizte einen sehr, daran zu ziehen, und daran gezogen wurde tatsächlich; die Säuglinge in der Familie griffen immer automatisch danach, noch bevor sie nach der Nase griffen, die, Gott weiß, auch *hervorragend* war. Aber eins nach dem anderen. Ein sehr haariger Mann, Jüngling, Heranwachsender. Die anderen Kinder in der Familie, nicht ausschließlich, aber besonders die Jungen, diese vielen vorpubertären Knaben, die immer zu Hause herumzuhängen schienen, pflegten von seinen Händen und den Handgelenken fasziniert zu sein. Als mein Bruder Walt elf war, hatte er sich angewöhnt, auf Seymours Handgelenke zu sehen und ihn aufzufordern, seinen Pullover auszuziehen. «He, Seymour, zieh deinen Pullover aus. Los, mach voran, hier drinnen ist es *warm.*» S. strahlte ihn dann an, leuchtete übers ganze Gesicht. Er hatte es gern, wenn eins der Kinder ihn so neckte. Auch ich hatte es gern, aber nur manchmal. Er hatte es immer gern, und außerdem: er gedieh, wuchs geradezu hoch unter all den taktlosen und unüberlegten Bemerkungen, die jüngere Familienmitglieder an ihn richteten. Jetzt im Jahre 1959, wenn ich gelegentlich recht Beunruhigendes über die Untaten meiner jüngeren Geschwister höre, gedenke ich all der Freude, die sie S. gemacht haben. Ich weiß noch, wie Franny, als sie ungefähr vier war, auf seinem Schoß saß, ihn ansah und mit dem Ausdruck unendlicher Bewunderung sagte: «Seymour, deine Zähne sind so hübsch, so *gelb.*» Er kam buchstäblich zu mir hinübergestolpert und fragte mich, ob ich gehört hätte, was sie sagte.

Eine meiner Feststellungen im letzten Abschnitt läßt mich erstarren. Warum mochte ich die Neckerei der Kinder nur manchmal? Zweifellos, weil sie, wenn sie sich an mich richtete, manchmal ziemlich boshaft war. Wahrscheinlich hatte ich das sogar verdient. Ich frage mich, was weiß der Leser über große Familien? Wichtiger noch: wieviel kann er von mir über diesen Gegenstand ertragen? Wenigstens soviel muß ich hier sagen: Wenn Sie der ältere Bruder in einer großen Familie sind (besonders in einer, wo, wie es auf Seymour und Franny zutraf, ein Altersunterschied von fast achtzehn Jahren besteht), und Sie befinden sich oder werden, nicht einmal gegen Ihren Willen, in die Rolle des Familienlehrers oder -mentors gedrängt, dann ist es einfach unmöglich, sich nicht auch in einen Ermahner zu verwandeln. Aber selbst Ermahner treten in individuell verschiedenen Formen, Größen und Farben auf. Wenn zum Beispiel Seymour einem der Zwillinge, oder Zooey und Franny, ja, sogar wenn er Mme Boo Boo (die nur zwei Jahre jünger war als er und oft ganz und gar *Lady* war), wenn er ihnen sagte, sie sollten ihre Überschuhe ausziehen, sobald sie die Wohnung betraten, dann wußte jeder einzelne von ihnen, er sagte das hauptsächlich, weil sonst der Fußboden beschmutzt würde und Bessie mit dem Mop würde drübergehen müssen. Wenn *ich* ihnen sagte, sie sollten ihre Überschuhe ausziehen, wußten sie, ich sagte es hauptsächlich, weil ich alle, die es nicht täten, für schlampig hielt. Und das beeinflußte ganz erheblich die Art und Weise, wie sie uns neckten und an uns herumzerrten. Dieses Bekenntnis kann ich nur stöhnend mitanhören, es kann kaum anders als verdächtig *ehrlich* und *gewinnend* klingen. Was kann ich dagegen tun? Soll ich jedesmal die Arbeit stillegen, wenn ich anfange, treuherzig wie «Honest John» zu klingen? Kann ich nicht voraussetzen, daß der Leser weiß, ich würde nicht mich selbst so an die Wand spielen – hier meine kläglichen Führereigenschaften so betonen –, wenn ich nicht davon überzeugt wäre, daß ich in diesem Hause doch mehr als nur halben Herzens geduldet wurde? Wird es etwas helfen, wenn ich Ihnen noch einmal sage, wie alt ich bin? So wie ich hier sitze, bin ich ein grauhaariger Vierziger mit hängendem Hosenboden und mit einem Bauch von beachtlichem Umfang, und dazu bestehen – hoffentlich – berechtigte Aussichten, daß ich nicht mein silbernes Schieberchen auf den Boden knalle, weil ich dieses Jahr nicht für die Basketballmannschaft aufgestellt werde oder weil ich nicht zackig genug grüße, um auf den Offiziersanwärterkurs geschickt zu werden. Übrigens ist wahrscheinlich noch nie eine bekenntnishafte Seite geschrieben worden, die nicht ein bißchen danach roch, daß der Verfasser stolz drauf war, seinen Stolz aufgegeben zu haben. Bei einem öffentlichen Bekenner muß man immer auf das horchen, was er *nicht* bekennt. In einer bestimmten Periode seines Lebens (es ist bösartig, das zu sagen, aber meistens in einer *erfolgreichen* Periode seines Lebens) mag ein Mann sich plötzlich *stark genug* fühlen, zu bekennen, daß er beim Abschlußexamen auf der Universität gepfuscht hat, er mag es sogar bereit sein zu enthüllen, daß er zwischen seinem zweiundzwanzigsten und vierundzwanzigsten Jahr impotent war, aber solche ritterlichen Bekenntnisse bieten nicht die Garantie dafür, daß wir erfahren werden, ob er nicht einmal auf seinen Goldhamster wütend wurde und diesem auf den Kopf trat. Ich bedaure es, daß ich damit fortfahren muß, aber mir scheint, ich habe hier einen legitimen Grund, mir Kummer zu machen, ich schreibe über den einzigen, nach meinen Maßstäben großen Menschen, den ich je gekannt habe, den einzigen Menschen, der *überhaupt* beachtliche Dimensionen hatte und der mir nie auch nur einen Augenblick lang Grund zu dem Verdacht gab, er halte insgeheim irgendwo einen ganzen Spind voll böser, langweiliger kleiner Eitelkeiten versteckt. Ich finde es schrecklich – eigentlich düster –, daß ich mich überhaupt fragen muß, ob ich ihn nicht gelegentlich in diesem Buch hier an Beliebtheit übertreffe. Vielleicht können Sie mir verzeihen, was ich jetzt sage, aber nicht alle Leser sind geübte Leser. (Als Seymour einundzwanzig war, fast schon ordentlicher Professor für Englisch und schon zwei Jahre im Beruf, fragte ich ihn, ob es irgend etwas gebe, das ihm das Lehren verleide. Er sagte, er glaube nicht, daß irgend etwas ihm das Lehren wirklich *verleide,* eins aber ihn erschrecke: die mit Bleistift gemachten Randbemerkungen in den Büchern der Universitätsbibliothek.) Ich komme damit zum Ende. Ich wiederhole: nicht alle Leser sind geübte Leser, und man hat mir gesagt – Kritiker sagen uns ja *alles,* und immer zuerst das Schlimmste –, daß ich als Autor auf den ersten Blick einen gewissen Charme habe. Und ich befürchte aufrichtig, daß ein gewisser Typ Leser es nett von mir finden könnte, daß ich vierzig geworden bin, das heißt: nicht wie ein *anderer* in diesem Buch so egoistisch war, Selbstmord zu begehen und meine *trauernden Hinterbliebenen* auf dem trocknen sitzenzulassen. (Ich sagte, ich käme damit zum Ende, aber ich schaffe es doch nicht. Nicht, daß ich nicht eisern genug wäre, sondern weil ich, wenn ich richtig damit aufhören wollte, an etwas rühren – ja, mein Gott, wirklich *rühren* – müßte, an die Umstände seines Selbstmords, und ich erwarte nicht, vor ein paar Jahren soweit zu sein, jedenfalls nicht bei dem Tempo, in dem ich mich fortbewege.)

Eins, das mir ziemlich wichtig zu sein scheint, will ich Ihnen aber, bevor ich zu Bett gehe, doch noch erzählen. Und ich wäre dankbar, wenn jeder ernsthaft versuchte, dieses nicht für einen typischen Nachtrag zu halten. Also: Ich kann Ihnen einen vollkommen schlüssigen Grund dafür nennen, der die Tatsache, daß ich, während ich dies schreibe, vierzig bin, auf eine monströse Weise vorteilhaft und nachteilhaft zugleich macht. Seymour starb, als er einunddreißig war. Um ihn in *dieses* noch ungreisenhafte Alter zu begleiten, dazu werde ich, so wie ich in Gang bin, viele, viele Monate, wahrscheinlich Jahre brauchen. Im Augenblick sehen Sie ihn fast ausschließlich als Kind und als Knaben (nie, wie ich zu Gott hoffe, als *Knirps*), und wo ich in diesem Buch mit ihm zusammen auftrete, bin auch ich ein Kind und ein Knabe, aber immer werde ich mir bewußt bleiben, daß ein etwas dicklicher Mann, fast schon mittleren Alters, diese Vorstellung hier veranstaltet, und ich glaube, das wird auch der Leser tun, wenn auch nicht gerade als Mitverschworener. Meiner Ansicht nach liegt in diesem Gedanken nicht mehr Melancholie als in den meisten Fakten über Leben und Tod – doch auch nicht weniger. Ich muß Ihnen noch etwas sagen, für das ich nicht mehr als mein Wort anbieten kann: so gut wie nur irgend etwas weiß ich: wenn die Positionen umgekehrt wären, Seymour hier an meiner Stelle säße, er wäre durch seine hohe Überlegenheit als Erzähler und als offizieller Schuß-Anzeiger so beteiligt – so betroffen eigentlich –, daß er das Vorhaben aufgeben würde. Mehr werde ich natürlich nicht darüber sagen, aber ich bin froh, daß es heraus ist. Es ist die Wahrheit, bitte, sehen Sie sie nicht nur einfach, spüren Sie sie auch.

Ich werde nun doch nicht ins Bett gehen. Irgend jemand hier hat meinen Schlaf gemordet. Fein gemacht!

Eine schrille unfreundliche Stimme erklingt (nicht etwa von einem *meiner* Leser): Sie haben gesagt, Sie würden uns jetzt erzählen, wie Ihr Bruder *aussah*. Wir wollen dieses verdammt analytische klebrige Zeug nicht.

Aber ich. Ich verlange nach jedem winzigen bißchen von diesem klebrigen Zeug. Zweifellos könnte ich ein bißchen weniger ana*ly*tisch sein, aber von diesem klebrigen Zeug möchte ich kein Stückchen missen. Und wenn ich darum bete, standhaft dabei zu bleiben, dann geht es um dieses klebrige Zeug.

Ich glaube, ich kann sein Gesicht, seine Gestalt, seine Eigenarten – den ganzen Krempel – seines Lebens beschreiben (außer den Jahren, die er in Übersee verbrachte), und ich würde eine ganz nette Ähnlichkeit herauskriegen. Bitte, das ist kein Euphemismus. Ein vollkommenes Abbild. (Wo und wann werde ich, wenn ich so weitermache, dem Leser zu erklären haben, welche Art von Erinnerungsvermögen einige Mitglieder unserer Familie haben? Seymour, Zooey, ich selbst. Ich kann es nicht für immer hinausschieben, aber wie häßlich wird es gedruckt wirken?) Es würde mir enorm helfen, wenn eine freundliche Seele mir ein Telegramm schickte, in dem sie genau festlegte, welchen Seymour sie gern beschrieben hätte. Wenn ich aufgefordert werde, einfach *Seymour,* irgendeinen Seymour zu beschreiben, dann wird es ein Schüttelbild, meinetwegen, aber in einem solchen Porträt erscheint er gleichzeitig vor mir im Alter von – sagen wir – acht, achtzehn und achtundzwanzig, mit dichtem Haarschopf und schon kahl werdend, er trägt rotgestreifte Sommerlagershorts, ein zerknittertes khakifarbenes Hemd mit Feldwebelwinkeln, sitzt in Padmasana-Stellung, und er sitzt im Rang des R. K. O.-Kinos in der 86. Straße. Ich fühle, wie gefährlich es ist, nur diese Art von Bild zu bieten, und es gefällt mir nicht, und zwar besonders, weil ich meine, es würde Seymour Kummer machen. Es ist hart, wenn der *Porträtierte* gleichzeitig der *cher maître* ist. Es würde ihm, glaube ich, nicht sehr viel Kummer machen, wenn ich nach der notwendigen Beratung mit meinen Instinkten, um sein Gesicht zu porträtieren, eine Art literarischen Kubismus als Stil wählen würde. Was das angeht, würde es ihm nicht das geringste ausmachen, wenn ich, was noch geschrieben werden muß, ausschließlich klein schreiben würde – *vorausgesetzt,* daß mein Instinkt mir das rät. Ich hätte nichts *gegen* irgendeine Art Kubismus, aber selbst der letzte meiner Instinkte sagt mir, ich müsse auf gut kleinbürgerliche Art dagegen ankämpfen. Nun, ich werde das überschlafen. Gute Nacht. Gute Nacht, Mrs. Calabash. Gute Nacht, du *verdammte Beschreibung.*

Da es mir schwerfällt, für mich selbst zu sprechen, beschloß ich heute morgen (während ich, wie ich fürchte, ziemlich ausgiebig auf Miss Waldemars unwahrscheinlich gut sitzende Dreiviertelhosen starrte), daß es die Höflichkeit erfordert, meinen Eltern hier als ersten das Wort zu erteilen, und wer wäre besser geeignet anzufangen als die Ur-Mutter? Das ist allerdings mit bedenklichen Risiken verknüpft. Mögen gewisse Leute auch nicht durch Gefühle endgültig zu Flunkerern werden, ihr angeborenes gräßliches Erinnerungsvermögen macht sie mit großer Wahrscheinlichkeit dazu. Für Bessie zum Beispiel war eins der Hauptmerkmale Seymours seine Größe, in ihrer Vorstellung sieht sie ihn als ungewöhnlich hochgewachsenen Texaner, der andauernd, wenn er ein Zimmer betritt, den Kopf beugen muß. In Wirklichkeit war er einssieben- bis -achtundsiebzig groß – also nach modernen vitaminreichen Maßstäben ziemlich klein für einen großen Mann. Und das paßte ihm. Er hatte nicht die geringste Vorliebe für Höhe. Als die Zwillinge über einsachtzig hinauswuchsen, dachte ich eine Zeitlang, er würde ihnen Beileidskarten schicken. Ich glaube, wenn er noch lebte, würde er sehr befriedigt darüber lächeln, daß Zooey für einen Schauspieler klein geblieben ist. Er, S., glaubte fest daran, daß bei wirklich guten Schauspielern der Schwerpunkt niedrig liegen müsse.

Es war falsch, daß ich «befriedigt lächeln» schrieb. Jetzt kann ich sein Lächeln nicht mehr bremsen, und ich wäre glücklich, wenn irgendein anderer Schriftsteller, einer von der ernsthaften Sorte, jetzt an meiner Stelle säße. Eines meiner ersten Gelübde, das ich ablegte, als ich diesen Beruf ergriff: meinen Personen, sobald sie anfangen sollten zu lächeln oder zu grinsen, Dämpfer aufzusetzen. Jacqueline grinste. Der große träge Bruce Browning lächelte säuerlich, ein jungenhaftes Lächeln erhellte Captain *Mittagessens* verwitterte Züge. Und doch bin ich an dieser Stelle schrecklich im Druck. Um das Schlimmste hinter mich zu bringen: Ich glaube, für jemanden, dessen Zähne zwischen so-so und schlecht waren, hatte Seymour ein sehr, sehr gutes Lächeln. Was mir nicht die geringste Schwierigkeit macht: zu beschreiben, wie sein Lächeln funktionierte. Oft ging sein Lächeln rückwärts und vorwärts, wenn der ganze übrige Verkehr auf den Gesichtern im Zimmer sich überhaupt nicht oder aber in entgegengesetzter Richtung bewegte. Sogar für unsere Familie funktionierte sein Verteilerkreis etwas außerhalb der Norm. Wenn die Kerzen auf den Geburtstagskuchen kleiner Kinder ausgeblasen wurden, konnte er sehr ernst aussehen, fast möchte ich sagen wie bei einem Begräbnis, dann wieder konnte er ausgesprochen entzückt dreinschauen, wenn eins unserer Kleinen ihm zeigte, wo er oder sie sich, wenn sie im Schwimmbad unter dem Floß hergeschwommen waren, die Schulter geschrammt hatte. Ich glaube, über ein gesellschaftliches Lächeln verfügte er gar nicht, und doch scheint es mir wahr (vielleicht ist es ein *bißchen* übertrieben), festzustellen, daß niemals irgend etwas wesentlich Richtiges in seinem Gesicht fehlte. Sein Schulter-Schramm-Lächeln zum Beispiel konnte einem oft auf die Nerven gehen, wenn es die *eigene* Schulter war, die man sich geschrammt hatte, aber es lenkte auch ab, wenn Ablenkung angebracht war. Sein Ernst auf Geburtstagsfeiern und Parties wirkte nie wie das nasse Handtuch – oder fast nie, jedenfalls nicht mehr als sein Gegrinse auf Erstkommunion- und Bar Mezvah-Feiern, und ich glaube nicht, daß hier der voreingenommene Bruder aus mir spricht. Leute, die ihn gar nicht, nur sehr oberflächlich kannten, oder nur als berühmtes Radio-Kind in oder außer Dienst kannten, waren oft *verwirrt*, wenn auch nur für einen Augenblick, wenn sein Gesicht einen bestimmten Ausdruck zeigte – das heißt gar keinen. Und die Opfer spürten in solchen Fällen oft etwas, das angenehm nahe an Neugierde lag – nie, soweit ich mich erinnern kann, fühlten sie sich persönlich gekränkt oder sträubten sich ihnen die Federn, und zwar aus einem, dem einfachsten Grunde – sein Gesichtsausdruck war immer aufrichtig. Und als er zum Manne herangewachsen war, hatte er, glaube ich (und jetzt spricht, wie ich annehme, *wirklich* der voreingenommene Bruder), hatte er das absolut am wenigsten verschlossene Erwachsenengesicht im Gebiet von ganz Groß-New York. Ich kann mich erinnern, nur einige Male etwas Unaufrichtiges, Aufgesetztes, Listiges auf seinem Gesicht entdeckt zu haben: wenn er irgendeinen Blutsverwandten in der Wohnung zu amüsieren beabsichtigte, und auch das kam nicht etwa täglich vor. Im großen ganzen, meine ich, bediente er sich des *Humors* weit mäßiger als jeder andere in unserer Familie. Und das, ich betone es, bedeutet nicht, daß Humor etwa nicht zum Grundbestandteil seiner Diät gehört hätte, sondern es bedeutet, daß er für sich selbst immer das kleinste Stückchen davon nahm oder bekam. Der Standard-Familien-Witz fiel, wenn unser Vater gerade nicht da war, immer ihm zu, und er nahm's gewöhnlich mit Würde hin. Um ein deutliches Beispiel für das zu geben, was ich meine: wenn ich ihm meine neuen Kurzgeschichten laut vorlas, gehörte es zu seinen unumstößlichen Gewohnheiten, mich in der Mitte jeder Geschichte mitten in einer Dialogzeile einmal zu unterbrechen und mich zu fragen, ob ich wüßte, daß ich ein *gutes Ohr* für die *Rhythmen* und *Kadenzen* der *Umgangssprache* hätte, und er machte sich einen Spaß draus, dabei ein sehr weises Gesicht zu machen.

Jetzt kommen die *Ohren* an die Reihe. Tatsächlich werde ich einen netten kleinen Film draus machen – einen zerkratzten Kurzfilm, in dem meine Schwester Boo Boo, elf Jahre alt, in einem plötzlichen aufrührerischen Impuls vom Abendbrottisch aufsteht, eine Minute später atemlos ins Zimmer zurückkommt, um an Seymours Ohren ein Paar Ringe auszuprobieren, die sie von einem Ringbuch gelöst hatte. Sie war sehr befriedigt von dem Ergebnis, und Seymour behielt sie den ganzen Abend über an, wahrscheinlich, bis Blut kam. Aber sie standen ihm nicht. Ich fürchte, er hatte nicht die Ohren eines Piraten, sondern die Ohren eines alten Kabbalisten oder alten Buddha. Ungewöhnlich fleischige Ohrlappen. Und es fällt mir ein, daß Hochwürden Waker, der vor ein paar Jahren auf der Durchreise in seinem heißen schwarzen Anzug vorbeikam, mich, während ich das Kreuzworträtsel in der *Times* löste, fragte, ob ich glaube, S.'s Ohren seien Tang-Dynastie gewesen. Ich selbst hätte sie früher angesetzt.

Ich gehe jetzt ins Bett. Vorher vielleicht noch in der Bibliothek einen Schlaftrunk mit Oberst Anstruther, dann ins Bett. Warum erschöpft mich das alles so? Meine Hände sind naß von Schweiß, meine Därme drehen sich mir im Leib. Der *Integrierte Mensch* ist heute einfach nicht zu Hause.

Ich bin versucht, außer den Augen und vielleicht (*vielleicht* sage ich) der Nase, den Rest des Gesichts zu übergehen, und jetzt – zum Teufel mit der ganzen *Inventaraufnahme*. Ich könnte es nicht ertragen, wenn man mich beschuldigte, ich hätte *nichts, gar nichts* der Phantasie des Lesers überlassen.

Auf zwei bequem zu beschreibende Arten waren seine Augen meinen und denen von Les und Boo Boo ähnlich, a) darin, daß die Augen dieser Gruppe recht schamhaft als besonders dunkle Ochsenschwanzsuppenfarben oder als melancholisches Jüdisch-Braun bezeichnet werden können, b) unserer aller Augen waren halbrund und hatten in einigen Fällen ausgesprochene Tränensäcke, aber damit sind auch alle innerfamiliären Vergleiche erschöpft. Es mag den Damen des Ensembles gegenüber als etwas ungalant erscheinen, aber wenn ich den zwei «besten» Augenpaaren in der Familie meine Stimme geben müßte, würden Seymour und Zooey sie bekommen. Und doch waren diese Augenpaare so vollkommen verschieden voneinander, und die Farbe spielt dabei die geringste Rolle. Vor ein paar Jahren veröffentlichte ich eine *un*gewöhnlich gespenstische, erinnerungswerte, unangenehm umstrittene und ganz und gar erfolglose Geschichte über einen «begabten» Jungen auf einem Transozeandampfer, und irgendwo in der Geschichte waren die Augen des Jungen sehr genau beschrieben. Welch ein glückliches Zusammentreffen, daß ich zufällig im Augenblick eine Abschrift dieser Geschichte an mir trage, geschmackvollerweise habe ich sie mir an den Aufschlag meines Bademantels geheftet. Ich zitiere: «Seine Augen, von blaßbrauner Farbe und nicht sehr groß, schielten ein bißchen – das linke mehr als das rechte. Sie schielten nicht so sehr, daß es entstellend gewirkt hätte, nicht einmal, daß man es auf den ersten Blick bemerkt hätte. Sie schielten nur gerade so viel, daß es erwähnt werden muß, und auch das nur im Zusammenhang mit der Tatsache, daß man lange und ernsthaft hätte nachdenken müssen, ob man gewünscht hätte, sie möchten gerader, tiefer, brauner sein oder weiter auseinanderstehen.» (Vielleicht machen wir hier besser eine Pause, um *Atem* zu schöpfen.) Natürlich (im Ernst, hier ist kein Ha Ha vorgesehen) waren damit nicht im entferntesten Seymours Augen gemeint. Seine Augen waren dunkel, sehr groß, hatten genau den richtigen Abstand und waren genau das Gegenteil von schielend. Und doch haben mindestens zwei aus unserer Familie gewußt und bemerkt, daß ich mit dieser Beschreibung versucht habe, seine Augen in den Griff zu bekommen, und sie spürten sogar, daß es auf eine *merkwürdige* Art nicht einmal so schlecht gelungen war. In Wirklichkeit hatten seine Augen etwas wie einen spinnwebartigen Schleier, der da war, wieder weg war, nur war es gar kein Schleier, und *das* war der Punkt, wo meine Schwierigkeiten anfingen. Ein anderer, gleichermaßen humorvoller Autor – Schopenhauer – versucht irgendwo in *seinem* fröhlichen Werk, ein ähnliches Augenpaar zu beschreiben, und er kommt – ich bin entzückt, es sagen zu können – genausowenig damit zurecht.

Gut. Jetzt die Nase. Ich rede mir vor, daß es nur einen Augenblick lang weh tun wird.

Wären Sie irgendwann zwischen 1919 und 1948 in einen überfüllten Raum gekommen, wo Seymour und ich anwesend waren, dann hätte es möglicherweise nur einen, dafür aber narrensicheren Weg gegeben, zu erkennen, daß wir Brüder waren. An der Nase und am Kinn. Mit dem Kinn kann ich natürlich in Windeseile fertig werden, indem ich sage, daß wir fast keins hatten. Nasen aber hatten wir ganz offensichtlich, und sie waren fast gleich: zwei große, fleischige, hängende, *trompe*-förmige Angelegenheiten, die sich von allen anderen Nasen in der Familie unterschieden, außer der – und das allzu deutlich – des teuren alten Urgroßvaters Zozo, dessen Nase, wie ein Ballon aus einer frühen Daguerreotypie aufsteigend, mich schon als kleiner Junge immer in erhebliche Aufregung versetzte. (Das erinnert mich daran, daß Seymour, der sonst nie – wie soll ich es nennen? – nie anatomische Witze machte, mich einmal sehr überraschte, als er die Frage aufwarf, ob unsere Nasen – seine, meine und Urgroßvater Zozos Nase – beim Zubettgehen dasselbe Dilemma verursachten wie gewisse Bärte; er meinte, ob wir im Schlaf die Nase über oder unter die Decke steckten.) Es besteht das Risiko, daß dies etwas zu *leichthin* klingt. Ich möchte es ganz klarmachen – wenn es sein muß, auf beleidigende Weise klar –, daß unsere Nasen keineswegs romantische Cyrano-Erker waren. (Das ist ein in jeder Hinsicht gefährlicher Gegenstand in dieser tapferen neuen psychoanalytischen Welt, in der fast jeder ganz selbstverständlich weiß, was zuerst da war: Cyranos Nase oder seine lärmenden Witze, und in der auf Grund internationaler Absprache alle Burschen mit großen Nasen, die unleugbar wortkarg sind, stillschweigend übergangen werden.) Was die Länge und Breite, die Umrisse unserer beiden Nasen betrifft, so bestand der einzig bemerkbare Unterschied, den festzustellen ich mich verpflichtet fühle, in einem sehr deutlich erkennbaren Knick, einer Art Abweichung nach rechts am Sattel von Seymours Nase. Seymour hatte immer den Verdacht, meine Nase wirkte dadurch vergleichsweise adelig. Den «Knick» zog er sich zu, als eins der Familienmitglieder im Flur unserer alten Wohnung am Riverside Drive ganz in sich versunken mit dem Baseballschläger trainierte. Nach diesem Unfall wurde seine Nase nie gerichtet.

Hurra! Die Nase haben wir hinter uns. Jetzt gehe ich ins Bett.

Noch habe ich nicht den Mut, was ich bis jetzt geschrieben habe, noch einmal zu überlesen. Die alte Schriftstellerangst, daß ich mich Schlag Mitternacht in ein abgenutztes Farbband verwandele, diese Angst ist heute *besonders* stark. Und doch habe ich die angenehme Vorstellung, daß ich hier nicht etwa ein lebensechtes Porträt des Scheichs von Arabien anbiete. Ich bitte Sie, soviel festzustellen, ist doch nur fair und korrekt. Und doch sollte sich keiner durch meine verfluchte Unzulänglichkeit und meinen Eifer dazu verleiten lassen, anzunehmen, Seymour wäre nach der gängigen, langweiligen Terminologie ein faszinierend häßlicher Mann gewesen. (Das ist in *jedem* Falle ein höchst suspektes, meistens von gewissen wirklichen oder erfundenen Frauenzimmern benutztes *Klischee*, mit dem sie ihre vielleicht etwas zu einseitige Neigung für auffallend süß-heulende Dämonen oder – um es etwas weniger hart auszudrücken – für schlecht erzogene Schwäne rechtfertigen.) Und wenn ich's einhämmern müßte – und das habe ich schon, wie ich merke – ich muß es ausdrücklich sagen, daß wir, wenn auch nicht ganz im gleichen Maße, zwei auffällig «häßliche» Jungen waren. Mein Gott, waren wir häßlich! Und obwohl ich glaube, sagen zu dürfen, daß unser Aussehen sich mit fortschreitendem Alter «beträchtlich besserte», unsere Gesichter «sich füllten», so muß ich doch immer wieder versichern, daß sogar viele Leute mit wirklichem Takt ausgesprochen zusammenzuckten, wenn sie uns als Jungen, als Jugendliche und Jünglinge zum erstenmal sahen. Natürlich spreche ich hier von Erwachsenen, nicht von Kindern. Die meisten kleinen Kinder zuckten nicht gleich zusammen – jedenfalls nicht auf diese Art. Andererseits sind die meisten kleinen Kinder auch nicht besonders großherzig. Auf Kinderfesten schlug oft irgendeine demonstrativ großzügige Mutter eine Partie «Der Plumpsack geht um» oder «Stille Post» vor, und ich kann hier freimütig versichern, daß die beiden ältesten Glass-Jungen ihre ganze Kindheit hindurch geradezu altgedient darin waren, sackweise nichtabgeschickte Briefe entgegenzunehmen (das ist unlogisch, aber befriedigend ausgedrückt, denke ich), außer natürlich, wenn der Briefträger ein kleines Mädchen war, das Lotte die Motte genannt wurde und ohnehin ein bißchen verrückt war. Hat uns das was ausgemacht? Hat es uns verletzt? *Autor, überlege dir gut, was du jetzt schreibst!* Meine sehr bedächtige, wohlüberlegte Antwort: Fast nie. Und in meinem Fall aus drei Gründen, an die ich mich leicht erinnere: Erstens war ich – eine oder zwei Perioden der Unsicherheit ausgenommen – meine ganze Kindheit über – und das hauptsächlich, wenn auch keineswegs völlig, dank Seymours unerschütterlicher Meinung – überzeugt, ein besonders charmanter, tüchtiger Bursche zu sein, und ich glaubte, wenn jemand anderer Meinung war, so beweise er deutlich, wie unerheblich sein Geschmack war. Zweitens (ich hoffe, Sie überstehen, was jetzt kommt –

und ich sehe nicht, wie Sie's überstehen könnten) war ich, noch bevor ich fünf war, der strahlenden und festen Überzeugung, daß ich einmal ein überragender Schriftsteller sein würde. Und drittens war ich – von sehr wenigen Ausnahmen abgesehen, und keine davon kam aus dem Herzen – insgeheim immer froh und stolz, Seymour zu gleichen. Bei Seymour selbst war es, wie üblich, ganz anders. Er machte sich abwechselnd sehr viel und gar nichts daraus, so komisch auszusehen. Wenn es ihm viel ausmachte, dann hauptsächlich um anderer willen, und ich stelle fest, daß ich in diesem Augenblick besonders an unsere Schwester Boo Boo denke. Seymour war ganz verrückt auf sie. Das bedeutet nicht sehr viel, denn er war verrückt auf jeden in und auf die meisten Menschen außerhalb der Familie. Aber wie alle jungen Mädchen, die *ich* je gekannt habe, ging auch Boo Boo durch jenes – ich muß hinzufügen in ihrem Fall bewundernswert kurze – Stadium, in dem sie mindestens zweimal täglich an den *faux pas* oder den *unpassenden Bemerkungen* der Erwachsenen «starb». Auf dem Höhepunkt dieses Stadiums war ein Klecks von Charlotte russe auf der Wange ihrer Lieblingsgeschichtslehrerin, als diese nach der Mittagspause in die Klasse zurückkam, für Boo Boo ein hinreichender Grund, auf ihrem Pult zu verdorren und zu sterben. Sehr häufig kam sie aus viel weniger trivialen Gründen tot nach Hause, und in dieser Zeit war Seymour sehr besorgt und bekümmert. Besonders um Boo Boos willen besorgt war Seymour der Erwachsenen wegen, die manchmal auf Parties oder so zu uns (ihm und mir) traten, um zu sagen, wie hübsch wir heute abend aussähen. Und wenn auch nicht genau das passierte, diese *Art* Dinge passierten doch nicht selten, und immer schien Boo Boo in Hörweite zu sein, wenn es passierte, und immer schien sie bereit, tot umzufallen.

Vielleicht spüre ich die Gefahr weniger, als ich sollte, nämlich mit diesem Thema, seinem Gesicht, seinem *körperlichen* Gesicht, über Bord zu gehen. Ich gebe gern zu, daß meine Methode die letzte Perfektion zum Teil vermissen läßt. Vielleicht übertreibe ich diese ganze Beschreibung. Zum Beispiel: Ich sehe, daß ich fast jeden seiner Gesichtszüge zur Sprache gebracht und noch nichts von dem *Leben* darin berührt habe. Dieser Gedanke ist in sich – das hatte ich nicht erwartet – ein umwerfendes Beruhigungsmittel. Und doch, während mir das klar wird, sogar noch während ich damit versinke, hält sich eine bestimmte Überzeugung, die ich von Anfang an hatte – sie bleibt trocken und wohlbehalten. «Überzeugung» ist überhaupt nicht das richtige Wort. Es ist mehr wie ein Preis für Flagellantentum, ein Diplom für Ausdauer. Ich spüre, ich habe ein Wissen, eine Art Einsicht als Verfasser, das Ergebnis all meiner in den vergangenen elf Jahren mißglückten Versuche, ihn zu beschreiben, und dieses Wissen sagt mir: Mit *Under-*

statement kann man an ihn nicht herangehen. Tatsächlich nur mit dem Gegenteil von *Understatement.* Ich habe seit 1948 mindestens ein Dutzend Kurzgeschichten oder Skizzen über ihn geschrieben und demonstrativ verbrannt – und einige davon waren – ich sage was, was ich nicht sagen sollte – ganz nett flott und lesbar. Aber keine davon war Seymour. Konstruiere einer für Seymour ein *Understatement,* und es verwandelt sich, *wächst sich aus* zu einer Lüge. Eine künstlerische Lüge vielleicht, manchmal sogar eine köstliche Lüge, aber eine Lüge.

Ich habe das Gefühl, ich sollte noch eine oder zwei Stunden aufbleiben. Gefängniswärter! *Achten Sie darauf, daß dieser Mann hier nicht zu Bett geht.*

Es war so viel an ihm, das nicht im geringsten grotesk war. Seine Hände zum Beispiel waren sehr fein. Ich zögere zu sagen schön, denn ich möchte nicht in den absolut verdammenswerten Ausdruck «schöne Hände» verfallen. Die Handflächen waren breit, der Muskel zwischen Daumen und Zeigefinger wirkte überraschend ausgebildet, «stark» (die Anführungsstriche sind *überflüssig* – um Gottes willen ja, es ist ja schon gut), und doch waren seine Finger sogar noch länger und schlanker als Bessies Finger; die Mittelfinger sahen aus, als könnte man sie nur mit einem Schneidermaß messen. Ich denke über diesen letzten Abschnitt nach. Das heißt: über das Ausmaß an persönlicher Bewunderung, das hineingeraten ist. Ich frage mich, bis zu welchem Grad einem erlaubt ist, die Hände seines Bruders zu bewundern, ohne daß ein paar moderne Augenbrauen hochgezogen werden? In meiner Jugend, Hochwürden Williams, war mein normales Sexualverhalten (nicht eingerechnet ein paar – wie soll ich sagen – nicht immer ganz freiwillige langsame Phasen) – oft Gesprächsgegenstand in einigen der Arbeitsgemeinschaften, an denen ich teilnahm. Und jetzt ertappe ich mich dabei, wie ich mir, vielleicht ein kleines bißchen zu lebhaft, in Erinnerung rufe, daß Sofia Tolstoi in einem ihrer, wie ich nicht bezweifle, berechtigten Seitenhiebe gegen ihren Ehemann, den Vater ihrer dreizehn Kinder, den ältlichen Mann, der nicht aufhörte, sie jede Nacht ihres Ehelebens zu belästigen, homosexueller Neigungen bezichtigt. Im großen ganzen halte ich Sofia Tolstoi für eine bemerkenswert unintelligente Frau – und meine Atome sind außerdem so angeordnet, daß ich konstitutionell zu dem Glauben neige, daß wo Rauch ist, meistens Erdbeerpudding ist, selten Feuer –, doch ich bin fest überzeugt, daß jeder Alles-oder-Nichts-, sogar jeder Möchtegern-Prosaschriftsteller zu einem guten Teil androgyn ist. Und ich meine, wenn er über Schriftsteller männlichen Geschlechts, die unsichtbar Röcke tragen, kichert, dann tut er es zu seiner eigenen ewigen Verderbnis. Mehr werde ich über diesen Gegenstand nicht sagen. Das ist genau die Art von vertraulicher Mitteilung, die gern und mit Wonne mißbraucht wird. Es ist erstaunlich genug, daß wir Schriftsteller in unseren Büchern nicht noch feiger sind als sowieso schon.

Über Seymours Sprechstimme, seinen unglaublichen Kehlkopf, kann ich hier noch nicht sprechen. Ich habe nicht Platz genug, es zunächst richtig abzustützen. Für den Augenblick will ich nur mit meiner eigenen reizlosen *Geisterstimme* sagen, daß seine Stimme das beste völlig unvollkommene Musikinstrument war, dem ich je stundenlang gelauscht habe. Und ich wiederhole: mit einer umfassenden Beschreibung möchte ich noch etwas warten.

Seine Haut war dunkel oder zumindest weit davon entfernt, blaß oder fahl zu sein, und sie war außerordentlich rein. Ohne einen einzigen Pickel ging er durch die Pubertät, und das erstaunte und verwirrte mich gleichzeitig sehr, denn er aß genau dieselbe Menge Straßenkarren-Kost wie ich, oder aß, wie unsere Mutter es nannte, Unhygienische Lebensmittel, Von Menschen Hergestellt, Die Sich Nicht Einmal Die Hände Waschen – er trank genausoviel Mineralwasser aus Flaschen wie ich und wusch sich bestimmt nicht öfter als ich. Wahrscheinlich wusch er sich sogar seltener als ich. Er achtete so eifrig darauf, daß der Rest unseres Vereins – besonders die Zwillinge – regelmäßig badete, daß er manchmal selber gar nicht dazu kam. Und das bringt mich, auf nicht sehr bequeme Weise, unmittelbar zum Thema Haarschneiden zurück. Eines Nachmittags, als wir unterwegs zum Friseur waren, blieb er plötzlich mitten auf der Amsterdam Avenue stehen und fragte mich, mit vollkommen nüchterner Stimme, während Personenautos und Lastwagen aus beiden Richtungen haarscharf an uns vorbeirasten, ob es mir etwas ausmache, ohne ihn zum Haarschneiden zu gehen. Ich zog ihn zum Bordstein rüber (ich wünsche, ich hätte einen Groschen für jeden Bordstein, zu dem ich ihn als Junge und als Mann rüberzog) und sagte, dagegen hätte ich *allerdings* was. Er hatte das Gefühl, sein Hals sei nicht sauber, und er wollte es Viktor, dem Friseur, nicht zumuten, sich seinen dreckigen Hals anzusehen. Offen gesagt, der Hals *war* schmutzig. Es war weder das erste noch das letzte Mal, daß er seinen Finger zwischen Kragen und Hals steckte und mich bat, mal nachzuschauen. Normalerweise war dieser Bereich so gut unter Kontrolle, wie es sich gehörte, aber wenn er einmal außer Kontrolle geriet, dann gründlich.

Jetzt muß ich aber wirklich ins Bett gehen. Die Dekanin – eine sehr nette Person – kommt schon bei Morgendämmerung, um staubzusaugen.

Kleider, dieses schreckliche Thema, sollten hier irgendwo erwähnt werden. Wie wunderbar praktisch wäre es, wenn Autoren es sich erlauben könnten, die Kleider ihrer Personen Stück um Stück, Falte um

Falte zu beschreiben. Was hindert uns daran? Teilweise die Neigung, dem Leser, den wir nie gesehen haben, entweder die Nachteile oder Vorteile der Ungewißheit zu belassen – die Nachteile, wenn wir ihm nicht zutrauen, soviel über Menschen und *Mores* zu wissen wie wir, die Vorteile, wenn wir lieber annehmen, daß er nicht dieselbe Art eingehender und geistvoller Details zur Hand hat wie wir. Wenn ich zum Beispiel beim Fußdoktor bin und im Magazin *Intim* auf die Fotografie eines gewissen Typs aufsteigender amerikanischer Persönlichkeit stoße – einen Filmstar, einen Politiker, den neu gewählten Präsidenten einer Universität –, und der Mann wird mir bei sich zu Hause präsentiert mit einem Setter zu seinen Füßen, einem Picasso an der Wand, er selbst in einer Freizeitjacke, dann werde ich zu dem Hund sehr nett sein, zu dem Picasso halbwegs anständig, aber wenn es um die Schlußfolgerungen aus von Amerikanern des öffentlichen Lebens getragenen Freizeitjacken geht, kann ich unerträglich werden. Das heißt, wenn die Persönlichkeit als solche mich nicht auf den ersten Blick einnimmt, wird die Jacke mir den Rest geben, weil ich aus ihr schließe, daß sich der Horizont dieser Persönlichkeit verdammt zu rasch geweitet hat, um mir zu gefallen.

Machen wir *voran.* Als wir nicht mehr so ganz klein waren, waren wir beide – Seymour und ich – jeder auf seine Art unmöglich angezogen. Es ist ein bißchen seltsam (nicht eigentlich sehr seltsam), daß wir in puncto Kleider so schrecklich angezogen *waren*, denn als kleine Jungen waren wir ganz ordentlich und wenig auffällig gekleidet worden. In der frühen Periode unserer Karriere als bezahlte Mitwirkende beim Rundfunk ging Bessie gewöhnlich mit uns, wenn wir Kleider brauchten, zu De Pinna in der Fünften Avenue. Wie sie zum ersten Mal in dieses solide und würdige Etablissement geriet, kann man nur vermuten. Mein Bruder Walt, der zeit seines Lebens ein sehr eleganter junger Mann war, glaubte, daß Bessie einfach hingegangen war und einen Polizisten gefragt hatte. Das ist keine so weit hergeholte Erklärung, denn als wir klein waren, trug Bessie ihre verwickelten Probleme immer der Institution vor, die in New York einem Druidenorakel am nächsten kommt – dem irischen Verkehrspolizisten. Und so kann auch ich mir vorstellen, daß die Entdeckung von De Pinna irgend etwas mit dem sprichwörtlichen Glück der Iren zu *tun* hat. Aber – im ganzen betrachtet, hing nicht alles damit zusammen. Meine Mutter war zum Beispiel nie (das gehört nicht zur Sache, ist aber nett) auch nur in irgendeinem Sinne des Wortes eine Bücherleserin. Und doch habe ich erlebt, wie sie in einen der bunten Bücherpaläste in der Fünften Avenue ging, um für einen meiner Neffen ein Geburtstagsgeschenk zu kaufen, und auftauchte mit Kay Nielsens illustrierter Ausgabe von *Östlich der Sonne und westlich des Monds*, und wenn Sie meine Mutter kennten, wüßten Sie, daß sie sich zu den hilfsbereit umherschwirrenden Verkäufern höflich, aber kühl verhalten hat. Aber zurück zu der Art, wie wir uns als Jugendliche kleideten. Wir fingen an, uns selbst unsere Kleider zu kaufen, unabhängig von Bessie *und* voneinander, als wir elf oder zwölf waren. Da er der Ältere war, brach Seymour natürlich als erster aus, aber als ich an die Reihe kam, holte ich auf, was ich verpaßt hatte. Ich weiß noch, als ich gerade vierzehn geworden war, ließ ich die Fünfte Avenue wie eine kalte Kartoffel fallen und wandte mich geradewegs dem Broadway zu – besonders einem bestimmten Laden in den Fünfzigern, wo mir das Verkaufspersonal mehr als nur ein bißchen feindselig vorkam, aber immerhin: einen geborenen Elegant erkannten sie auf den ersten Blick. Als wir im letzten Jahr – 1933 – zusammen beim Rundfunk waren, präsentierte ich mich jeden Tag, wenn wir auftraten, immer in einem blaßgrauen Zweireiher mit dick wattierten Schultern, in einem mitternachtsblauen Hemd mit Hollywood-«Roll»-Kragen und mit der jeweils saubersten von zwei vollkommen gleichen krokusgelben Krawatten, die ich mir für besonders feierliche Gelegenheiten zugelegt hatte. Offen gesagt: seitdem habe ich mich nie mehr in irgend etwas so wohl gefühlt. (Ich glaube sogar, daß einer, der schreibt, seine alten krokusgelben Krawatten nie ganz los wird. Früher oder später tauchen sie in seiner Prosa auf, und er kann verflucht wenig dagegen tun.) Seymour dagegen suchte für sich immer wunderbar normale Kleider aus. Der einzige Haken daran war, daß *nichts*, das er sich kaufte – besonders Anzüge und Mäntel nicht –, ihm je richtig paßte. Er muß möglicherweise halb angezogen, und bestimmt bevor die Schneiderkreide gezückt war, abgehauen sein, sobald sich jemand von der Änderungs-Abteilung ihm näherte. Alle seine Jacken rutschten entweder an ihm hoch oder an ihm runter. Seine Ärmel reichten entweder bis zur Daumenmitte oder nur bis zum Handgelenk. Und seine Hosen saßen fast immer so, daß sie schlimmer gar nicht hätten sitzen können. Manchmal waren sie geradezu furchteinflößend, als wäre ein Gesäß für Normalgröße 40 in eine Hose von Überlänge 86 gerutscht, wie eine Erbse in einem Korb. Aber es gibt noch andere und schlimmere Aspekte, die hier berücksichtigt werden müssen. Sobald er irgendein Kleidungsstück einmal auf dem Leib hatte, verlor er alles irdische Bewußtsein davon – ausgenommen vielleicht, daß er sich auf eine sehr vage, rein physische Art bewußt war, nicht mehr splitternackt herumzulaufen. Und das war nicht einfach nur eine instinktive oder eine anerzogene Antipathie gegen das, was in unseren Kreisen als Gut Angezogen galt. Ich ging ein- oder zweimal mit ihm zum *Einkaufen*, und wenn ich jetzt wieder daran denke, meine ich, daß er seine Kleider mit einem milden, mir angenehmen Stolz kaufte – wie ein junger *Brahma-Charia* oder Hindu-Novize, der seinen ersten Lendenschurz auswählt. Oh, es war schon eine merkwürdige Angelegenheit. Und außerdem: immer ging irgend etwas mit Seymours Kleidern genau in dem Augenblick, in dem er sie anzog, schief. Er konnte gut seine drei, vier Minuten lang vor der offenen Tür des Kleiderschranks stehen und die ihm gehörende Hälfte unseres Krawattenhalters betrachten, aber (verflucht, wenn man verrückt genug war, dazusitzen und ihn zu beobachten) man *wußte*, daß die Krawatte, sobald er seine Wahl getroffen hatte, verhext war. Entweder war der vorgesehene Knoten dann ausersehen, sich zu sperren, wenn er genau in das V zwischen den Kragenspitzen rutschen sollte, meistens kam er ungefähr einen Zentimeter vor dem Kragenknopf zum Stehen – oder, wenn der vorgesehene Knoten heil an die richtige Stelle gelangte, dann wollte es das Schicksal, daß ein Seidenstreifen unerbittlich hinten am Hals unter dem Kragenrand herausschaute, und dann sah es aus wie der Riemen eines Fernglases, das ein Tourist um den Hals trägt. Aber ich ziehe es vor, diesen unerschöpflichen und schwierigen Gegenstand fallenzulassen. Kurz gesagt, seine Kleider brachten die ganze Familie zu etwas, das Verzweiflung sehr nahe kam. Ich habe die Sache wirklich nur sehr *en passant* beschrieben. Diese Angelegenheit hatte zahlreiche Variationen. Ich könnte nur noch gerade sagen, und dann rasch damit Schluß machen, daß es sehr peinlich sein kann, wenn man an einem Sommertag zur Cocktailstunde im Biltmore-Hotel neben einem Palmenkübel wartet, und der Herr und Meister kommt die Freitreppe heraufgesprungen, hocherfreut, einen zu sehen, hat aber die Schotten nicht ganz dicht.

Gerne würde ich dieses Treppe-herauf-Springen noch für eine Weile verfolgen – das heißt: ihm blind folgen, ohne mich den Teufel darum zu scheren, wohin es mich führt. Er nahm alle Treppen springend. Er stürzte hinauf. Selten habe ich ihn eine Treppe anders nehmen sehen. Und das liefert mich – gerechterweise, wie ich annehme – dem Thema Kühnheit, Kraft und Kernigkeit aus. Ich kann mir heutzutage niemand vorstellen (ich kann mir heutzutage niemand *leicht* vorstellen) – mit der möglichen Ausnahme besonders unzuverlässiger Dockarbeiter, einiger pensionierter Generale oder Admirale und sehr vieler kleiner Jungen, die um den Umfang ihres Bizeps besorgt sind –, der noch an dem alten gängigen Vorurteil festhält, Dichter wären nicht robust. Trotzdem (besonders seit so viele soldatische und draufgängerische ganze Freiluft-Kerle sich von mir so gern ihr Garn spinnen lassen) bin ich bereit, noch einmal ausdrücklich zu sagen, daß nicht nur Nervenkraft oder ein gußeisernes Ego, sondern auch ein ganz erheblicher Teil rein physischer Kraft dazu gehört, einem erstklassigen Gedicht die endgültige Fassung zu geben. Traurigerweise gehen oft genug gute Dichter später sehr schlecht mit ihrem Körper um, aber ich glaube, daß sie am Anfang meistens mit einem sehr brauchbaren Körper ausgestattet sind. Mein Bruder war der am wenigsten ermüdbare Mensch, den ich gekannt habe. (Ich werde plötzlich zeitbewußt. Es ist noch nicht Mitternacht, und ich spiele mit dem Gedanken, mich auf den Boden rutschen zu lassen und das Folgende aus liegender Position zu schreiben.) Es fällt mir gerade ein, daß ich Seymour nie gähnen sah. Gegähnt haben muß er natürlich, aber gesehen habe ich es nie, und bestimmt hat er es nicht aus Gründen der Etikette unterdrückt. Bei uns zu Hause wurde Gähnen nicht pedantisch unterdrückt. Ich weiß, daß ich immer gähnte – und ich bekam mehr Schlaf mit als er. Und doch schliefen wir ausgesprochen wenig, sogar schon als kleine Jungen. Besonders während der mittleren Periode unserer Rundfunkzeit – das heißt in den Jahren, als wir in unseren Hüfttaschen immer mindestens drei Bibliotheksausweise wie abgegriffene Pässe mit uns trugen – gab es während des Schuljahres wenige Nächte, in denen in unserem Schlafzimmer das Licht vor zwei, drei Uhr morgens ausging – ausgenommen die entscheidenden Minuten nach dem Zapfenstreich, wenn Hauptfeldwebel Bessie gerade ihre Runde machte und an die Tür klopfte. Wenn Seymour an irgend etwas interessiert, irgend etwas auf der Spur war, konnte er schon als Zwölfjähriger – und das tat er sehr häufig – zwei, drei Nächte durchmachen, ohne überhaupt ins Bett zu gehen, und man sah und hörte es ihm nicht an. Offenbar griff Schlafausfall nur seine Zirkulation an; er bekam kalte Hände und Füße. Ungefähr während der dritten durchwachten Nacht blickte er wenigstens einmal von dem, was er gerade tat, auf, und fragte mich, ob ich auch einen schrecklichen Durchzug spüre. (Keiner in unserer Familie, nicht einmal Seymour, bemerkte normalen Durchzug, nur schrecklichen.) Oder er stand vom Stuhl oder Boden auf – wo er gerade las, schrieb oder kontemplierte –, um nachzusehen, ob einer das Badezimmerfenster aufgelassen hatte. Außer mir war Bessie die einzige, die feststellen konnte, wenn Seymour den Schlaf ignorierte. Sie beurteilte es danach, wieviel Paar Socken er anhatte. In den Jahren, nachdem Seymour sich von kurzen zu langen Hosen emporgedient hatte, hob Bessie bei jeder Gelegenheit seine Hosenaufschläge hoch, um festzustellen, ob er zwei Paar durchzugsichere Socken trüge.

Heute bin ich mein eigener Sandmann. Gute Nacht! Gute Nacht, ihr Leute, die ihr mich wütend macht, weil ihr so wenig gesprächig seid.

Viele, viele Männer meines Alters und meiner Einkommensstufe, die in bezaubernder, tagebuchähnlicher Form über ihre toten Brüder schreiben, denken nicht im entferntesten daran, uns Angaben zu machen oder uns zu sagen, wo sie sich *befinden*. Kein Sinn für Zusammenarbeit. Ich habe gelobt, es nicht so zu machen. Es ist jetzt Donnerstag, und ich sitze wieder in meinem fürchterlichen Stuhl.

Es ist Viertel vor eins in der Nacht, und ich habe seit zehn hier gesessen, und während Seymour körperlich in diesem Buch vorhanden ist, habe ich versucht, eine Methode zu finden, wie ich ihn als *Athleten* und *Sportsmann* vorstellen kann, ohne diejenigen allzusehr vor den Kopf zu stoßen, die Sport und Spiele hassen. Wirklich, es entmutigt und enttäuscht mich zu entdecken, daß ich das Thema nicht angehen kann, ohne mit einer Entschuldigung zu beginnen. Und zwar aus diesem Grund: zufällig gehöre ich einer anglistischen Abteilung an, von der mindestens zwei Mitglieder auf dem besten Wege sind, anerkannte und viel veröffentlichte moderne Lyriker zu werden, ein drittes Mitglied gilt hier an der akademischen *Ostküste* als enorm schicker Literaturkritiker, als eine unter den Melville-Spezialisten überragende Gestalt. Wenn in der Berufs-Baseball-Liga die Entscheidungskämpfe bevorstehen, stürzen sich diese Männer (Sie können sich vorstellen, daß ich bei ihnen auch einen großen Stein im Brett habe) für mein Gefühl etwas zu demonstrativ aufs Fernsehgerät und auf ihre Flasche kühles Bier. Unglücklicherweise wird dieser kleine akademische Stein etwas weniger Schaden anrichten, weil ich ihn aus einem festgefügten Glashaus werfe. Ich bin mein ganzes Leben lang ein Baseball-Fan gewesen, und ich zweifele nicht, daß es in meinem Schädel einen Bezirk gibt, der mit Fetzen der Sportbeilage bedeckt ist wie der Boden eines Vogelkäfigs mit leeren Hülsen. Wahrscheinlich (und ich betrachte dies als die letzte intime Mitteilung vom Autor an den Leser) war einer der Gründe, warum ich für mehr als sechs Jahre hintereinander als Junge beim Rundfunk mitwirkte: Ich konnte den Bewohnern von Radioland erzählen, was die Waner-Boys die ganze Woche über getrieben hatten, und was noch mehr Eindruck machte, wie oft Cobb 1921, als ich zwei Jahre alt war, den Spielverlauf noch entscheidend beeinflußt hatte. Habe ich mich immer noch nicht ganz frei davon gemacht? Habe ich immer noch nicht mit den Nachmittagen meiner Jugend Frieden geschlossen, wenn ich die *Wirklichkeit* floh, mit der Hochbahn über die Dritte Avenue zu den Polo Grounds fuhr, in den sicheren Schoß hinter Feld drei? Ich kann es nicht glauben. Vielleicht deshalb, weil ich vierzig bin und es für die ältlichen Schriftsteller-Jungens höchste Zeit ist, sich von Ballspielplätzen und Stierkampfarenen wegzubegeben. Nein. Ich *weiß* – o Gott, ich *weiß* –, warum ich so zögere, den *Ästheten* hier als *Athleten* vorzustellen. Ich habe viele Jahre lang nicht mehr daran gedacht, aber hier ist die Antwort: Eine Zeitlang waren Seymour und ich am Rundfunk mit einem ungewöhnlich intelligenten und lieben Jungen zusammen – einem gewissen Curtis Caulfield, der später bei einem der Landeunternehmen im Pazifik getötet wurde. Eines Nachmittags trottete er mit Seymour und mir zum Central Park, und dort entdeckte ich, daß er den Ball warf, als hätte er zwei linke Hände – kurz gesagt, wie die meisten Mädchen werfen –, und ich sehe jetzt noch Seymours Gesicht vor mir, als ich wie ein Pferd, wie ein Hengst höhnisch wieherte. (Wie kann ich diese tiefenpsychologische Analyse wegerklären? Bin ich zum *Feind* übergelaufen? Sollte ich eine Praxis aufmachen?)

Heraus damit. S. *liebte* Sport und Spiele, ob draußen oder drinnen, und war selbst meistens darin bemerkenswert gut oder bemerkenswert schlecht – selten mittelmäßig. Vor ein paar Jahren teilte meine Schwester Franny mir mit, in einer ihrer *frühesten Erinnerungen* sehe sie sich in einer «Korbwiege» liegen (ich nehme an, wie eine Infantin) und Seymour mit irgend jemand im Wohnzimmer Ping-Pong spielen. Ich denke, in Wirklichkeit war die Korbwiege, an die sie sich erinnert, ein ramponiertes altes Kinderbett auf Metallrädern, in dem ihre Schwester Boo Boo sie durch die ganze Wohnung, über Türschwellen hinwegrumpelnd, umherzukutschieren pflegte, bis sie das jeweilige Aktionszentrum der Familie erreichte. Es ist nicht unwahrscheinlich, daß sie als kleines Kind Seymour beim Ping-Pong-Spielen zusah, und sein offenbar farbloser Gegner, an den sie sich nicht mehr erinnert, könnte gut ich gewesen sein. Wenn ich mit Seymour Ping-Pong spielte, war ich immer zur vollkommenen Farblosigkeit verdammt. Es war, als stünde einem auf der anderen Seite des Netzes Mutter Kali selbst gegenüber, vielarmig und grinsend und ohne das geringste Interesse am Ergebnis. Er knallte, er schnitt seine Schläge an, und an jeden zweiten oder dritten Ball ging er heran, als wenn er hochkäme und geschmettert werden müßte. Mindestens drei von fünf Bällen gingen bei Seymour ins Netz oder weit über die Platte hinaus, so war es praktisch immer ein Spiel ohne Schlagwechsel. Und doch nahm er das nie ganz wahr und war immer überrascht und untröstlich, wenn sein Gegner sich schließlich laut und bitterlich darüber beklagte, daß er seine Bälle im ganzen Zimmer suchen mußte, unter Stühlen, der Couch, dem Klavier und an so verflucht widerwärtigen Stellen wie hinter Bücherregalen.

Beim Tennis war er gleichermaßen hart und wild. Wir spielten *oft*. Besonders während meines vierten Jahres auf dem College in New York. Er lehrte damals schon an diesem Institut, und an vielen Tagen, besonders im Frühling, hatte ich Angst vor unbestreitbar schönem Wetter, weil ich wußte, dann würde ein junger Mann mir wie ein Troubadour vor die Füße fallen, mit einem Zettel von Seymour, worauf stand, ob's denn nicht ein herrlicher Tag und wie es nachher mit ein bißchen Tennis wäre. Ich weigerte mich, mit ihm auf den Tennisplätzen der Universität zu spielen, ich fürchtete, einige meiner *oder* seiner Freunde – besonders einige seiner unangenehmen *Kollegen* – könnte ihn in Aktion sehen, und so gingen wir gewöhnlich zu Rip's Tennisplätzen hinunter, an der Sechsundneunzigsten Straße, wo wir uns früher oft herumgetrieben hatten. Eine der wirkungslosesten Taktiken, die ich je anwandte, bestand darin, meinen Tennisschläger und die Schuhe absichtlich nicht in meinem Spind in der Universität sondern zu Hause aufzubewahren. Immerhin hatte das einen kleinen Vorteil. Während ich mich umzog, um Seymour auf dem Tennisplatz zu treffen, bekam ich eine kleine Wegzehrung von Sympathie mit, und nicht selten begleitete eins meiner Geschwister mich mitleidsvoll bis zur Tür und wartete mit mir gemeinsam auf den Aufzug.

Bei ausnahmslos allen Kartenspielen, beim Fischen, Pokern, Kasino, Herzblättchen, Alte Jungfer, Auktion oder Vertrag, Slapjack, Blackjack war Seymour vollkommen unerträglich. Wie er Fischen spielte, das konnte man immerhin noch *mit ansehen.* Er spielte es immer mit den Zwillingen, als diese noch klein waren, und gab ihnen dauernd Winke, ihn doch zu fragen, wieviel Vieren oder Joker er habe, oder er hustete auf eine auffällige Weise und ließ sich in die Karten blicken. Auch am Pokerhimmel war er ein einsamer Stern. Als ich achtzehn, neunzehn war, machte ich eine kurze Periode durch, während der ich angestrengt, aber vergeblich versuchte, ein Gesellschaftstyp und netter Kerl zu werden, und es kamen häufig Leute zu mir, um Poker zu spielen. Seymour nahm oft an diesen Sitzungen teil, und wenn er die Hände voller Asse hatte, mußte man sich schon anstrengen, das nicht zu merken, denn dann saß er da und grinste, wie meine Schwester es ausdrückte, wie ein Osterhäschen mitten in einem Korb voller Eier. Noch schlimmer: er hatte die Angewohnheit, gewöhnlich, wenn er einen Flush oder Royal Flush oder noch bessere Karten hatte, erhöhte er gar nicht, forderte nicht einmal heraus, wenn einer, den er gern hatte, ihm mit zwei Zehnen auf der Hand gegenübersaß.

Bei vier von fünf Spielen auf der Straße war er unmöglich. Als wir noch zur Volksschule gingen und im Block 110. Straße und Riverside Drive wohnten, wurden fast immer am Nachmittag auf der Straße Mannschaften für ein Spiel gewählt, das wir entweder in einer Seitenstraße (Haftball, Rollschuh-Hockey) spielten oder öfter auf einem kleinen Fleckchen Rasen, das als Hundeauslauf halbwegs brauchbar war, an der Kossuth Statue am Riverside Drive (Rugby oder Fußball). Beim Fußball oder Hockey hatte Seymour eine Methode, die für seine Mitspieler besonders ärgerlich war; er schoß weit ins Feld – oft in brillanter Technik –, versperrte dann aber den Weg, um dem gegnerischen Torhüter Zeit zu geben, sich in eine unangreifbare Position zu bringen. Rugby spielte er sehr selten, und immer nur, wenn der einen oder anderen Mannschaft ein Mann fehlte. Ich spielte es ständig. Ich hatte nichts gegen Gewalttätigkeit, meistens hatte ich nur schreckliche Angst davor und deshalb keine andere Wahl als mitzuspielen. Ich organisierte diese blöden Spiele sogar. Bei den wenigen Gelegenheiten, wo Seymour beim Rugby mitspielte, konnte man vorher nie genau wissen, ob er für seine Mitspieler eine Errungenschaft oder eine Last sein würde. Meistens war er der Junge, der als erster in eine Mannschaft gewählt wurde, denn er war wirklich schlangenhüftig und der geborene Ballträger. Wenn er mit dem Ball im Mittelfeld war und es nicht plötzlich vorzog, einem zielbewußten Angreifer sein Herz zu schenken, war er für seine Leute eine ausgesprochene Errungenschaft. Aber man konnte, wie ich schon sagte, nie wirklich wissen, ob er den Sieg fördern oder verhindern würde. Einmal, bei einer der sehr seltenen aufregenden Gelegenheiten, wo meine Mitspieler mir zögernd erlaubten, den Ball ein Stück fortzutragen, brachte Seymour, der in der Gegenmannschaft spielte, mich vollkommen durcheinander, weil er mich, als ich in seine Richtung schoß, hocherfreut ansah, als wäre das ein unerwartetes, von der Vorsehung lange geplantes glückliches Zusammentreffen. Ich hielt an, fast vollkommen bewegungslos, und natürlich warf mich einer um, wie – in der Sprache unseres Viertels ausgedrückt – wie eine Tonne Bausteine.

Ich halte mich dabei zu lange auf, aber ich kann jetzt wirklich nicht aufhören. Wie ich schon sagte, konnte er bei bestimmten Spielen auch erstaunlich gut sein. Auch unverzeihlicherweise gut, müßte ich hinzufügen. Was ich damit sagen will: es gibt beim Sport und bei Spielen eine Stufe der Vollkommenheit, die uns besonders ärgert, wenn sie von einem unorthodoxen Gegner erreicht wird, von irgendeinem ausgesprochenen Bastard, einem *stillosen* Bastard, einem *angeberischen* Bastard oder einfach nur einem hundertprozentig *amerikanischen* Bastard; das umfaßt natürlich die ganze Stufenleiter von Gegnern, die mit einer billigen oder mangelhaften Ausrüstung gegen uns gewinnen, bis zu solchen, die überflüssigerweise ein glückliches, gutes Gesicht haben. Wenn er sich bei den Spielen hervortat, war *Stillosigkeit* nur eines von Seymours Verbrechen, aber ein schweres. Ich denke dabei besonders an drei Spiele: Hüpfball, Bordsteinmurmeln und Lochbillard. Über Lochbillard muß ich ein anderes Mal sprechen. Denn das war für uns kein Spiel mehr, es war fast wie die Reformation. Lochbillard spielten wir vor und fast immer nach jeder entscheidenden Krisis während unseres Heranwachsens. Zur Information ländlicher Leser: Hüpfball ist ein Spiel, zu dem man eine Treppe aus Sandsteinstufen oder die Vorderfront eines Miethauses benötigt. Wie spielten es so, daß ein Gummiball gegen irgendeine granitene Hauswandverzierung geworfen wurde – gegen die in Manhattan gängige Mischung aus griechisch-jonischen und römisch-korinthischen Formen –, und zwar ungefähr in Hüfthöhe an der Fassade unseres Wohnhauses entlang. Wenn der Ball auf die Straße oder zum gegenüberliegenden Bürgersteig zurückschlug, ohne in der Luft von jemandem aus der Gegenmannschaft aufgefangen zu werden, zählte es als Vorpunkt für die spielende Mannschaft, wie beim Baseball; wenn er geschnappt wurde – und so kam es normalerweise –, mußte der Spieler ausscheiden. Ein Hauptpunkt wurde dann erreicht, wenn der Ball gerade hoch und hart genug flog und die Wand des gegenüberliegenden Hauses traf, ohne vorher abgefangen zu werden. Zu unserer Zeit wurden ziemlich viele Bälle so geworfen, daß sie bis zur gegenüberliegenden Mauer flogen, aber nur sehr wenige so schnell, niedrig und geschickt genug, daß man sie nicht hätte schnappen können. Seymour brachte fast jedesmal, wenn er dran war, einen Hauptpunkt zustande. Wenn andere Jungen einen zustande brachten, wurde das gewöhnlich als Dusel angesehen – ob erfreulich oder nicht, das hing davon ab, in welcher Mannschaft man war –, aber bei Seymour galt es als Dusel, wenn er keinen Hauptpunkt zustande brachte. Was noch erstaunlicher ist und mehr zum Thema gehört: er warf den Ball wie kein anderer im Viertel. Wir anderen, die wir, wie *er*, normalerweise Rechtshänder waren, stellten uns ein bißchen links von der karierten Zielfläche an der Wand und warfen den Ball mit einer schnellen Seitwärtsbewegung des Armes. Seymour stellte sich der Zielfläche genau *gegenüber* und warf unmittelbar auf sie herunter – eine Bewegung, die seinem unschönen und völlig erfolglosen Schmetterball beim Ping-Pong oder Tennis glich –, und ohne daß er sich sehr bücken mußte, brummte der Ball über seinen Kopf sozusagen auf die billigen Plätze zu. Wenn man versuchte, es ihm nachzumachen (ob heimlich oder unter seiner ausgesprochenen fanatischen persönlichen Anweisung), war man entweder gleich aus, oder der (verfluchte) Ball flog zurück und knallte einem ins Gesicht. Es kam eine Zeit, in der keiner im ganzen Block mehr mit ihm Hüpfball spielen wollte – nicht einmal ich. Und danach verbrachte er oft seine Zeit damit, entweder unseren Schwestern die Feinheiten des Spiels zu erklären, oder er spielte es als eine sehr wirkungsvolle Partie Solitaire, wobei der Rückprall vom gegenüberliegenden Haus ihm den Ball so planmäßig zurückbrachte, daß er, wenn er ihn beim Zurückspringen fing, nicht einmal seine Fußstellung zu verändern brauchte. (Ja, ja, ich mache zuviel damit her, aber ich finde nach fast dreißig Jahren die ganze Sache unwiderstehlich.) Bei Bordsteinmurmeln war er genauso sagenhaft. Bei Bordsteinmurmeln rollt oder flitscht der erste Spieler seine Murmel (sein Geschoß) in einer Seitenstraße, wo keine Autos parken, sechs oder sieben Meter weit in der Gosse, und er läßt dabei die Murmel möglichst nahe am Bordstein entlanglaufen. Der zweite versucht dann, sie zu treffen, indem er vom selben Ausgangspunkt aus schießt. Das gelang selten, denn fast alles konnte die Murmel von ihrem geraden Weg zum Ziel ablenken: die rauhe Oberfläche der Straße selbst, wenn sie ungeschickt gegen den Bordstein schlug, ein Stückchen Kaugummi, irgendeins der hundert Wegwerfsel, die typisch für New Yorker Seitenstraßen sind – ganz zu schweigen von einfach schlechtem Zielen. Wenn der Schuß des zweiten Spielers danebenging, blieb seine Murmel gewöhnlich in sehr verletzlicher Position liegen, gut erreichbar für den ersten Spieler, der mit seinem zweiten Wurf auf sie zielte. In achtzig oder neunzig von hundert Fällen war Seymour bei diesem Spiel unschlagbar, ob er nun als erster oder als zweiter warf. Bei großen Entfernungen ließ er seine Murmel in ziemlich weitem Bogen auf die andere zurollen, wie beim Bowling, wenn von der äußersten rechten Ecke der Straflinie aus geworfen wird. Auch dabei war seine Haltung, sein Stil auf aufreizende Weise unorthodox. Wo jeder andere im Block seine langen Schüsse mit der Unterhand warf, schoß Seymour *seine* Murmel mit einer Seitwärtsbewegung des Armes – oder besser gesagt, des Handgelenks – ab mit einem Flitsch, ungefähr wie jemand, der einen flachen Stein über einen Teich hüpfen läßt. Und auch hierbei war es vollkommen hoffnungslos, ihn imitieren zu wollen. Wenn man es auf seine Art machte, verlor man *jegliche* Kontrolle über die Murmel.

Für das, was jetzt kommt, hat, glaube ich, ein Teil meines Bewußtseins ordinärerweise auf der Lauer gelegen. Schon seit vielen Jahren habe ich nicht mehr daran gedacht.

An einem späten Nachmittag, in dieser schummerigen Viertelstunde, wenn in New York gerade die Straßenlaternen angegangen sind und man gerade anfängt, die Parklichter an den Autos einzuschalten – wenn einige schon brennen, andere noch nicht –, spielte ich im stilleren Teil der Seitenstraße, die der Überdachung am Eingang unseres Wohnhauses gegenüberlag, Bordsteinmurmel mit einem Jungen namens Ira Yankauer. Ich war acht. Ich wandte Seymours Technik an, versuchte es jedenfalls – sein Von-der-Seite-Flitschen, seine Methode, die Murmel in weitem Bogen auf die des Mitspielers loszuschicken –, und ich verlor ständig. Ständig, aber schmerzlos. Denn es war die Stunde, in der die Jungen aus New York City fast genauso sind wie Jungen in Tiffin, Ohio, die – während die letzte Kuh in den Stall getrieben wird – in der Ferne einen Zug pfeifen hören. Und wenn einer in dieser verzauberten Viertelstunde Murmeln verliert, verliert er eben nur Murmeln. Ich glaube, auch Ira war regelrecht zeitenthoben, und wenn er es war, dann war alles, was er gewinnen konnte, eben nur Murmeln. Aus dieser Stille heraus, und ganz und gar in Übereinstimmung mit ihr, rief Seymour mich an. Es war ein angenehmes Erschrecken, daß es da im Universum noch einen Menschen gab, und zu diesem Empfinden kam die Richtigkeit der Tatsache, daß es Seymour war. Ich drehte mich um, ganz um mich selbst, und ich vermute, daß auch Ira das tat. Unter der Überdachung vor unserem Haus waren gerade die grellen Glühbirnen angegangen. Seymour stand auf der Bordsteinkante davor, uns gegenüber, er balancierte auf den Ballen, die Hände in den schrägen Taschen seines lammfellgefütterten Mantels. Da er vor den Lichtern des Eingangs stand, lag sein Gesicht im Schatten, war im Dämmer verschwommen. Er war zehn. Wie er da auf dem Bordstein balancierte, wie er seine Hände hielt, wie er – nun, es war die Größe X dabei, ich wußte es und weiß es heute, daß ihm der Zauber dieser Stunde vollkommen bewußt war. «Könntest du nicht versuchen, nicht zu sehr zu zielen?» fragte er mich, immer noch dastehend, «wenn du zielst und triffst ihn dann, ist es nur Glück.» Er sprach uns wirklich an und brach doch nicht den Bann. *Ich* war's, der ihn brach. Ganz bewußt. «Wie kann's denn, wenn ich *ziele, Zufall* sein?» antwortete ich, und (obwohl's kursiv gedruckt ist) nicht laut, aber mit etwas mehr Gereiztheit in der Stimme, als ich wirklich empfand. Er schwieg einen Augenblick, stand nur da, auf dem Bordstein wippend, und sah mich – ich fühlte es unbestimmt – liebevoll an. «Weil es so ist», sagte er, «du wärst *froh*, wenn du seine Murmel – Iras Murmel – triffst, oder nicht? Wärst du nicht *froh*? Und wenn du *froh* bist, sobald du jemandes Murmel triffst, hast du irgendwie insgeheim nicht allzusehr erwartet, sie zu treffen. Es muß also etwas Glück dabeisein, es muß also ein kleines bißchen *Zu*fall dabeisein.» Die Hände immer noch in den schrägen Taschen seines Mantels, trat er vom Bordstein herunter und kam auf uns zu. Doch ein gedankenverlorener Seymour überquerte eine Straße im Zwielicht nicht hastig, jedenfalls sah es nicht so aus. In diesem Licht hielt er eher wie ein Segelboot auf uns zu. Stolz aber ist eins der Dinge auf der Welt, das sich am schnellsten bewegt, und noch bevor Seymour uns auf zwei Meter nahe gekommen war, sagte ich rasch zu Ira: «Es wird ja doch dunkel», und brach damit auf wirkungsvolle Weise das Spiel ab.

Dieses letzte kleine Pentimento, oder was immer es sein mag, hat mich ins Schwitzen gebracht, ich bin von oben bis unten naß. Ich brauchte eine Zigarette, aber mein Päckchen ist leer, und mir ist nicht danach zumute, von meinem Stuhl aufzustehen. Mein Gott, ist das ein feiner Beruf. Wie gut kenne ich den Leser? Wieviel kann ich ihm sagen, ohne daß es für ihn oder mich unnötigerweise peinlich wird? Eins kann ich ihm sagen: Für jeden von uns ist im eigenen Bewußtsein ein Platz vorgesehen. Bis vor einer Minute noch hatte ich meinen viermal im Leben gesehen. Dieses hier ist das fünfte Mal. Ich werde mich für etwa eine halbe Stunde auf dem Boden hinstrecken. Ich bitte Sie, mich zu entschuldigen.

Das klingt mir verdächtig nach einer Notiz im Theaterprogramm, aber nach diesem letzten theatralischen Abschnitt fühle ich: es muß sein. Es ist jetzt drei Stunden später. Ich war auf dem Fußboden eingeschlafen. *(Liebe Baronin, ich bin jetzt wieder ganz ich selbst. Du lieber Himmel, was müssen Sie bloß wohl von mir gedacht haben? Ich flehe Sie an, ge-*

statten Sie mir, daß ich nach einer recht interessanten kleinen Flasche Wein klingele. Sie stammt aus meinen eigenen bescheidenen Weingärten, und ich dachte, Sie möchten vielleicht . . .)

Ich möchte hier so forsch wie möglich verkünden: was immer es genau gewesen sein mag, was hier im Buch vor drei Stunden *Verwirrung* gestiftet hat, ich war nicht, bin jetzt nicht, bin nie auch nur im geringsten von der Macht meiner fast totalen Erinnerung berauscht gewesen (meiner eigenen bescheidenen Macht, liebe Baronin). In dem Augenblick, als ich zum tropfnassen Wrack wurde oder mich selbst dazu machte, achtete ich nicht ganz genau auf das, was Seymour sagte – oder besser, ich achtete nicht auf Seymour. Was mich im tiefsten Innern wesentlich traf, mich, glaube ich, lähmte, war die plötzliche Erkenntnis, daß Seymour mein Davega-Fahrrad ist. Mein ganzes Leben lang habe ich auf eine noch so schwache Neigung, ganz zu schweigen von der erforderlichen praktischen Ausführung, gewartet, ein Davega-Fahrrad zu verschenken. Natürlich, ich beeile mich ja schon, das zu erklären:

Als Seymour und ich fünfzehn und dreizehn waren, kamen wir eines Abends aus unserem Zimmer, wo wir, glaube ich, im Radio eine Sendung von Stoopnagle und Budd gehört hatten, und gerieten im Wohnzimmer mitten hinein in einen heftigen, auf sehr verdächtige Weise unterdrückten Aufruhr. Es waren nur drei Personen anwesend – unser Vater, unsere Mutter, unser Bruder Waker –, aber ich habe den Verdacht, daß da noch irgendwo ein anderes, kleines, gut verstecktes Völkchen horchend auf der Lauer lag. Les war auf eine ziemlich schreckenerregende Weise rot im Gesicht, Bessies Lippen waren so zusammengepreßt, daß sie kaum noch vorhanden waren, und unser Bruder Waker – der nach meiner Schätzung in diesem Augenblick genau neun Jahre und vierzehn Stunden alt war – stand in seinem Schlafanzug neben dem Klavier, barfuß, und die Tränen liefen ihm übers Gesicht. In Familiensituationen dieser Art war mein erster spontaner Impuls immer, mich in die Büsche zu schlagen, aber da Seymour nicht den geringsten Versuch machte wegzugehen, blieb ich auch da. Mit nur teilweise unterdrückter Erregung legte Les Seymour die Anklage vor. Am Morgen hatten, wie wir wußten, Waker und Walt überwältigend schöne Geburtstagsgeschenke bekommen, die unser Budget weit überschritten – zwei rot-weiß gestreifte verstärkte 26er Fahrräder, die einzig wahren Schlitten im Schaufenster von Davegas Sportgeschäft auf der Sechsundachtzigsten Straße zwischen Lexington und der Dritten Avenue, wo beide sie fast ein ganzes Jahr lang zielstrebig bewundert hatten. Ungefähr zehn Minuten, bevor Seymour und ich aus unserem Schlafzimmer kamen, hatte Les herausbekommen, daß Wakers Fahrrad nicht mit Walts Fahrrad schön ordentlich im Keller unseres Hauses aufgestellt war. Waker hatte es am Nachmittag im Central Park verschenkt. Ein unbekannter Junge («irgend so ein *Kunde*, den er noch nie in seinem *Leben* gesehen hat») war zu Waker gekommen, hatte ihn um das Fahrrad gebeten, und Waker hatte es ihm gegeben. Les und Bessie wußten natürlich Wakers «sehr netten, großzügigen Impuls» zu würdigen, aber die Einzelheiten dieser Transaktion beurteilten sie mit ihrer eigenen unversöhnlichen Logik. Was ihrer Meinung nach Waker hätte tun sollen – und Les wiederholte diese Meinung Seymour gegenüber mit großem Nachdruck –, er hätte den Jungen einmal schön lange auf dem Rad *fahren* lassen sollen. Hier unterbrach Waker schluchzend die Vorstellung. Der Junge wollte nicht einmal schön lange mit dem Rad *fahren*, er wollte das Rad *haben*. Er hatte nie eins *besessen*, der Junge, und sich immer eins *gewünscht*. Ich sah Seymour an. Er war sehr erregt. Er nahm eine wohlwollende, aber für einen Schiedsspruch in einer so schwierigen Streitfrage ungeeignete Miene an – und ich wußte aus Erfahrung, daß bald wieder Friede in unserem Wohnzimmer herrschen würde, notfalls durch ein Wunder. («Der Weise ist, wenn er etwas unternimmt, voller Ängste und Unentschlossenheit, und deshalb kommt er immer zum Ziel.» Die Texte des Chuang-tsu, Buch XXVI!) Ich will nicht ausführlich (jedenfalls diesmal nicht) beschreiben, wie Seymour – es muß einen besseren Ausdruck dafür geben, aber ich kenne ihn nicht – zielsicher taumelnd auf den Kern der Sache losging: ein paar Minuten später umarmten und versöhnten sich die drei Streitenden. Was ich wirklich sagen will, ist, offen gesagt, etwas Persönliches, und ich glaube, ich habe es schon gesagt.

Was Seymour mir zurief – oder besser gesagt, an diesem Bordsteinmurmel-Abend 1927 vorsagte –, scheint mir wichtig und zur Sache zu gehören, und ich glaube, ich muß es hier ein bißchen erklären. Obwohl es etwas peinlich klingen mag, in meinen Augen ist nichts wichtiger und gehört mehr zur Sache als die Tatsache, daß Seymours aufgeblähter Bruder mit vierzig Jahren schließlich selbst ein Davega-Fahrrad geschenkt bekommen hat, das er weiterverschenken will, am liebsten an den, der als erster darum fragt. Ich ertappe mich dabei, wie ich mich frage, darüber *nachsinne*, ob es ganz *korrekt* ist, von einem pseudometaphysischen Strafpunkt, wie winzig und persönlich er auch sein mag, zum nächsten pseudometaphysischen Punkt, wie robust und unpersönlich er auch sein mag, überzugehen, was heißen soll: ohne lange zu zögern, mich ein bißchen in dem wortreichen Stil, an den ich gewöhnt bin, herumzurekeln. Nun also, jetzt geht es los: Als Seymour mir vom Bordstein aus quer über die Straße vorsagte, nicht mehr mit meiner Murmel auf Ira Yankauers Murmel zu zielen – und bitte, bedenken Sie: er war zehn –, kam er, glaube ich, instinktiv dem Geist jener Anweisungen sehr nahe, die ein japanischer Meisterbogenschütze erteilt, wenn er einem übereifrigen neuen Schüler verbietet, mit dem Pfeil auf die Scheibe zu zielen, das heißt, wenn der Bogenschützenmeister erlaubt, es so auszudrücken: *Zielen* ohne zu zielen. Es wäre mir lieber, wenn ich Zen selbst und Zen-Bogenschießen ganz aus dieser kleinformatigen Abhandlung heraushalten könnte, teilweise zweifellos deshalb, weil Zen fürs empfindliche Ohr fast schon anrüchig und nach Kult klingt, und das, wenn auch nur oberflächlich gesehen, mit einer gewissen Berechtigung. (Ich sage oberflächlich, weil reines Zen bestimmt seine westlichen Verfechter überleben wird, die in den meisten Fällen seine Lehre der *Loslösung* in einer Einladung zu spiritueller Indifferenz, ja zur Gefühlskälte verfälschen – und die ganz offensichtlich nicht zögern, einen Buddha niederzuboxen, bevor ihnen eine goldene Faust gewachsen ist. Muß ich hinzufügen – und ich denke, ich muß es bei dem Tempo, in dem ich vorangehe, hinzufügen, daß reines Zen noch hier vorhanden sein wird, nachdem Snobs wie ich schon dahingegangen sind.) Trotzdem würde ich hauptsächlich deswegen lieber Seymours Murmelspiel-Rat nicht mit Zen-Bogenschießen vergleichen, weil ich weder ein Zen-Bogenschütze noch ein Zen-Buddhist, noch weniger ein Zen-Adept bin. (Würde es unpassend klingen, wenn ich sage, daß Seymours und meine Wurzeln in östlicher Philosophie – wenn ich sie zögernd «Wurzeln» nennen darf – ins Neue und Alte Testament, in den Advaita Vedanta und den klassischen Taoismus reichen? Ich neige dazu, mich selbst, wenn ich mir überhaupt etwas so Liebliches wie einen östlichen Titel zulege, für einen Karma Yogin vierter Klasse zu halten, vielleicht mit ein bißchen Jnana Yoga gewürzt. Die klassische Zen-Literatur übt eine große Anziehung auf mich aus, ich habe sogar die Freiheit, über sie und die Literatur des Mahayana-Buddhismus einmal wöchentlich an der Universität eine Vorlesung zu halten, aber mein Leben selbst könnte kaum weniger zenisch sein, als es ist, und das bißchen, das vom Erlebnis des Zen zu ahnen – ich wähle das Wort ahnen nach langer Überlegung aus – ich fähig bin, ist nur das Nebenprodukt der Tatsache, daß ich meinen eigenen, mir angemessenen Weg vollkommener Zenlosigkeit gehe. Hauptsächlich, weil Seymour selbst mich buchstäblich anflehte, es zu tun, und ich wußte, daß er in diesen Dingen immer recht hatte.) Für mich und wahrscheinlich jedermann ist es glücklicherweise gar nicht notwendig, Zen hier hineinzubringen. Die Murmelspiel-Anweisung, die Seymour mir rein intuitiv gab, kann in, glaube ich, legitimer und vollkommen unöstlicher Weise in Beziehung gebracht werden mit der hohen Kunst: einen Zigarettenstummel quer durchs ganze Zimmer in einen kleinen Papierkorb in der Ecke zu schnippen. Eine Kunst, in der, glaube ich, die meisten männlichen Raucher nur dann wahre Meister sind, wenn sie entweder keinen Deut darum geben, ob die Kippe wirklich in dem Korb landet, oder wenn keine Augenzeugen im Raum anwesend sind, genaugenommen einschließlich des Zigarettenschnippers selbst. Ich tue mein Bestes, nicht auf diesem Detail herumzukauen, so erfrischend ich's auch finde, aber ich halte es für richtig, hier anzufügen – um sofort wieder auf Bordsteinmurmel zu kommen –, daß Seymour, wenn er selber eine Murmel geworfen hatte, übers ganze Gesicht strahlte, wenn er Glas gegen Glas klicken hörte, aber es schien ihm nie ganz klar zu sein, *wer* mit diesem Klicken gewonnen hatte. Und Tatsache ist auch, daß fast immer irgendeiner die Murmel, die er gewonnen hatte, aufheben und ihm *aushändigen* mußte.

Gott sei Dank, das haben wir hinter uns. Ich versichere Ihnen: Ich habe es nicht bestellt.

Ich glaube – ich *weiß* –, das Folgende wird meine letzte «körperliche» Feststellung sein. Machen wir sie halbwegs komisch. Ich möchte gern, bevor ich zu Bett gehe, hier reine Luft haben.

Es ist eine Anekdote, schlagen Sie mich, aber ich lasse sie raus: als ich neun war, hatte ich die sehr angenehme Vorstellung, ich wäre der *schnellste Läufer der Welt.* Einbildungen dieser seltsamen unkontrollierbaren Art, das möchte ich wohl hinzufügen, haben ein zähes Leben, und noch heute, als Vierziger, der eine sitzende Lebensweise hat, kann ich mir gut vorstellen, wie ich im *Straßenanzug* an einer ganzen Reihe bewährter, aber mühsam atmender olympischer 1500-Meter-Läufer vorbeiflitzte und ihnen dabei liebenswürdig und ohne éine Spur von Herablassung zuwinke. Also: an einem schönen Frühlingsabend, als wir noch drüben am Riverside Drive wohnten, schickte Bessie mich zum Drugstore, um ein paar Portionen Eis zu holen. Ich trat in genau derselben verzauberten Viertelstunde auf die Straße, die ich ein paar Abschnitte vorher beschrieben habe. Und auch diesmal hatte ich – was fatal für diese Anekdote ist – Turnschuhe an – und Turnschuhe sind für jemand, der das Glück hatte, der *schnellste Läufer der Welt zu sein,* genau das, was die roten Schuhe für Hans Christian Andersens kleines Mädchen waren. Sobald ich aus dem Haus war, verwandelte ich mich in Merkur persönlich, setzte zu einem «tollen» Sprint an und raste den langen Häuserblock entlang auf den Broadway zu. Die Ecke zum Broadway nahm ich auf einem Rad und raste weiter, tat das Unmögliche: *erhöhte* meine Geschwindigkeit. Der Drugstore, der Louis-Sherry-Eis verkaufte, an dem Bessie unerbittlich festhielt, lag drei Blocks weiter nördlich, an der Hundertdreizehnten Straße. Auf dem halben Weg dorthin raste ich an dem Papiergeschäft vorbei, wo wir gewöhnlich unsere Zeitungen und Zeitschriften kauften, ich raste blindlings, ohne Bekannte oder Verwandte in meiner näheren Umgebung zu bemerken. Dann aber, ungefähr einen Block weiter, nahm ich hinter mir ein Verfolgungsgeräusch wahr, das offensichtlich von Füßen verursacht wurde. Mein erster Gedanke, wahrscheinlich typisch New York: die Polizei ist hinter mir her – mein Vergehen: außerhalb des Schulbezirks einen Rekord gebrochen zu haben. Ich strengte mich an, noch mehr Geschwindigkeit aus meinem Körper herauszuholen, aber es nützte nichts. Ich spürte, wie eine Hand sich nach mir ausstreckte, meinen Pullover zu fassen bekam, genau an der Stelle, wo die Startnummer der siegreichen Mannschaft hätte angeheftet sein müssen, und entsetzt stoppte ich ab, aber so ungeschickt wie ein blöder Vogel, der sich niederläßt. Mein Verfolger war natürlich Seymour, und er sah selbst entsetzt genug aus. «Was ist denn bloß *los*? Was ist *passiert?*» fragte er mich aufgeregt. Er hielt immer noch meinen Pullover fest. Ich riß mich los und teilte ihm in der ziemlich fäkalischen Ausdrucksweise unseres Viertels, die ich hier nicht wörtlich zitieren möchte, mit, *nichts* sei passiert, *nichts* sei los, ich *liefe* nur einfach. Er war über die Maßen erleichtert. «Mein Gott, Junge, hast du mir eine Angst eingejagt», sagte er, «verflucht, hattest du ein Tempo. Ich konnte dich kaum *einholen.*» Wir gingen dann gemeinsam, nicht mehr laufend, zu dem Drugstore. Es mag befremdend sein, vielleicht auch nicht, daß die Moral des jetzt *zweitschnellsten Läufers der Welt* nicht merklich schlechter geworden war. Erstens weil *er* schneller gelaufen war als ich, und außerdem: es nahm mich ganz in Anspruch, festzustellen, daß er ziemlich außer Atem war. Es war auf eine merkwürdige Weise erheiternd, ihn so außer Atem zu sehen.

Ich bin damit fertig. Oder besser gesagt: es ist mit mir fertig. Mein Bewußtsein hat sich immer grundsätzlich gegen jede Art von Schluß gesträubt. Wie viele Kurzgeschichten habe ich seit meiner Kindheit zerrissen, einfach nur, weil sie hatten, was dieser alte, so lautstark Tschechow bemühende Schreihals Somerset Maugham einen Anfang, eine Mitte und ein Ende nennt. Fünfunddreißig? Fünfzig? Einer der tausend Gründe, warum ich, als ich ungefähr zwanzig war, aufhörte, ins Theater zu gehen, weil ich mich verdammt darüber ärgerte, daß ich aus dem Theater gehen mußte, weil irgend so ein Stückeschreiber dauernd seinen blöden Vorhang runtergehen ließ. (Was wurde eigentlich aus diesem strammen Langweiler Fortinbras? Wer brachte *seine* Karre wieder in Ordnung?) Nun, ich bin am Ende. Ich möchte noch zwei oder drei fragmentarische Bemerkungen über Seymours Physis unterbringen, aber das Gefühl, daß meine Zeit *um* ist, ist zu stark. Es ist auch jetzt zwanzig vor sieben, und um neun habe ich Unterricht. Gerade noch Zeit für ein Nickerchen von einer halben Stunde, fürs Rasieren und vielleicht für ein erfrischendes kühles Blutbad. Es drängt mich – es ist Gott sei Dank mehr ein urbaner Reflex als ein wirkliches Drängen –, etwas nicht zu Beißendes über die vierundzwanzig jungen Damen zu sagen, die gerade von ihrem großen Party-Wochenende in Harvard,

Dartmouth oder Yale zurückkommen und die in Zimmer 307 sitzen und auf mich warten, aber ich kann diese Vorstellung Seymours nicht beenden – nicht einmal, wenn es eine schlechte Beschreibung war oder gar eine, wo mein Ego, meine immerwährende Sucht, neben ihm als Hauptnummer auf dem Programm zu stehen, überall zu bemerken ist –, ich kann sie nicht beenden, ohne mir das Gute und das Wirkliche bewußt zu machen. Was folgt, ist zu erhaben, um ausgesprochen zu werden (und deshalb bin ich genau der Richtige, es auszusprechen), aber ich bin ja nicht umsonst der Bruder meines Bruders, und ich weiß – nicht immer, aber *wissen* tu ich's –, es gibt nichts, gar nichts Wichtigeres für mich zu tun, als in dieses schreckliche Zimmer 307 zu gehen. Und es ist kein einziges Mädchen da einschließlich der Schrecklichen Miss Zabel, die nicht genausogut meine Schwester ist wie Boo Boo und Franny. Mögen sie auch glänzen mit allen Mißverständnissen aller Zeitalter, aber sie glänzen. Und diesem Gedanken gelingt es, mich in Staunen zu versetzen: Es gibt keinen Ort, an den ich in diesem Augenblick lieber gehen würde, als dieses Zimmer 307. Seymour hat einmal gesagt, daß alles, was wir unser ganzes Leben lang tun, nur darin besteht, von einem Fleckchen *geheiligten Bodens* zum nächsten zu gehen. Hat er denn nie unrecht?

Aber jetzt ins Bett. Rasch. Rasch und bedächtig.

j. d. salinger
der fänger im roggen

rororo

dies ist die geschichte von holden caulfield, der, von der schule relegiert und dem elternhaus entfremdet, durch die gigantenstadt new york irrt.

roman. 85. tausend
rororo taschenbuch band 851

ROWOHLT TASCHENBUCH VERLAG

284/3

B 1/XII